元華文創

陪伴與觀看

宋詩中的伴侶動物書寫

Company and Observation : Animals in Song-Dynasty's poetry

伴侶動物的概念原來早在宋代就出現，
在本書中你會驚訝於宋人對牠們的寵愛，
並且被動物和人之間的互動療癒。

游佳霖──著

作者序

　　一轉眼，從山明水秀的花蓮畢業已經六年，在學期間花費了很多力氣與時間完成本書，期間也受到很多人的幫忙，無論是在生活上或知識上的補充。求學期間每堂課、每位指導過我的老師、每位相互砥礪的同儕，都是促使我完成本書不可或缺的角色，直至今日依然由衷感謝。

　　大學時期念應用外語系的我，從來沒有想過有一天會就讀中文研究所，甚至走上研究宋詩這條路，本書的完成對我來說簡直不可思議。猶記當時，在蜀蕙老師指導下，毫無頭緒的我，決定以自己最愛的「伴侶動物」為研究主題，其實會催生出這個主題，僅是因為和蜀蕙老師各種日常的聊天中談到自己有興趣的各種事物，進而從這些事物中找出和宋人生活緊密相關的。也正是因為以自己最愛的「伴侶動物」為主題，在撰寫本書時，雖然大量使用原典所以耗費許多時間，但是查找過程卻讓我感到非常快樂且有趣，我想，大概也是因為當時在研究主題上下了一個正確的決定，最後才能順利完成本書的寫作。

　　本書以犬、貓、魚、鸚鵡為討論重點，一開始想法是現代人飼養的伴侶動物以犬、貓為大宗，有了地上爬的，想來水裡游的與天上飛的各擇一來書寫也會很有趣吧，讓我訝異的是宋人除了愛犬愛貓，也愛養魚養鳥。當初選擇魚及鸚鵡其實沒有把握能找到足夠的資料，但事實上雖然資料比起狗和貓相對是少了一些，不過足以見到宋人對魚和鸚鵡的喜愛程度不輸犬貓。本書參考的文本除了詩、筆記、小說外，還輔以當時的畫作，這些作品中皆隱藏著宋人生活的各種文化脈絡。

　　此書可以順利出版也有賴元華文創的肯定與支持，感謝元華文創主

編李欣芳、編輯陳亭瑜不厭其煩的書信往返及細心校訂，並給予我很多出版事宜的相關建議，謹此敬申謝忱。

最後，謹以此書敬獻

讓我無憂完成學業的家人，以及恩師張蜀蕙教授。

2023 夏

摘　要

　　宋代盛行養動物，文人們透過與伴侶動物的相處進而更加了解這些動物的性質，而以宋詩獨有的日常性，大大增加了動物在詩中出現的可能，也因和這些動物的相處與觀察而衍生出一些神異或吉祥之徵，其他文學作品與繪畫中處處可見其的身影。宋人寫日常，寫他們如何與動物相處，也常以其為喻，說明自己的情志，因為與伴侶動物的相處親暱，所以觀察到的動物形象往往有與前人不同之處，本書主要探討伴侶動物在宋人生命歷程中的意義，透過他們觀看與陪伴勾勒出屬於宋人的生活情調與詩風。

　　關鍵詞：宋詩、伴侶動物、犬、貓、魚、鸚鵡

目 次

第一章　緒論

第一節　研究動機

　　宋代時經濟繁榮，人們的生活愈來愈多采多姿，在宋代城市中，市民都有機會和條件充分沐浴在歲時節日的歡樂之中，且城市旅遊和娛樂的功能也日益顯著[1]，宋代人鬥雞、鬥禽蟲當作娛樂，顯現出人們開始會享受生活，且經濟上也較為寬裕，無論士大夫或庶民皆有能力讓生活更加豐富，他們學會享受生活，由當時娛樂場所與酒樓林立便可知，宋人的生活已經頗為自由，過著享樂的日子[2]，經濟繁榮的此時，養動物的風氣也隨之普及，宋人喜歡這些動物的陪伴，狗、貓、魚和鳥是他們愛好飼養的動物，也常見於文人作品中，善寫日常瑣碎事物的詩人們，喜歡將這些動物寫入詩作中，對他們來說，這些動物的存在是日常生活中不可或缺的一部分。透過這些詩作，我們可以觀察到當時動物在詩人生命中的意義。從這一方面而言，詩人所飼養的動物通常可體現出他們生活、他們的思考或是他們與動物的互動，又或者他們觀看動物的角度，例如：景祐五年，梅堯臣曾寫〈哀鷓鴣賦〉，梅堯臣年少時，鄉試不第，於仕途上一直擔任地方小官，直至嘉祐元年，年已五十五的梅堯臣才擔任國子監直講。而由〈哀鷓鴣賦〉一文中可知當時梅堯臣飼養隨處可見的鷓

---

[1]　伊永文《行走在宋代的城市：宋代城市風情圖記》（北京：中華書局，2005 年 1 月），頁 269。

[2]　（日）加藤繁，吳傑譯《中國經濟史考證》（臺北：稻鄉出版社，1991 年 2 月），頁 304。

鴣，序中言：

> 余得二鸎鴣，飼之甚勤，既久，開籠肆其意。其一翩然而去，其
> 存者特愛焉。鸎鴣於禽最有名，頃未識也，思持歸中州，與朋友
> 共玩之。凡養二年，呼鳴日善，罷官至蕪湖，一夕為鼠傷死，遂
> 作賦以哀云。

由「罷官至蕪湖」可知此年應是寶元元年（1038）年解建德縣令任，返
京師途中經蕪湖所作。梅堯臣原有兩隻鸎鴣，某天開籠飛走了一隻，剩
下一隻他特別疼愛的，養了兩年最終被鼠所傷而死，梅堯臣對這兩隻鸎
鴣有著深厚的情感，因而作賦悼念：

> 物有小而名著，亦有大而無聞，吾於禽類，得鸎鴣兮不群。其音
> 格磔，其羽爛斑，其生遐僻，其趣幽閑，飲啄乎水裔，棲翔乎竹
> 間。往諆羅者，求之於野，生致二雛，形聲都雅。愛之蓄之，籠
> 之服之，為日已久，言馴熟兮，縱晞朝旭，一逸而不復兮。謂之
> 背德，非我族兮，戀而不去，尤可穀兮。晨啼暮宿，何嗟獨兮，
> 固當攜之中國，為士大夫之目兮。不意孽鼠，事潛伏兮，破笯齧
> 嗛，何其酷兮。嗚呼！翻飛遠逝，不為失兮，安然飽食，不為福
> 兮，焉知不為名之累兮，焉知不為鬼所瞰而禍所速兮。哀哉！誠
> 不如禿鶖鴞鵬兮，凡毛大軀，妖鳴飫腹，何文彩之佳，何名譽之
> 淑，前所謂大而無聞，其自保而自足者歟！[3]

---

[3]　（宋）梅堯臣，朱東潤注《梅堯臣集編年校注》卷八（上海：上海古籍出版社，2006年
11月），頁135-136。

以「大而無聞」不如「小而名著」的事物的道理開篇，認為鸓鷎小而名著，於禽類中不群，「其音格磔，其羽斕斑」點出鸓鷎不凡之處，梅堯臣「愛之蓄之」，不料其中一隻就離他而去，梅堯臣認為那隻鸓鷎是背德、不知感恩，另一隻戀故而不去，使梅堯臣更加珍惜。最後說「前所謂大而無聞，其自保而自足者歟！」推翻自己一開始的認知，說明自己從生命歷程中所得到的體悟，也推翻自己一開始斥責鸓鷎飛去的背德，因為獲得自由與被樊籠羈絆的得失之間實在難以下定論，因此感悟若被利所誘就難以自保自足，由哀鸓鷎喻其心志，梅堯臣於賦中表現其得到領悟處之泰然的自我寫照，此賦除了表面寫自己對鸓鷎的疼愛、對鸓鷎離去的怒氣、對鸓鷎死去的哀傷，更深一層的含義則是梅堯臣從哀傷到解脫的心情轉折。

　　梅堯臣將自己與鸓鷎間的情感寫入詩作中，體現了宋詩善寫日常的特點，當時詩中有許多關於生活周遭事物的描繪，這些描繪皆是透過他們敏銳的觀察與對日常生活的用心，經由宋人獨到的觀察，日常生活的細瑣事物在詩作中往往異於前代，這些細瑣事物包含了生活中一切器物、畫作，於動物書寫中也可見到，除了梅堯臣對鸓鷎的書寫之外，歐陽修也透過對牛的書寫表其內心，〈牛〉：「日出東籬黃雀驚，雪銷春動草芽生。土坡平慢陂田闊，橫載童兒帶犢行。」[4]「橫載童兒帶犢行」是歐陽修描述田園悠閒時光使心情開闊，詩中可見宋人與動物間的互動，牛載著童兒，說明動物已深深介入人類生活，當時動物開始大量出現於文學作品及圖畫中，表示文人對動物生活的觀察與刻劃更加深入，也體現了動物對人的重要性，黃美鈴曾說：「這種對日常瑣細事物的描繪，與在日常生活平凡的場景中挖掘出不尋常的詩意，已經成為宋詩的特色之

4　（宋）歐陽修，李逸安點校《歐陽修全集》卷五十七，居士外集卷七（北京：中華書局，2001 年 3 月），頁 821。

一。」[5]如同歐陽修藉由觀察牛與人如何相處再寫入作品中，他觀察到的是牛會載童兒以及帶犢行，再將這只是生活周遭一個不起眼的場景融入作品中，即為宋詩的一項特色。

　　宋代人與動物相處融洽，彼此生活緊密，而動物與人開始共同生活可追溯到萬年前，牠們在很久以前就已被人類馴服（tamed），據資料顯示「狗，由狼馴化而來的，且是最早被人類馴服和馴養的家畜。……考古資料表明，人們約在一萬年前後就開始馴化了狗。」[6]被人類馴服時間稍晚於狗的豬，也早在約九千年前就已經被當成家畜飼養：「豬，是由野豬馴化畜養而來，且是僅次於狗而較早被人類馴養成家畜的。……距今年代 9000 餘年。」[7]人類開始飼養動物已有長達萬年之久，當時主要是由於畜牧方面的需求，「家畜飼養業與畜牧業同是新石器時代的新興產業」[8]。然而隨著時間的推移，有些動物在人類的生活中地位、身分已逐漸改變。非以畜牧與食用為目的的動物飼養，在經濟繁榮的宋代開始大量出現，以陪伴或賞玩為目的的動物豢養在宋代甚至成為一股熱潮，據《中國風俗通史》所言，宋代非常盛行養魚、鳥、貓、狗，這些動物在人類生活中佔有一席之地[9]，比起其他種類的動物，更常見到文人對於這四種動物的描寫，文人描寫這些動物如何與他們生活、相處。因此本書以這四種動物為主要研究對象，其中鳥以鸚鵡為例，除了因為鸚鵡為異域珍禽外，也因為據前人研究，鸚鵡在宋人飼養的鳥類中佔了多數。

---

[5]　黃美鈴《歐、蘇、梅與宋詩的形成》（臺北：文津出版社，1998 年 5 月），頁 81。

[6]　吳詩池、邱志強《文物民俗學》（黑龍江：黑龍江人民出版社，2003 年 10 月），頁 158。

[7]　中國社會科學院考古研究所編著《新中國的考古發現與研究》（北京：文物出版社，1984 年 5 月），頁 168。

[8]　吳詩池、邱志強《文物民俗學》，頁 157。

[9]　徐吉軍、方建新、方健、呂鳳棠《中國風俗通史・宋代卷》（上海：上海文藝出版社，2001 年 11 月），頁 767-777。

正因為宋人喜歡養動物、擅長描寫動物，使得宋代詩風有了新的開創，以宋代動物陪伴書寫為主題，乃是由於宋代時，許多動物已經融入人們生活中，且與人類有許多互動，因而產生相互陪伴之情，而這些作品往往反映自己現實的心理，例如：黃庭堅元符元年有詩作〈戲詠子舟畫兩竹兩鸜鵒〉：

> 風晴日暖搖雙竹，竹間對語雙鸜鵒。鸜鵒之肉不可食，人生不才果為福。子舟之筆利如錐，千變萬化皆天機。未知筆下鸜鵒語，何似夢中蝴蝶飛。[10]

是年，黃庭堅遭貶戎州，藉鸜鵒表露「不才方能終其天年」的感慨，黃庭堅遭貶官之原因，是因為其撰《神宗實錄》，「鸜鵒之肉不可食，人生不才果為福」黃庭堅覺得倒不如一無是處，便不會被委以重任而遭人妒忌，就像鸜鵒的肉無法食用，沒有殺身之禍，才有辦法享受現下的風晴日暖，唯有如此才能免於被重用，不會被讒言所擾，這種藉物抒情的表現手法、利用動物特性自比，在當時文人的詩作中隨處可見，就自己觀察到的現象，與自身經驗作連結。

　　宋代人飼養這些動物，與牠們的相處方式幾乎可說是現代我們所稱的「寵物（pet）」。但由於宋代時並無寵物之稱呼，而寵物一詞，亦提高了飼主或畜主的地位，有將動物視為財產、己物的依附關係等負面涵意，故以寵物稱之並不是太貼切。因此文章中以陪伴動物（companion animal）稱之。而 companion animal 一詞在近代已漸漸取代 pet，在許多專業的論文或是獸醫學界的文章中都可以找到，但在現在常見的中文翻

10　（宋）黃庭堅，劉琳、李勇先、王蓉貴校點《黃庭堅全集》外卷集第十一，（成都：四川大學出版社，2001 年 5 月），頁 1141。

譯會以伴侶動物稱之，1995 年於《中華民國獸醫學會雜誌》發表的論文
中提到：

> 由於經濟發展快速，生活水平上升，人們的生活習性有了改變，
> 即由重視物質生活轉為強調精神生活的重要，因此寵物在家庭中
> 所扮演的角色也就越來越重要。隨著此種畜主與寵物間關係的改
> 變，於是將寵物（pet）的稱呼改為伴侶動物（companion animal）。
> 這表示家裏所豢養的寵物已由舊社會中原本是自身所擁有的財產
> 的觀念，改變為有如親人或是密友般的伴侶，因此在歐美等獸醫
> 學較為發達的國家也自二次世界大戰後從原僅重視經濟動物的臨
> 床醫學漸漸對伴侶動物的小動物醫學也十分重視，並在近 20 年來
> 蓬勃發展。[11]

可見將寵物改稱作伴侶動物已是現今人們共有的觀念[12]，伴侶動物有時
也譯作陪伴動物或同伴動物，雖然宋代不會有「寵物」或是「伴侶動物」
的概念，但是我們經由對宋人與動物相處的情形，可以發現他們愛護生
命與動物保護的觀念已然成形，宗教倫理學博士潔西卡·皮爾斯（Jessica
Pierce）在其書中說到：「『寵物』是一種委婉的說法，我們可能很開心

---

[11] 楊姮稜、黃慧璧、梁碩麟、陳光陽、賴秀穗〈台北地區畜主與獸醫師及畜主與寵物間關係
之研究：以國立台灣大學農學院附設家畜醫院為例〉收錄於《中華民國獸醫學會雜誌》
21 卷 5 期（1995 年 10 月），頁 316-325。

[12] 東華大學公共行政學系研究生陳怡菁在其碩士學位論文《臺灣伴侶動物保護政策執行之
研究》（東華大學公共行政學系碩士學位論文，2016 年 7 月）中定義伴侶動物為臺灣地
區常見的寵物：貓與狗。樹德科技大學經營管理研究所研究生務孟蘭在其碩士學位論文
《伴侶動物與中年在職人員主觀幸福感之研究》（樹德科技大學經營管理研究所碩士學
位論文，2015 年 6 月）中將伴侶動物釋義為室友動物，為家庭重要成員，與人類共同分
享親密關係，研究中定義為無論品種之犬類動物。說明了「伴侶動物」並沒有確指哪一
種動物，是用來取代任何會被視為「寵物」的動物。

地假設寵物是指被愛的動物；但牠們也是被人類剝削以獲得經濟利益、刺激或情感自我實現的動物。」[13]宋人不再僅僅是將動物作為畜牧或工作用途，故筆者認為可以伴侶動物的概念套用在宋人與動物的相處上，潔西卡・皮爾斯（Jessica Pierce）也說：「在比較公開的場合和書面資料上，使用另一個像是『寵物伴侶』的詞彙可能會更好。」[14]究竟如何稱呼這些動物比較好其實還未有定論，只是伴侶動物或陪伴動物為現今臺灣較常使用的名詞。

　　可以確定的是，「寵物」一詞爭議頗大，故本書不使用「寵物」作為討論。companion 有同伴、伴侶及陪伴之意，使用「伴侶動物」這一個名詞，更可突顯人與動物間相互陪伴的關係。且由宋代許多記載看來，這些動物有時更像是家人或是夥伴一般的存在。伴侶在當時可為朋友或夥伴，這點從宋代字書或韻書都可得到印證，如《玉篇》：「伴，侶也。」[15]、「侶，伴侶也。」[16]，《廣韻》：「伴，侶也，依也。」[17]，《集韻》：「伴，一曰侶也。」[18]，這些宋代字書及韻書皆顯示當時人以伴為侶、以侶為伴，伴跟侶二字基本上是同樣的意思，且《玉篇》中「侶」便是伴侶之意。最早將伴侶二字合用可見於唐代，韓愈〈把酒〉：「我

---

[13]　（美）潔西卡・皮爾斯（Jessica Pierce），祁毓里、李宜懃譯《學會愛你的寵物伴侶》（臺北：商周出版，2016 年 12 月），頁 289-290。

[14]　（美）潔西卡・皮爾斯（Jessica Pierce），祁毓里、李宜懃譯《學會愛你的寵物伴侶》，頁 289-290。

[15]　（南朝梁）顧野王《玉篇》，顧氏原本在宋代已亡佚，今所傳本，已非顧氏原書，自唐孫強增加字數，宋陳彭年、吳銳、邱雍等又重修，卷上（臺北：臺灣中華書局，1982 年 10 月），頁 20。

[16]　（南朝梁）顧野王《玉篇》卷上（臺北：臺灣中華書局，1982 年 10 月），頁 20。

[17]　（宋）陳彭年等修《廣韻》上聲（臺北：臺灣中華書局，1970 年 7 月），頁 28。

[18]　（宋）丁度等撰《集韻》上聲五（臺北：臺灣中華書局，1980 年 8 月），頁 32。

來無伴侶，把酒對南山。」[19]韓愈詩中伴侶即為陪伴、同伴之意，一個人喝酒的韓愈將南山當作對飲的伴侶。蘇軾〈赤壁賦〉：「侶魚蝦而友麋鹿」[20]這裡的「侶魚蝦」是以魚蝦為侶的意思。韓愈及蘇軾都以山或動物作為其精神上的伴侶。《玉篇》中說侶即伴侶，蘇軾以魚蝦為伴侶，也突顯出他不以動物為物，反而是將動物當作可以與自己作伴的對象。從韓愈與蘇軾詩賦中都可見「伴侶」非特定指稱人，既然動物陪伴於文人身邊，與文人為伴、為侶，故本書中稱呼這些宋代人家中所養的動物（狗、貓、魚、鸚鵡……等）為伴侶動物。

對於自己飼養的伴侶動物，除了作為相互的陪伴之外，觀看也是日常相處中的一大部分。觀看存在於每個人的日常，在生活中無不在，朱光潛《文藝心理學》曾說當人在觀看同一棵梅花時，會引起三種不同的態度，一是科學的態度，二是實用的態度，三是美感的態度[21]。朱光潛強調的是審美，無關乎道德利害。應該享受審美的愉悅，面對自然景物理應如此，觀看動物時也是，美感的態度即純粹欣賞或觀看這些動物，欣賞動物是視覺的享受與心靈的滿足。宋代前寫動物，多將動物視為物，但宋人寫動物是以一種將動物當作同伴的視野來書寫，是以一種平等對待的眼光來看待這些動物。宋詩接承著輝煌的唐詩之後，在創作上力求不同於以往，他們在詩中寫出與動物相處的日常以及對於動物深厚的情感，歐陽修在《六一詩話》中所言：「聖俞嘗語予曰：『詩家雖率意，而造語亦難。若意新語工，得前人所未道者，斯為善也。』」[22]「意」同時包

19　（唐）韓愈，屈守元、常思春主編《韓愈全集校注》（成都：四川大學出版社，1996年），頁690。

20　（宋）蘇軾《蘇東坡集》卷十九（上海：商務印書館，1958年4月），頁111-112。

21　朱光潛《文藝心理學》第一章（臺北：開明書店，1946年7月），頁3-14。

22　（宋）歐陽修，李逸安點校《六一詩話》收錄於《歐陽修全集》卷一百二十八（北京：中華書局，2001年3月），頁1952。

含了意象的生動與作者的用心，他們對動物是以一種平等的態度對待，所以能夠創造出有新意且獨具風格的作品，顯示出宋人在動物詩寫作領域中確有其開創，相較於唐代及唐代以前的動物詩作品，宋代文人寫入作品中的動物，很多是宋代以前未曾被當作書寫主題的，除了可見養動物之風盛行於宋，也顯現宋人的書寫主題具有獨創性。宋人觀察動物方式與前人不同，使作品中動物情狀皆有其獨特風貌，以生命經驗提高觀察動物的層次，當時人為文講究新意，期以過去未有之語意寫作，因此作品風格顯著。如蘇軾在〈次韻子由書李伯時所藏韓幹馬〉中所說：

> 丹青弄筆聊爾耳，意在萬里誰知之？幹惟畫肉不畫骨，而況失實空留皮。煩君巧說腹中事，妙語欲遣黃泉知。君不見韓生自言無所學，廄馬萬匹皆吾師。[23]

詩中有畫，畫中有詩，詩與畫相資交融，互相發明，更顯相得益彰且風格獨樹，如《六一詩話》中的「若意新語工，得前人所未道者」，宋人既與動物密切相處，必深知動物之性，更能寫出超乎於形體以外的文句。蘇軾也曾言詩與畫皆重形似與寫意，〈書鄢陵王主簿所畫折枝二首〉其一：「論畫以形似，見與兒童鄰。題詩必此詩，定知非詩人。」[24]無論作詩作畫，重要的在於神韻，宋人寫物、作畫之特殊處在於未必要深刻刻畫動物形體，而以內心情感為主，在平凡不起眼的日常事物中投入自己的情感，這也顯現了宋人的生活情調，他們享受生活並且用心生活。透過對生活的用心，與對生活周遭事物的深入觀察，建構伴侶動物詩的寫作。

---

[23]　（宋）蘇軾，（清）王文誥、馮應榴輯注《蘇軾詩集——附篇目索引》卷二十八（臺北：學海出版社，1983 年 1 月），頁 1502。

[24]　（宋）蘇軾，（清）王文誥、馮應榴輯注《蘇軾詩集——附篇目索引》卷二十九，頁 1525。

　　本書以詩中的伴侶動物為研究主題，在前人的動物書寫中，常用動物寓言或使用以動物為名的典故，但非描寫真正他們眼裡的動物，而是以動物為喻，但在宋人的書寫中，我們可以看到很多描寫動物本身，或是描寫動物與人之間如何互動的情況，透過他們描寫動物如何陪伴他們，以及他們如何觀看動物，以此為重點一窺動物在詩人生命歷程中扮演何種角色，在詩人作品中又有著何種意義，我們可由文人書寫方式對其心境轉變做更全面的關照。

第二節　文獻回顧

　　有關詩的研究中，以動物詩為研究主題的不多見，通常涵蓋在詠物之主題下，未有專論。漢代前的動物作品可參見胡司德（Roel Sterckx）《古代中國的動物與靈異》，以先秦兩漢文獻中動物資料為依據，透過動物觀去看當時的思想文化，主要在揭露此時期的思想世界。認為當時人對動物、人類、鬼神並無清晰的類別界線或本體界線，人通過儀式和曆法將動物納入政治體制的控制下（禮品、祭品），這些關係彼此互相依賴、轉化，透過當時聖人對自然界實施道德教化，能將野獸轉化為有教養的動物，而動物開始有了變化與變形，有可能是自發的也有可能是道德報應。對先秦兩漢有關動物的文獻作一整理，為本書提供了重要的參考資料[25]。

　　詠物之研究多以賦篇為主，廖國棟《魏晉詠物賦研究》中將動物賦篇分為詠鳥、詠獸、詠蟲、詠魚四類，分析各篇字數、用韻與結構，並整理魏晉時動物賦篇的內容與特色。以本書研究對象：狗、貓、魚、鸚

---

[25] 詳見胡司德（Roel Sterckx）著，藍旭譯《古代中國的動物與靈異》（南京：江蘇人民出版社，2016 年 3 月）。

鵡為例，本書提到魏晉時期詠狗賦有兩篇，一是描寫獵犬的勇猛迅疾且可捍衛國家，另一篇是讚美狗的迅捷與忠誠。當時無貓的賦篇。魚則分為魚、龜與鱉，其中魚有一篇，以欣賞池魚而忘卻時間感慨時光如川流之逝。鸚鵡則有十二篇，因是進貢之珍品，是以為宴飲之間屢為吟詠之對象，內容多為對鸚鵡羽色艷麗加以客觀描述。《魏晉詠物賦研究》鳥以鸚鵡、鶡、鶯、鶴、孔雀、雁、鳩、鷹、雉、雞、燕、鳳凰為主。獸以馬、猴、狗、兔為主[26]。吳儀鳳《詠物與敘事——漢唐禽鳥賦研究》，將禽鳥賦分為詠物與敘事兩大類型，敘事賦的內涵即為通篇作品有因、有果、有過程的故事。詠物賦則是以描寫某一物性為主，書中詳述詠物賦與敘事賦的內涵外，也梳理了賦的發展，從漢魏時的形成、兩晉時的發展、南北朝的演變到唐代時的繁榮，當中也整理了漢代詠物體禽鳥賦建立於禰衡〈鸚鵡賦〉，藉描寫鸚鵡寄託作者的身世。唐代時有些禽鳥賦是純粹體物之作，其中包含了鸚鵡，賦中多缺乏個人主觀情志的投射，且多半屬於應制或應試之作，表現了歌功頌德的主題，代表了一種宮廷中應詔頌聖的文學類型[27]，這些研究朝代多以唐與唐以前為主，且通常是賦篇，《詠物與敘事——漢唐禽鳥賦研究》以漢代鵩鳥、雀、鸚鵡、孔雀、雉、鶯、白鶴為主，兩晉以鸚鵡、雉、雁、孔雀、雞、鳳、鷹、鶵鶡、鳶、鳩、鷦鷯為主，南北朝以鸚鵡、鶴、鴛鴦、鴻為主，唐代以鸚鵡、鳳凰、鷹、燕、鳶、雀、鵬、鶺、鶡為主，關注了賦中句型、篇幅、字數、用韻以及作者感物及身的寄寓。韓學宏的期刊論文〈唐詩中的珍禽書寫〉以「珍禽」為研究主題，對珍禽的意義加以闡述，文中以鳳凰、鶴、鷹鶻、各式籠鳥說明其在詩中的象喻，從「珍禽」這一物種的角度探索物象背後的文化寓意與象徵，發現珍禽其實有遍及各類鳥種的現象，

---

[26]　詳見廖國棟《魏晉詠物賦研究》（臺北：文史哲出版社，1990 年 3 月）。

[27]　詳見吳儀鳳《詠物與敘事——漢唐禽鳥賦研究》（臺北：花木蘭出版社，2007 年 3 月）。

為本書中宋代前的伴侶動物提供可參考資料，對於宋前的動物賦篇或唐代禽鳥詩詳加梳理，但宋以後的動物詩或禽鳥詩反而較少人關注。[28]

至於論述詠物內涵可參考林淑貞《中國詠物詩「託物言志」析論》，當中探討詠物詩託物言志的物我關係、用與方式、物類取象、物類取義及義理內容等等，託物言志基本上是以動物為一種象徵，並不多加敘述物與人之間的情感關係，宋代前提到動物時多以此手法書寫，這些作品或多或少會提到動物，但並非聚焦在「養動物」，能見到的伴侶動物詩作較少。[29]

李英華碩士論文《黃庭堅詠物詩研究》依據黃庭堅之生平經歷與當時之時代背景，指出其經由詠物所呈現的個人主體特徵，以期凸顯黃庭堅的詠物詩於其個人之詩歌創作，乃至宋代詠物詩，其中雖是詠物之作為主，但討論動物詩的篇幅數量並不多，且本書所研究的伴侶動物詩所指涉的對象並非全然是詠物詩，而是內容有描述人與伴侶動物有情感或互動的詩作都在討論範圍內。[30]

反而是近來著重生活史研究的歷史學門，對生活周遭的動物較有關注，姚瀛艇等人所編《宋代文化史》中也稍提到宋代時的動物馴化，說明當時宋人的城市文娛，所以書中討論的以表演動物為主，敘述動物表演的技藝傳承，並沒有特別提到關於宋代的伴侶動物飼養。[31]蔡弘道所發表之碩士論文《宋人休閒生活中的動物遊賞》中對於宋代時和動物有關的休閒活動與遊賞多方研究，以宋人的休閒生活與動物為研究主題，這

---

[28] 詳見韓學宏〈唐詩中的珍禽書寫〉，《長庚人文社會學報》第七卷，第一期（2014 年 4 月），頁 21-48。

[29] 詳見林淑貞《中國詠物詩「託物言志」析論》（臺北：萬卷樓圖書有限公司，2002 年 4 月）。

[30] 詳見李英華《黃庭堅詠物詩研究》（高雄師範大學國文學系碩士論文，2002 年）。

[31] 詳見姚瀛艇等《宋代文化史》（臺北：聯經出版事業公司，1999 年 9 月），頁 636。

些休閒活動包含動物飼養賞玩、展覽表演與鬥禽蟲等等，與宋代文化、經濟作一聯結，探討當時的社會與經濟如何與這些休閒活動相輔相成，內容雖聚焦於休閒生活中的展演動物，但不以伴侶動物為主，而是泛論宋代所有被飼養著用以娛樂的動物，也並未以詩為研究主題[32]。無論是《宋代文化史》或《宋人休閒生活中的動物遊賞》都較少關注人與動物間的情感，文學也非其研究重點。

　　有鑑於宋詩伴侶動物的研究並不多，然而宋詩書寫中確有大量動物出現，前人以動物詩、動物賦為研究主題的朝代多在宋代前，宋代動物詩研究多涵蓋在詠物範圍之下，但本書所指涉的伴侶動物詩並非單單只是以詠物詩為主，顯現了這是值得發掘的研究題材。

第三節　研究方法

一、研究範圍

　　本書由宋代各家詩集中挑選出對於伴侶動物有所描述者，其中，范成大寫出深宮婦人與小狗的日常生活，可以看出伴侶動物在當時人生活中扮演重要角色。陸游為其愛貓作多首貓詩，充滿人與伴侶動物間的情感流動與依賴。蘇軾詩中透露當時人認為魚可識人，范成大詩也透露當時人會將魚養在壺中，都顯現了他們與魚的貼近，陸游曾有養鸚鵡的經驗，且寫出自己與鸚鵡的互動，這些詩作都可以看出宋人與動物的關係並不一般，他們與動物的關係是非常對等的，人和動物可以互動、可以說話、可以相伴，這些都是有別於以往人看待動物的眼光。再兼集《全宋詩》中其他伴侶動物相關詩作，略依作者出生時間先後，排出詩作順

---

[32] 詳見蔡弘道《宋人休閒生活中的動物遊賞》（東吳大學歷史學系碩士論文，2015 年 7 月）。

序，宋代詩人無論小家或大家皆有描寫與伴侶動物相處之作品，透過他們的飼養、觀察與書寫，建立當代詩風的獨創與特殊性。

　　雖是以詩為主，但在宋代文類中，有著舉足輕重的筆記小說也在討論範圍內，必要時也以宋詞作為討論對象，可供筆者將這些資料與詩歌作一對照，筆記記錄了各地民情風俗與街談巷語，與詩作中的日常與生活相互呼應，雖然也有很多以趣味性或神異性為主的記載，但扣除了這些特性，筆記小說中也可看到動物與人的生活，有著日常的一面，有助於我們以更多不同面向了解當時的伴侶動物。到了清代時，出現了兩部最早關於貓的專著《貓乘》與《貓苑》，兩本書都蒐羅了歷代各種關於貓的記載，種類、形相、毛色、靈異、品藻、故事……等等，但兩本著作在分類上稍有不同，以往散見於各部書中的資料，清代時被集結起來，成了方便當時人翻閱與查找的書籍。而每個不同朝代的文人都有一套不同的創作方式，因而造成當時文壇的特殊風氣，包含了文人如何選題、如何觀物、如何寫物、如何與伴侶動物共同生活，值得從各家詩中探尋。宋代盛行養犬、貓、魚、鳥[33]，為使論題集中，因此文本的選擇上便以這四種動物為主，其中鸚鵡又為宋人最常飼養的鳥類之一，且為異域珍禽，故筆者以鸚鵡為鳥類代表，比較珍禽與其他動物和宋人間的關係有何不同。

二、研究進路

　　本書預計將伴侶動物詩分為四類，分別為犬、貓、魚、鸚鵡，此四種動物是宋代人最常飼養的伴侶動物，也是詩作中大量出現的動物，雖皆為伴侶動物，但這四種動物各有不同形象與生活，犬與貓受到人們寵

---

[33]　徐吉軍、方建新、方健、呂鳳棠《中國風俗通史・宋代卷》，頁 767-777。

溺，人對魚和鸚鵡的寵愛雖不亞於犬和貓，但由於先天身體構造的限制，人與之相處的方式勢必有所不同。本書以這些動物在文學作品中的形象，探究牠們於文人詩作中的意義與動物陪伴在宋代文人生活中的重要性。並藉由筆記的記載，更清楚動物陪伴在宋人生活中扮演的不同角色，以及不同境遇的人如何看待同一種動物。最後，探究有關伴侶動物詩在宋代有何特色、詩作的表現手法、伴侶動物與文人的日常生活，以討論這類詩作於宋朝有何傳承與開創。

第二章以宋前動物為討論對象，從遠古的神話記載到漢賦、唐詩中動物形象的轉變，在被人類以伴侶動物對待以前，牠們是以什麼樣的方式被人類飼養，以及在人類生活中扮演了什麼樣的角色，對宋以前有關動物的文學作品作一分析與整理。

第三章以宋代伴侶動物詩為主，分為犬、貓、魚、鸚鵡四個小節，分述這些伴侶動物在宋人日常生活中所佔有的地位，從牠們如何被飼養，以及牠們如何與人相處，到牠們和人建立深厚的情感與密不可分的關係，以筆記小說和詞中的伴侶動物為一對照，探究伴侶動物如何影響著宋人的生活。

第四章以中唐白居易所飼養的白鶴為開端，再以宋代色白之動物為接續，一窺當時人對動物的觀看內涵，除了色白動物以外，更由於陪伴與觀看不可二分，因此接著敘述宋人對於其他伴侶動物的觀看，與這些動物在詩作中的寓意。接著寫明代伴侶動物詩對宋代的繼承與變化，是為宋代伴侶動物詩的餘韻與影響。

試著透過此研究發現對宋代人而言，這些動物於其生活中扮演什麼樣的角色。隨著交通的發達、政治上的政策改變、飼養動物的方式不同等等，每個朝代取得動物的種類、難易度各不相同，宋代時許多動物成為生活中的陪伴，因此比較宋代與宋以前動物詩的主題及內容，也可以補充過去動物詩研究當中的不足之處。

第二章　宋以前的伴侶動物

　　在宋以前，人們豢養動物源自於工作或食物需求，經由漫長時間的相處，動物與人才慢慢建立起一種相互依靠的關係。原始社會中，人類因食物需求及工作需求所以開始飼養動物。弗雷澤（J. G. Frazer）認為原始人不同程度地尊重一切動物的靈魂，因為他們普遍認為動物和人一樣具有靈魂和才智[1]，先民們與自然共生共存，取之於自然，便對萬物存有尊重之心，這樣的思維也體現於孔子：「子釣而不綱，弋不射宿。」[2]釣魚不撒網，只射飛鳥而不射睡鳥，對自然萬物取之有道、不乘人之危，是孔子所展現出對萬物的「仁」。也因為對動物的仁與對動物靈魂的尊重而產生原始宗教中的動物崇拜。在原始社會中認為動物與人一樣擁有靈魂和才智，所以死後也需得到祭祀，林惠祥在《文化人類學》中說：「動物一方面是人類的仇敵，一方面又是人類的同伴，在畜牧時代兩者的關係尤為密切。」[3]在畜牧時代動物就已經成為人類的同伴。以最早被人類馴養的狗為例，在畜牧時代人類出獵時常有野狗跟著，當禽獸被獵人所傷，野狗便會追上去要吃，這時，獵人會將野狗趕走，撿起自己需要部分，剩下的就留給野狗。久而久之，獵人與狗漸漸互相熟悉，產生感情，互相幫助，最後與人類同住而成了家畜[4]。容易被人馴養的動物往

---

[1] 弗雷澤（J. G. Frazer），汪培基譯《金枝：巫術與宗教之研究》第十二章〈禁忌的人〉（臺北：桂冠圖書股份有限公司，1996 年 11 月），頁 271。

[2] 毛子水註譯《論語》卷七〈述而〉（臺北：臺灣商務印書館，1977 年 6 月），頁 107-108。

[3] 林惠祥《文化人類學》（臺北：臺灣商務印書館，1993 年 4 月），頁 287。

[4] 林惠祥《文化人類學》，頁 120。

往有著喜歡親近人的特質，在與人親近的過程產生情感，與人變得親密，漸漸成為人類的同伴。

　　世界各地中仍存在著許多與動物有關的神話，動物與人類文明的起源有著密不可分的關係，在人類的演進過程中，動物始終扮演著不可或缺的關鍵因素，弗雷澤（J. G. Frazer）《火起源的神話》中討論了多則世界各地的火起源神話，火起源代表著先民從生食到熟食的文明，這些神話大多與動物有關（各式鳥、獸……等），舉例來說，澳大利亞昆士蘭北部人認為遠古時代是鷦鷯將火帶給他們的祖先，澳大利亞南部部落傳說鸚鵡為他們帶來火種，新幾內亞摩圖部落傳說是狗為他們祖先搶到火源，當特卡斯爾群島的當地人認為是狗為他們帶來火，馬來半島的賽芒族則說他們的祖先最早是由啄木鳥那得到火種的，南美洲馬塔科印地安人說火最一開始是由美洲豹掌管，新墨西哥州北部的杰卡瑞拉阿帕契人則是在狐狸的努力下獲得了火，這些都說明了動物與人類文明的密不可分[5]。中國也有這類神話傳說，以藏族神話〈青稞種子的來歷〉為例，故事敘述了人為了獲得青稞種子而變成狗，與土司女兒結婚後又變為人的故事，狗是神話創造者崇拜的圖騰，既是圖騰又是青稞種子的發現者與保護者，所以人們以新青稞做的糌粑餵狗，除了感謝更是祈求豐產[6]。無論是火起源或是發現主食的種子，都代表了先民從蠻荒的茹毛飲血走向文明開化，這一個重要的里程碑與動物緊緊扣合著。時至今日，人們對動物的信仰與崇拜還多可見於各地流傳的神話故事。

　　宗教儀式中，也可見人類以動物為獻禮，藉由動物的犧牲達到與神靈溝通的目的，包山楚簡（湖北，下葬年代約在西元前 316 年，屬春秋

---

[5]　更多與火起源有關的神話詳見弗雷澤（J. G. Frazer），夏希原譯《火起源的神話》（北京：北京大學出版社，2013 年 6 月）。

[6]　李立《文化整合與先秦自然神話演變》（雲南：雲南人民出版社，2002 年 1 月），頁 112-113。

戰國時期）所見祭祀用的動物有馬、牛、豕、羊、犬，且以白犬為主[7]。《禮記》中所記載：「諸侯無故不殺牛，大夫無故不殺羊，士無故不殺犬豕，庶人無故不食珍。」[8]故是祭饗，可見諸侯、大夫、士與庶人祭祀時使用的牲禮也有明確的規定，當時以社會地位區分所用牲禮的不同，《說文解字》:「禮，履也；所以事神致福也。从示从豊。」[9]以獻禮向具有神聖力量的對象交換條件，即《說文》中所言「事神致福」。這也表現了動物有著可使人和神靈溝通的強大力量，人以動物為祭品，再以這些祭品向神靈作交換。在春秋戰國時期，「禮」被引申出許多新的意義，從敬神之禮演變為政治制度之禮、君臣父子之禮、尊卑貴賤等各種具有道德判斷的形式化禮儀。胡司德（Roel Sterckx）認為動物與地域互相契合的這種關係反映在各種各樣的實踐中，其中包含以動物祭供神靈，易地而棲的動物對社會生活中權力模式的產生具有重大作用[10]。原始社會中動物因畜牧與食物需求而被人類畜養，人類在這其中開始對動物產生了解、敬畏，從必須殺動物以延續活口中衍生出宗教信仰，也從祭祀中產生了政治上的象徵意義。

　　動物具有強大的力量，使人可以和神靈溝通，《山海經》中記載中國各地的各色各樣物產，奇形怪狀的動物、礦石或植物，以及各山區的諸神及祭法，根據李豐楙所言，內容多與《周禮》相通[11]。《南山經》中

---

[7]　陳偉《包山楚簡初探》（武漢：武漢大學出版社，1996 年 8 月），頁 175-177。

[8]　（清）孫希旦，沈嘯寰、王星賢點校《禮記集解》卷十三王制第五之二（臺北：文史哲出版社，1990 年 8 月），頁 354。

[9]　（漢）許慎撰，（清）段玉裁注《新添古音說文解字注》（臺北：洪葉文化事業有限公司，2009 年 3 月），頁 2。

[10]　胡司德（Roel Sterckx），藍旭譯《古代中國的動物與靈異》（南京：江蘇人民出版社，2016 年 3 月），頁 157。

[11]　李豐楙編撰《神話的故鄉：山海經》前言（臺北：時報文化出版企業股份有限公司，1998 年 8 月），頁 4-19。

記載：「凡《南次三經》之首，自天虞之山以至南禺之山，凡一十四山，六千五百三十里。其神皆龍身而人面。其祠皆一白狗祈，糈用稌。」[12]這裡的人供奉著龍身人面的神，主要以白狗為祭品，也與包山楚簡中以白狗為祭品的記載相符。弗雷澤（J. G. Frazer）說人認為生物是有靈性的，通過食其肉就能獲得種種善惡，如堪薩斯印地安人出發打仗前會吃狗肉，是因為認為狗為了保護主人，寧願讓自己被五馬分屍，吃了這樣的動物便會激起勇氣。東印度群島也有其他族群認為吃狗肉能在打仗時變得靈活勇敢[13]。類似的記載也可見於《山海經》：「又東三百里，曰柢山，多水，無草木。有魚焉，其狀如牛，陵居，蛇尾有翼，其羽在魼下，其音如留牛，其名曰鯥，冬死而夏生，食之無腫疾。」[14]也說明人類認為吃某種動物的肉會獲得某些神祕力量。動物在這些記載中擔負了人類文明、政治制度、宗教信仰產生的要角，這些祭典儀式或信仰透過文字保留下來。動物先以神異之姿進入到文學作品，往後的文學作品中亦繼承了這些神異性，除了神異性質的繼承外，後世文學作品中更多了動物日常與平凡的一面，以至與人的相處日漸親暱。本章將討論動物接下來如何進入人類生活與後世詩歌作品中。

第一節　犬：田園之意象

　　犬在一開始以祭祀、敬神的用途被記錄下來，而後逐漸出現勇猛迅疾的獵犬形象與家家戶戶飼養犬的田園意象。在春秋時期，宮中就會飼養祭祀用犬，並設官職專門管理犬隻，《周禮》：「犬人：掌犬牲。凡

---

[12]　袁珂《山海經校注》第一《南山經》（臺北：里仁出版社，1995 年 4 月），頁 19。

[13]　弗雷澤（J. G. Frazer），汪培基譯《金枝：巫術與宗教之研究》第五十一章〈吃神肉是一種順勢巫術〉，頁 727-728。

[14]　袁珂《山海經校注》第一《南山經》（臺北：里仁出版社，1995 年 4 月），頁 4。

祭祀，共犬牲，用牷物；伏、瘞亦如之。凡几、珥、沈、辜，用駹可也。凡相犬、牽犬者屬焉，掌其政治。」[15]根據不同祭祀方式使用純色或雜色犬隻，挑選犬隻或牽犬呈獻都為此官之工作職責。孔子也曾埋葬自己所養的狗，《禮記》：

> 仲尼之畜狗死，使子貢埋之，曰：「吾聞之也：敝帷不棄，為埋馬也；敝蓋不棄，為埋狗也。丘也貧，無蓋；於其封也，亦予之席，毋使其首陷焉。路馬死，埋之以帷。」[16]

旨在闡明舊物皆有其用，犬與馬皆是有恩於人類的動物，因此死後也必須得到應有的對待，狗除了是犧牲、祭品的角色以外，又多了另一種受人尊重的對待。

　　唐代詩人也常會以祭祀用的芻狗入詩，故事出於《老子》：「天地不仁，以萬物為芻狗；聖人不仁，以百姓為芻狗。」[17]芻狗是古時用草編結成的祭祀用狗形，用完即丟棄，使之回歸天地，是先秦遺留下來的祭祀文化，以狗為祭品漸漸演變成為有可替代狗形體的物品，不需要再以活生生的狗為犧牲。天地不仁指的是天地自然無為，聖人不仁即效法天地之自然無為，所以聖人讓百姓自由自在，毫不勉強他們違背本性，對待百姓毫無分別心，也就是說他們看待百姓與草紮成的狗一樣，沒有高低、貴賤的區別。「芻狗」也深入後來的詩歌作品當中，如：盧照鄰（約636—680年）〈奉使益州至長安發鍾陽驛〉：

15　呂友仁譯注《周禮譯注》（鄭州：中州古籍出版社，2004年10月），頁483-484。

16　（春秋）作者不詳，陳澔注《禮記集說》卷二〈檀弓下〉第四（上海：上海古籍出版社，1987年3月），頁62。

17　（漢）王弼註《老子註》〈五章〉（臺北：藝文印書館，1975年9月），頁12-14。

峻阻圩長城，高標吞巨防。聯翩事羈靮，辛苦勞疲恙。夕濟幾潺
湲，晨登每惆悵。誰念復芻狗，山河獨偏喪！[18]

詩寫從鍾陽驛出發至長安路途中景象與心中所感，春天落花鋪滿山谷隨
水流下山，樹新發的枝椏茂盛映在高漲的春江上，漁夫在釣魚，樵夫在
歌唱，蝶戲鶯歌，沿途見聞使耳目得到一番洗滌，此一不可復得的美妙
饗宴使詩人想到自身的旅途疲勞，心中惆悵，曾經下獄的他以芻狗喻己，
抒發世道不再的嘆息。高適（706－765 年）〈答侯少府〉：

常日好讀書，晚年學垂綸。漆園多喬木，睢水清粼粼。詔書下柴
門，天命敢逡巡。赫赫三伏時，十日到咸秦。褐衣不得見，黃綬
翻在身。吏道頓羈束，生涯難重陳。北使經大寒，關山饒苦辛。
邊兵若芻狗，戰骨成埃塵。[19]

高適寫出好學的平民百姓因一紙詔書而被迫從軍，縱使無奈也難以違命，
更無奈的是這些戍守邊疆的兵將並不被重視，有如芻狗隨時可丟棄，戰
死後的屍骨也將和塵土一起消失。

　　狗成為祭品以後，祭品的角色漸漸被狗型的物品取代，在人類身邊
的牠們又有了另外的工作，在貓被馴化前，周人以狗捕鼠，《呂氏春秋》：

齊有善相狗者。其鄰假以買取鼠之狗。期年。乃得之。畜數年而
不取鼠。以告相者。相者曰。此良狗也。其志在獐麋豕鹿。不在

---

[18]　（唐）盧照鄰，祝尚書箋注《盧照鄰集箋注》卷一（上海：上海古籍出版社，1994 年 12
月），頁 56-57。

[19]　（唐）高適，孫欽善校注《高適集校注》（上海：上海古籍出版社，2014 年 9 月），頁
202-203。

鼠。欲其取鼠也則柾之。其鄰柾其後足。狗乃取鼠。[20]

故事用以形容人大材小用，但可見當時已有人飼養獵犬或以犬捕鼠，三國時也有以犬看家、打獵的記載，《太平御覽》記載張儼（？—266 年）〈賦犬〉詩云：「守則有威，出則有獲。」[21]道盡犬的長才，可以看家也可以外出打獵，具有威信又敏捷，到了魏晉時期，賈岱宗與傅玄各有一篇詠犬賦，分別為《大狗賦》與《走狗賦》，內容都是在說狗的勇猛忠心，《大狗賦》：

> 余生處大魏之祚政，遭王路之未闢。進不得補過之功，退不得御國之冊。……越彼西旅，大犬是獲。其頭顱也，不可論以盡。其骨法也，不可辨而識。……逆風長屬，野禽是覓。鼻嗅微香，眼裁輕跡。……然其所折服，敬主識人。晝則無窺窬之客，夜則無奸淫之賓。通聽百里，夜吠猲猲。……[22]

被人類捕獲的大犬動作迅速，追捕獵物兇猛輕跡，且一旦臣服於主，便會忠心為主人效力。《走狗賦》：

> 蓋輕迅者莫如鷹，猛捷者莫如虎。惟良犬之稟性，兼二儁之勁武。……然後娛志苑囿，逍遙中路。屬精萊以待踪，逐東郭之狡

---

[20] （春秋）呂不韋，尹仲容《呂氏春秋校釋》卷十四〈士容論〉（臺北：國立編譯館中華叢書編審委員會，1958 年 7 月），頁 157。

[21] （宋）李昉《太平御覽》卷三百八十五，人事部二十六（臺北：臺灣商務印書館，1967 年）。

[22] 韓格平、沈薇薇等編《全魏晉賦校注》（長春：吉林文史出版社，2008 年 12 月），頁 124。

兔。計洋洋以衍衍，逞妙觀於永路。既迅捷其無前，又閒暇而有度。樂極情遺，逸足未殫。抑武烈而就羅兮，順指麾而言旋。歸功美於緤兮，其槃弧之不虞。感恩養而懷德兮，願致用於後田。聆輶車之鸞鑣兮，逸猲獢而盤桓。[23]

旨在說明狗的樣貌特徵，與狗追逐獵物時的迅速矯捷，捕獵完畢後就自在嬉戲於山林，閒暇時候也能自娛，忠心為主不居功也是本性。兩首賦作都生動描繪了狗逐獵物時的迅疾，也賦牠們為主分勞解憂的形象，二人皆以狗命題，但內容又言犬，據《爾雅》：「犬未成毫，狗。」[24]，《曲禮注疏》也言：「狗犬通名，若分而言之，則大者為犬，小者為狗。」[25]皆可說明狗與犬系指同一物種，若非分別不可，只有體型或年紀上的差別。獵犬也是唐人會寫入詩中的意象，王維（692－761 年）〈淇上田園即事〉：

屏居淇水上，東野曠無山。日隱桑柘外，河明閭井間。牧童望村去，獵犬隨人還。靜者亦何事，荊扉乘畫關。[26]

野地遼闊，寬廣無山，太陽躲在樹後，潺潺流水佈於里巷與水井間，有個牧童向著村莊走回去，獵犬也與人一同返村，田園之景平靜如水。崔顥（約 704－754 年）〈古遊俠呈軍中諸將〉：「少年負膽氣，好勇復知

[23] 韓格平、沈薇薇等編《全魏晉賦校注》，頁 176。

[24] （晉）郭璞注，（宋）邢昺疏《爾雅注疏》卷十釋畜第十九（臺北：臺灣中華書局，1968 年），頁 467。

[25] （漢）鄭玄注，（唐）孔穎達疏《禮記注疏及補正》（臺北：世界書局，1978 年 2 月），頁 14。

[26] （唐）王維，（清）趙殿成箋注《王摩詰全集箋注》卷七（臺北：世界書局，1996 年 6 月），頁 98。

機。仗劍出門去，孤城逢合圍。殺人遼水上，走馬漁陽歸。錯落金鎖甲，蒙茸貂鼠衣。還家行且獵，弓矢速如飛。地迴鷹犬疾，草深狐兔肥。腰間帶兩綬，轉盼生光輝。顧謂今日戰，何如隨建威？」[27]前段寫年輕人驍勇善戰，後段寫年輕人打獵的景象，弓箭速度飛快，在如此遼闊之地獵鷹疾飛，獵犬疾馳，寫出獵犬隨人出獵的勇猛形象。

北魏胡叟（生卒年不詳）〈示陳伯達〉：「羣犬吠新客，佞暗排疎賓。直途既已塞，曲路非所遵。」[28]也說明了犬識人的特性，據《北史》，胡叟處在姚氏與魏軍交戰多年風雨飄搖的時代[29]，以此詩表明心志，離開益州歸魏，此詩喻其當時在益州並沒有受到重視，詩中言犬只吠新客，所以犬可用來看家除了機警之外，也在於犬可識人，種種條件下造就了養狗的風氣。

唐代詩人在詩作中提到犬，多是以引用典故，而非寫生活中的實景，例如他們常使用《史記》中喪家犬的典故：

> 孔子適鄭，與弟子相失，孔子獨立郭東門。鄭人或謂子貢曰：「東門有人，其顙似堯，其項類皋陶，其肩類子產，然自要以下不及禹三寸。纍纍若喪家之狗。」子貢以實告孔子。孔子欣然笑曰：「形狀，末也。而謂似喪家之狗，然哉！然哉！」[30]

故事內容為孔子來到鄭國，與弟子走散，就站在城東門口，有個鄭國人

---

[27] （唐）崔顥，萬競君注《崔顥詩注》（上海：上海古籍出版社，1982 年），頁 2。

[28] 吳興、王蒧父箋注《古詩源箋注》，卷四（臺北：華正書局有限公司，1984 年 9 月），頁 359。

[29] （唐）李延壽撰《北史》卷三十四，列傳第二十二（北京：中華書局，1974 年 10 月），頁 1262-1264。

[30] （日）瀧川龜太郎《史記會注考證》〈孔子世家第十七〉卷四十七（臺北：萬卷樓圖書股份有限公司，1993 年 8 月），頁 752。

對子貢說，東門有個額頭像堯、脖子像舜的弟子、肩膀像公孫僑的人，雖有聖人之氣息，但在亂世中不得道，有如喪家的狗，因主人哀傷而失意。子貢聽了以後如實告訴孔子，但孔子反倒不感到恥辱。而後喪家狗就用以比喻不得志之人，唐詩多以此典故藉以抒發自己不受重用的感慨，如：元稹〈酬樂天得微之詩知通州事因成四首 其四〉：

> 荒蕪滿院不能鋤，甑有塵埃圉乏蔬。定覺身將囚一種，未知生共死何如。飢搖困尾喪家狗，熱暴枯鱗失水魚。苦境萬般君莫問，自憐方寸本來虛。[31]

元稹約在元和十年（815）貶為通州司馬，通州地處荒涼，「定覺身將囚一種，未知生共死何如。」已經歷經多次逐放的生涯，加上身患疾病致使原本豪氣干雲的心志被消磨殆盡，「飢搖困尾喪家狗，熱暴枯鱗失水魚。」元稹認為自己此次貶謫兇吉難測，因而寫詩與好友以抒發內心的不安。以此為喻的還可見盧仝（795—835 年）〈冬行三首 其二〉：

> 可憐聖明朝，還爲喪家狗。通運隔南溟，債利挂北斗。揚州屋舍賤，還債堪了不。此宅貯書籍，地濕憂蠹朽。[32]

盧仝自述居住在揚州的破屋舍，且屋內濕氣重並不適合人居住，在此貧困之時，便以喪家狗形容自己落魄的處境。杜甫（712—770 年）〈將適吳楚留別章使君留後兼幕府諸公得柳字〉：

---

[31] （唐）元稹，楊軍箋注《元稹集編年箋注（詩歌卷）》（西安：三秦出版社，2002 年 6 月），頁 646。

[32] （唐）盧仝《盧仝集》〈冬行三首〉卷二（北京：中華書局，1985 年），頁 17-18。

我來入蜀門，歲月亦已久。豈惟長兒童，自覺成老醜。常恐性坦率，失身爲杯酒。近辭痛飲徒，折節萬夫後。昔如縱壑魚，今如喪家狗。既無遊方戀，行止復何有。相逢半新故，取別隨薄厚。不意青草湖，扁舟落吾手。眷眷章梓州，開筵俯高柳。樓前出騎馬，帳下羅賓友。健兒簸紅旗，此樂幾難朽。[33]

前四句以其子年歲漸長想到自身已老，感到時光流逝的悲傷，接著說自己一生漂泊，有過縱壑魚的自由也有喪家狗的凄涼。而此次參加的宴席盛大，新朋舊友皆隨意給或多或少的禮金，樓前騎馬羅列，帳下賓客會集，宴會排場讓杜甫此生難忘。詩人們以失去家的狗來形容自己遭貶的心情，狗和人一樣都對家有依賴、有情感，以狗對家的依戀貼合詩人對家鄉的思念。

　　當時與狗有關的詩未必是寫生活中的狗，除了典故之外，有些詩人因見了某物聯想到狗因而作詩，也是當時人的詼諧幽默，劉禹錫（772-842 年）曾寫枸杞與狗入詩，〈楚州開元寺北院枸杞臨井繁茂可觀群賢賦詩因以繼和〉：

僧房藥樹依寒井，井有香泉樹有靈。翠黛葉生籠石甃，殷紅子熟照銅瓶。枝繁本是仙人杖，根老新成瑞犬形。上品功能甘露味，還知一勺可延齡。[34]

枸杞臨井，井水甘甜且旁邊的樹有靈性，樹葉覆蓋著水井，枸杞果熟且

---

[33]　（唐）杜甫，（清）仇兆鰲注《杜詩詳注》〈將適吳楚留別章使君留後兼幕府諸公得柳字〉（臺北：里仁書局，1980 年 7 月），頁 1064-1065。

[34]　（唐）劉禹錫，高志忠校注《劉禹錫詩編年校注》卷十一（哈爾濱：黑龍江人民出版社，2005 年 1 月），頁 1390。

透亮，以仙人及瑞犬狀枸杞的枝與根，並認為枸杞有延年益壽之功效，當時人認為枸杞是彷若仙藥下凡，據《續仙傳》：

> 朱孺子……忽見岸側有二花犬相趁，孺子異之，乃尋逐入枸杞叢下。歸語元正訝之，遂與孺子俱往伺之，復見二犬戲躍，逼之又入枸杞下，元正與孺子共尋，掘乃得二枸杞，根形狀如花犬，堅若石，洗澤挈歸煮之。……以告元正來共取食之，俄頃，孺子忽然飛昇在峯上。[35]

曾經有人見到兩隻花犬追逐於溪邊，後跑入枸杞叢下，便挖出枸杞根，形狀與兩隻狗一模一樣，於是煮來吃，吃了以後身覺飄飄然，忽然飛上山峰，彷若成仙，因此後世才有枸杞與仙藥、枸杞根與狗的想像聯結，白居易（772－846 年）也曾由枸杞聯想到狗而作詩，〈和郭使君題枸杞〉：

> 山陽太守政嚴明，吏靜人安無犬驚。不知靈藥根成狗，怪得時聞吠夜聲。[36]

前兩句說山陽一片安靜，沒有驚犬，後兩句說枸杞這靈藥的根是狗，難怪夜晚會聽見犬吠聲，以詼諧的寫作方式增添詩歌的趣味性，增添了人對「枸杞」這靈藥的神秘想像，這個想像也影響至宋代，蘇軾也曾詠〈枸杞〉：

---

[35] （唐）沈汾《續仙傳》卷上（臺北：臺灣商務印書館，1983 年《文淵閣四庫全書》本），頁 3。

[36] （唐）白居易，顧學頡點校《白居易集》卷二十五（北京：中華書局，1999 年 11 月），頁 557。

似聞朱明洞，中有千歲質。靈厖或夜吠，可見不可索。仙人儻許
我，借杖扶衰疾。[37]

藉用枸杞根成狗的典故，並以仙人道出枸杞神奇的療效，周密《浩然齋
意抄》：

宣和盛時，……會朝廷進築順州城，得枸杞於土中，其形如獒狀，
仙家所謂千歲所化者。[38]

所以才有蘇軾所謂中有千歲質之說法，可見枸杞早已被視為上好的藥材，
且與二狗入枸杞叢而為根的浪漫傳說從唐傳誦至宋，依然為人所喜。
　　詩中描寫現實生活中的狗，可見於東晉詩人陶淵明（369-427 年）
的〈歸園田居 其一〉：

曖曖遠人村，依依墟里煙。狗吠深巷中，雞鳴桑樹顛。戶庭無塵
雜，虛室有餘閑。久在樊籠裏，復得返自然。[39]

陶淵明描寫回到廬山的自由生活，心裡寬闊而無憂，回到心所嚮往的
歸田隱居悠然生活，〈桃花源詩〉也曾云：「荒路曖交通，雞犬互鳴
吠。」[40]，在這般田園風光中，犬也扮演著不可或缺的角色。事實上，晉

---

[37] （宋）蘇軾，（清）王文誥、馮應榴輯注《蘇軾詩集——附篇目索引》卷三十九，頁 2158-
2159。

[38] （宋）周密，楊瑞點校《浩然齋意抄》收錄於《周密集》（杭州：浙江古籍出版社，2015
年 4 月），頁 7。

[39] （晉）陶淵明，袁行霈撰《陶淵明集箋注》〈歸園田居五首〉其一（北京：中華書局，
2003 年 4 月），頁 76。

[40] （東晉）陶淵明，袁行霈撰《陶淵明集箋注》〈桃花源記并詩〉，頁 480。

朝《搜神後記》有一記載：

> 會稽句章民張然，滯役在都，經年不得歸。家有少婦，無子，惟
> 與一奴守舍，婦遂與奴私通。然在都養一狗，甚快，名曰「烏龍」，
> 常以自隨。後假歸，婦與奴謀，欲得殺然。然及婦作飯食，共坐
> 下食。婦語然：「與君當大別離，君可強笑。」然未得啖，奴已
> 張弓矢當戶，須然食畢。然涕泣不食，乃以盤中肉及飯擲狗，祝
> 曰：「養汝數年，吾當將死，汝能救我否？」狗得食不啖，惟注
> 睛舐脣視奴。然亦覺之。奴催食轉急。然決計，拍膝大呼曰：「烏
> 龍與手！」狗應聲傷奴。奴失刀仗倒地，狗咋其陰，然因取刀殺
> 奴。以婦付縣，殺之。[41]

張然養了一隻狗，取名為烏龍，似能懂人言，並且可分辨人之善惡，馬
上就知道與其妻子通姦的就是家中奴僕，才能夠幫助主人殺此奴僕，狗
不僅忠心，且能辨別人之善惡，此故事也為後人廣為流傳，亦可見於《藝
文類聚》與《太平廣記》，當時人已經會為狗起名字，狗也能辨別善惡
且懂人言，與人相互合作，且互相信任。唐元稹（779—831 年）〈夢遊
春七十韻〉也曾用「烏龍」之名代指狗：

> ……池光漾霞影，曉日初明煦。未敢上階行，頻移曲池步。烏龍
> 不作聲，碧玉曾相慕。漸到簾幕間，裴回意猶懼。閒窺東西閣，
> 奇玩參差布。隔子碧油糊，駝鉤紫金鍍。逡巡日漸高，影響人將
> 寤。鸚鵡飢亂鳴，嬌娃睡猶怒。簾開侍兒起，見我遙相諭。鋪設

41　（晉）干寶《搜神記・搜神後記・卷九》，頁 59（臺北：木鐸出版社，1985 年 7 月）。

繡紅茵，施張鈿妝具。[42]

詩中的狗已不只是為看家之用，甚至可以安穩熟睡，陳寅恪在其詩集曾
自注：「元微之夢遊春詩『嬌娃睡猶怒』與春曉絕句之『猚兒撼起鐘聲
動』皆指此物，夢遊春『娃』乃『猚』之字誤，淺人所妄改者也。」[43]詩
中的烏龍不作聲，識人心且懂察言觀色，由嬌猚與鸚鵡相對可知狗的嬌
貴，詩中「駝鉤紫金鍍」、「鋪設繡紅茵」皆充滿富貴氣息，狗也是在
這金碧輝煌之處安穩睡眠，李商隱（813─858 年）〈題二首後重有戲贈
任秀才〉：

> 一丈紅薔擁翠筠，羅窗不識繞街塵。峽中尋覓長逢雨，月裏依稀
> 更有人。虛爲錯刀留遠客，枉緣書札損文鱗。適知小閣還斜照，
> 羨殺烏龍臥錦茵。[44]

狗睡在織有花紋的墊褥上，可見其待遇不凡。唐代也有一些描寫田園生
活中狗的詩作，劉長卿（709─約 786 年）〈逢雪宿芙蓉山主人〉：

> 日暮蒼山遠，天寒白屋貧。柴門聞犬吠，風雪夜歸人。[45]

前兩句寫周遭景物，傍晚時分且天氣寒冷，後兩句寫聽見犬吠，看見風

---

[42]　（唐）元稹，楊軍箋注《元稹集編年箋注（詩歌卷）》，頁 337-338。

[43]　陳寅恪著，陳美延、陳流求編《陳寅恪詩集・附唐篔詩存》〈無題〉（北京：清華大學出
　　　版社，1993 年 4 月），頁 88。

[44]　（唐）李商隱著，（清）馮浩箋注《玉谿生詩集箋注》卷一（上海：上海古籍出版社，
　　　1998 年 2 月），頁 63。

[45]　（唐）劉長卿，儲仲君撰《劉長卿詩編年箋注》（北京：中華書局，1996 年 7 月），頁
　　　403-404。

雪中的晚歸人，柴門與犬成為此類詩作中常常一起出現的意象。其〈過
橫山顧山人草堂〉：

> 只見山相掩，誰言路尚通。人來千嶂外，犬吠百花中。細草香飄
> 雨，垂楊閒臥風。卻尋樵徑去，惆悵綠溪東。[46]

劉長卿言自己過橫山卻受阻半途，空氣中瀰漫花草香，「犬吠百花中」
人已困於半路卻無不歡，創造出狗在花團錦簇中的浪漫氛圍，此時微風
細雨，只好另尋它路。皎然（730－799 年）〈尋陸鴻漸不遇〉：

> 移家雖帶郭，野徑入桑麻。近種籬邊菊，秋來未著花。扣門無犬
> 吠，欲去問西家。報道山中去，歸時每日斜。[47]

詩人欲拜訪友人，詩寫路上所見，路漸小且種滿桑麻，雖已秋天但籬下
的菊花還沒開，敲了門沒有犬應聲，問了鄰居才知道友人到山裡去傍晚
才回來。詩人叩門期待的不是人應聲而是犬吠聲，可見早已拜訪過友人
家才知道友人養犬，友人出門便是攜犬相伴了。犬漸漸成為田園詩中出
現的景象，描寫樸實農村生活的田園詩時常穿插著犬的生活，元稹
（779－831 年）〈遣行十首 其六〉：

> 暮欲歌吹樂，暗衝泥水情。稻花秋雨氣，江石夜灘聲。犬吠穿籬
> 出，鷗眠起水驚。愁君明月夜，獨自入山行。[48]

---

[46] （唐）劉長卿，儲仲君撰《劉長卿詩編年箋注》，頁 130。

[47] 中華書局編輯部點校《全唐詩》卷八一五（北京：中華書局，1999 年 1 月），頁 9260。

[48] （唐）元稹，楊軍箋注《元稹集編年箋注（詩歌卷）》，頁 736。

元稹寫送友人入山，想像友人路上所遇之景象。有音樂、有花、有雨、有江水拍打石頭的聲音，看見犬邊吠邊從籬笆走出、睡眠中的鷗鳥因驚嚇而飛起，自己一個人看著月亮走上山，既孤獨又哀愁，由聽覺至視覺，最後寫自己心之所感，犬在詩中只是再普通不過的一角，漸漸佔據田園風光的一角。王維（692－761 年）〈贈劉藍田〉：

> 籬中犬迎吠，出屋候柴扉。歲晏輸井稅，山村人夜歸。晚田始家食，餘布成我衣。詎肯無公事，煩君問是非。[49]

犬在籬笆中吠叫，並出門等候，此情此景便讓人猜想，不是官員收稅，就是村裡人晚歸。晚上在家中吃飯，平常以剩下的布做衣服，詩中寫平淡的生活情況，犬也成為這平淡生活中的不可或缺，告知家人有客來訪。王維〈過李揖宅〉：

> 閒門秋草色，終日無車馬。客來深巷中，犬吠寒林下。散髮時未簪，道書行尚把。與我同心人，樂道安貧者。一罷宜城酌，還歸洛陽社。[50]

唐人偶爾也寫狗開心的動作與樣貌，錢起（710－782 年）〈送元評事歸山居〉：

> 憶家望雲路，東去獨依依。水宿隨漁火，山行到竹扉。寒花催酒

49　（唐）王維，（清）趙殿成箋注《王摩詰全集箋注》卷二（臺北：世界書局，1996 年 6 月），頁 17。

50　（唐）王維，（清）趙殿成箋注《王摩詰全集箋注》卷三，頁 31。

熟，山犬喜人歸。遙羨書窗下，千峰出翠微。[51]

錢起寫自己送友人歸山的路途所見，山上可見到遠處的路佈滿霧氣與舟中燈火熠熠，直至看見友人家的竹門與花釀的酒，友人家中狗見人歸返很是喜悅，此情此景讓錢起回到家後仍覺得嚮往。杜甫（712—770 年）〈重過何氏五首 其二〉：

山雨樽仍在，沙沉榻未移。犬迎曾宿客，鴉護落巢兒。雲薄翠微寺，天清皇子陂。向來幽興極，步屧向東籬。[52]

杜甫再訪友人家，發現景物依舊，主人置酒留賓，且「犬迎曾宿客」說明狗辨人之聰慧，連只是曾經住宿過的人也能認得，鴉護兒，可見鴉正乳雛，皆有重遊之意。其〈草堂〉：

昔我去草堂，蠻夷塞成都。今我歸草堂，成都適無虞。……不忍竟舍此，複來薙榛蕪。入門四松在，步屧萬竹疏。舊犬喜我歸，低徊入衣裾。鄰里喜我歸，酤酒攜胡蘆。大官喜我來，遣騎問所須。城郭喜我來，賓客隘村墟。天下尚未寧，健兒勝腐儒。飄颻風塵際，何地置老夫？於時見疣贅，骨髓幸未枯。飲啄愧殘生，食薇不敢餘。[53]

寶應元年，四川戰亂，杜甫攜家避亂，廣德二年再回草堂，以《詩經》

51　（唐）錢起，王定璋校注《錢起集校注》卷五（浙江：浙江古籍出版社，2015 年 3 月），頁 137。

52　（唐）杜甫，（清）仇兆鰲注《杜詩詳注》〈重過何氏五首 其二〉，頁 168。

53　（唐）杜甫，（清）仇兆鰲注《杜詩詳注》〈草堂〉，頁 1112-1116。

中「昔我往矣，楊柳依依。今我來思，雨雪霏霏。」[54]為喻，表現出自己對戰爭無情的厭惡，以及對和平的嚮往。杜甫回到成都草堂後寫下此詩，「舊犬喜我歸，低徊入衣裾。」杜甫在草堂飼養的狗也開心迎接主人歸來，且開心得在腳邊打轉，《杜臆》言：「草堂亦其所鍾情者，其去成都必有所託。此云『舊犬喜我歸』可見。」[55]離家也不忘將家犬囑託人照顧，可見杜甫對其狗照顧有加，杜甫寫出自己和狗的日常相處，並以此為樂，最後感嘆世亂未止息，一生所願惟有草堂中養餘年。韋莊（836—910年）〈梁氏水齋〉：

> 獨醉任騰騰，琴棊亦自能。卷簾山對客，開戶犬迎僧。看蟻移苔穴，聞蛙落石層。夜窗風雨急，松外一菴燈。[56]

寫詩人探訪友人之梁氏水齋，飲酒聽琴的閒適，看著窗外山與石雨滂沱大雨，將窗戶打開時更有犬迎僧，也讓人感到心情開闊。

白居易（772—846 年）也常將自己所養的狗寫入詩中，寫出狗與人之間的相處情況，〈臥疾來早晚〉：

> 臥疾來早晚，懸懸將十旬。婢能尋本草，犬不吠醫人。酒甕全生醭，歌筵半委塵。風光還欲好，爭向枕前春。[57]

白居易寫自己生病，僕人為自己找藥草，而這期間日子清淡，既不飲酒

54　屈萬里《詩經詮釋》〈小雅・鹿鳴之什・采薇〉（臺北：聯經出版社，1996 年 7 月），頁 295。

55　（明）王嗣奭撰《杜臆》卷六（臺北：臺灣中華書局，1986 年 11 月），頁 190。

56　（唐）白居易，顧學頡點校《白居易集》卷一（北京：中華書局，1999 年 11 月），頁 28。

57　（唐）白居易，顧學頡點校《白居易集》卷三十五，頁 794-795。

也無宴會，醫者來家中為自己看病時，家中犬並不吠叫，這也說明白居易明瞭狗能識人的能力。其〈池畔逐涼〉：

> 風清泉冷竹修修，三伏炎天涼似秋。黃犬引迎騎馬客，青衣扶下釣魚舟。衰容自覺宜閒坐，蹇步誰能更遠遊。料得此身終老處，只應林下與灘頭。[58]

白居易感到年華衰老而有所發，其中「黃犬引迎騎馬客」可知白居易所養的黃犬聰明伶俐，可帶領白居易前往迎客。白居易詩中也有以狗生活自況的例子，他曾藉狗無拘無束生活的意象抒發自己情感，〈犬鳶〉：

> 晚來天氣好，散步中門前。門前何所有？偶覩犬與鳶。鳶飽凌風飛，犬暖向日眠。腹舒穩貼地，翅凝高摩天。上無羅弋憂，下無羈鎖牽。見彼物遂性，我亦心適然。心適復何為？一詠逍遙篇。此仍著於適，尚未能忘言。[59]

白居易寫自己閒來無事所見之犬與鳶，犬在暖陽下安睡，鳶在空中無憂飛翔，犬與鳶皆無鎖與網的羈絆所以各得其所，自得其樂，使白居易心生羨慕，詩中的犬正在酣睡，而這一切白居易都看在眼裡，「腹舒穩貼地」正是白居易看到狗睡覺時非常舒適的模樣，這也說明了白居易與狗之間的生活，狗是毫無牽絆且自由的，白居易散步時看到這幅景象，心也跟著安適自得。

---

[58] （唐）白居易，顧學頡點校《白居易集》卷三十六，頁 838。

[59] （唐）白居易，顧學頡點校《白居易集》卷三十，頁 679。

第二節　貓：典故之應用

貓是歷史上很晚才被人類馴化的動物，最早的馴養始於古埃及。野貓約在四千年前定居古埃及，逐漸成為家貓[60]，而後成為受埃及人們喜愛、象徵愛情與多產的女神巴斯泰特（Bastet），為世界上少見的貓頭人身神祇[61]，常出現在埃及墓室的壁畫，陪葬品或是獻給神的祭品中，常會出現貓木乃伊，藉以守護往生者的墓室。據前人研究，周朝時以狗捕鼠，因為當時貓還是野畜，接著以狸捕鼠，狸就是狐狸一類的動物，最後才是以貓捕鼠，但何時將野貓馴為家畜不能確知[62]，後來出現的一些故事認為家貓是唐代著名僧人玄奘（600-664 年）帶進中國的[63]。

中國最早關於貓的記載可見於《詩經》：

> 孔樂韓土，川澤訏訏，魴鱮甫甫，麀鹿噳噳。有熊有羆，有貓有虎，慶既令居，韓姞燕譽。[64]

---

[60]　（德）戴特勒夫・布魯姆（Detlef Bluhm），張志成譯《貓的足跡——貓如何走入人類的歷史？》（臺北：遠足文化事業股份有限公司，2006 年 4 月），頁 22。

[61]　（日）池上正太，王書銘譯《埃及神明事典》（臺北：城邦文化事業股份有限公司，2008 年 7 月），頁 177。

[62]　詳見尚秉和《歷代社會風俗事物考》〈古家庭狀況〉卷四十一（臺北：臺灣商務印書館，1966 年 2 月），頁 484-486。

[63]　（荷）伊維德 （Wilt L. Idema） 著，郭劼譯〈中國特色的動物史詩〉收錄於《中正漢學研究》第二期（2014 年 12 月），頁 1-20。

[64]　屈萬里著《詩經詮釋》〈大雅〉〈蕩之什〉〈韓奕〉（臺北：聯經出版社，1983 年 2 月），頁 537。

（唐）刁光胤〈灌木游蜂山貓出谷〉，臺北故宮博物院藏。

有魚、母鹿、小鹿、羆、熊、虎、貓，是喜慶的好地方，此處貓與虎應為野獸，如《逸周書》：「武王狩，禽虎二十有二，貓二。」[65]武王狩獵的應為猛獸，與《詩經》中所指的貓應為同樣之獸，精通於《詩經》的清人馬瑞辰所釋之《毛詩傳箋通釋》也認為「有貓有虎」所指的貓為山

---

[65] 黃懷信、張懋鎔、田旭東撰《逸周書彙校集注》，卷四，世俘解第四十（上海：上海古籍出版社，1995 年 12 月），頁 459。

貓[66]，《爾雅》：「虎竊毛謂之虦貓」[67]、據《說文解字》：「虦：虎竊毛謂之虦苗。竊，淺也。」[68]可知所指的貓皆不是人類所畜養之貓。中國約在西漢時期始有畜貓之記載，東方朔〈答驃騎難〉：「騕褭，天下之良馬也，將以捕鼠於深宮之中，曾不如跛貓。」[69]用以比喻物各有其用，這是中國文學中最早有關畜貓之記載。漢畫像中也常有虎、貓的形象出現，《禮記》：

> 天子大蜡八，伊耆氏始為蜡，蜡也者，索也。歲十二月，合聚萬物而索饗之也。蜡之祭：主先嗇，而祭司嗇也。祭百種以報嗇也。饗農及郵表畷，禽獸，仁之至，義之盡也。古之君子，使之必報之。迎貓，為其食田鼠也，迎虎，為其食田豕也，迎而祭之也。[70]

據其題下注，當時以虎尸、貓尸祭祀，虎、貓皆由人所裝扮，當時雖已有畜貓之記載，但可能並不常見，所以還無法「迎而祭之」，劉敦愿〈漢畫像石上的「飲食男女」——平陰孟莊漢墓石柱祭祀歌舞圖像分析〉一文中提到：「八蜡祭祀之用尸，在柱畫中同樣留有痕跡，如地表冒出的

---

[66] （清）馬瑞辰撰，陳金生點校《毛詩傳箋通釋》（北京：中華書局，1989年），頁1014-1015。

[67] （晉）郭璞注，（宋）邢昺疏《爾雅注疏》卷十釋獸第十八（臺北：臺灣中華書局，1968年），頁455。

[68] （漢）許慎撰，（宋）徐鉉校定《說文解字・附檢字》卷五（北京：中華書局，1963年12月），頁103。

[69] （漢）東方朔，傅春明輯注《東方朔作品輯注》（山東：齊魯書社，1987年8月），頁14。

[70] （春秋）作者不詳，陳澔注《禮記集說》卷五〈郊特牲〉第十一（上海：上海古籍出版社，1987年3月），頁146-147。

虎、豕頭像，便可能是跳舞時所使用的面具。」[71]也證明了當時祭祀上用的貓、虎皆非真實動物。

到了唐代以後，雖然數量不多，但是貓開始出現在詩作中，只是出現的樣貌不一定是真實的貓，如：柳宗元（773—819 年）〈掩役夫張進骸〉：

> 從者幸告余，眎之涓然悲。貓虎獲迎祭，犬馬有蓋帷。佇立唁爾魂，豈復識此爲。[72]

詩中雖出現貓，但只是祭祀或是引用典故時所用到的貓，並不是實指真正的動物。「一朝纊息定」意思為人沒有了氣息，出於《禮記·喪大記》：「屬纊以俟氣絕。」詩在說一名役夫生前勤勞，死後本應放在棺木中葬於東山下，但後來屍骨卻在半途中離散，有人將這件事告訴柳宗元，柳宗元便弔祭此人之魂魄，用了《禮記》中兩個典故：「迎貓，為其食田鼠也，迎虎，為其食田豕也，迎而祭之也。」[73]與「仲尼之畜狗死，使子貢埋之，曰：『吾聞之也：敝帷不棄，為埋馬也；敝蓋不棄，為埋狗也。丘也貧，無蓋；於其封也，亦予之席，毋使其首陷焉。路馬死，埋之以帷。』」[74]認為貓虎都可被迎而祭之，犬馬死了都有布或席可蓋，人死了卻得到這樣的對待，為死者抱不平，也是為自己自身遭遇抱屈。寒山（生卒年不詳）也曾以典故中的貓入詩，〈詩三百三首 其四十五〉：

---

[71] 劉敦愿〈漢畫像石上的「飲食男女」——平陰孟莊漢墓石柱祭祀歌舞圖像分析〉收錄於《故宮文物月刊 141》（臺北：國立故宮博物院，1994 年 12 月），頁 131。

[72] （唐）柳宗元，尹占華、韓文奇校注《柳宗元集校注》卷四十三（北京：中華書局，2013 年 10 月），頁 3119-3120。

[73] （春秋）作者不詳，陳澔注《禮記集說》卷五〈郊特牲〉第十一，頁 146-147。

[74] （春秋）作者不詳，陳澔注《禮記集說》卷二〈檀弓下〉第四，頁 62。

夫物有所用，用之各有宜。用之若失所，一缺復一虧。圓鑿而方柄，悲哉空爾爲。驊騮將捕鼠，不及跛猫兒。[75]

旨在說明各物皆需盡其用，若使用不當便會格格不入，使用東方朔〈答驃騎難〉：「驊騮，天下之良馬也，將以捕鼠於深宮之中，曾不如跛貓。」[76]來形容自己想要闡明的物盡其用，和柳宗元〈掩役夫張進骸〉一樣都只是用與貓有關的典故，而非真實寫貓。

真的寫貓這種動物的詩作在唐代非常少，裴諧（719－793 年）有詩作寫關於貓的趣事，〈又判爭貓兒狀〉題下注：

有婦人同投狀爭貓兒，狀云：「若是兒貓兒，即是兒貓兒，若不是兒貓兒，即不是兒貓兒。諧大笑，判其狀云云。遂納其貓兒，爭者亦止焉。」詩：「貓兒不識主，傍家搦老鼠。兩家不須爭，將來與裴諧。」[77]

有婦人因要爭貓而上訴狀，當時為河南尹的裴諧見狀覺得有趣，寫下此詼諧的詩作，其中也說到貓兒不識主，當時人覺得貓並不會認主人。元稹（779－831 年）所作〈江邊四十韻〉即是另一寫貓的例子：

官借江邊宅，天生地勢坳。攲危饒壞構，迢遞接長郊。怪鵩頻棲息，跳蛙頗混殽。總無籬繳繞，尤怕虎咆哮。停潦魚招獺，空倉鼠敵貓。土虛煩穴蟻，柱朽畏藏蛟。蛇虺吞簷雀，豺狼逐野麃。

75　（唐）寒山，項楚著《寒山詩注‧附拾得詩注》（北京：中華書局，2000 年 3 月），頁 126。

76　（漢）東方朔，傳春明輯注《東方朔作品輯注》，頁 14。

77　《全唐詩》卷八七三（北京：中華書局，1999 年 1 月），頁 9959。

犬驚狂浩浩，雞亂響嘐嘐。[78]

此詩述說宅邊景象，有鵬鳥、有蛙、有虎，積水中有魚，空空的倉庫中
老鼠正與貓對抗，但貓似乎不敵鼠，顯然元稹詩作中的貓並沒有殺鼠騰
騰的樣貌。寒山（生卒年不詳）也在詩中說自己曾經養過貓，〈詩三百
三首 其一五八〉：

昔時可可貧，今朝最貧凍。作事不諧和，觸途成佇傯。行泥屢腳
屈，坐社頻腹痛。失却斑貓兒，老鼠圍飯甕。[79]

詩人寫自己此時貧窮至極的生活，加上事事不如人意、且身染疾病，家
中養的花貓又不在了，老鼠便猖獗的在家中吃飯，可見唐人雖養貓除鼠
害，但卻不常將此事寫入詩中，更沒有見到唐人寫自己與家貓的生活點
滴。

第三節　魚：樂之意象

先秦時的濠梁之辯即可見到對魚的描述，惠施與莊子在橋上觀魚而
有此記載[80]。從此開始，魚的形象便離不開「樂」字，漢樂府〈江南〉也
寫出魚之樂：

---

[78] （唐）元稹，楊軍箋注《元稹集編年箋注（詩歌卷）》（西安：三秦出版社，2002 年 6
月），頁 579-580。

[79] （唐）寒山，項楚著《寒山詩注·附拾得詩注》（北京：中華書局，2000 年 3 月），頁
397。

[80] （晉）郭象註《莊子》〈外篇秋水第十七〉（臺北：藝文印書館，1983 年 6 月），頁 340。

江南可採蓮，蓮葉何田田，魚戲蓮葉間，魚戲蓮葉東，魚戲蓮葉西，魚戲蓮葉南，魚戲蓮葉北。[81]

魚在蓮葉間嬉戲，無憂且快樂，「戲」字也是唐詩中提到魚時常用以形容的字詞，王勃（649－676 年）〈仲春郊外〉：

東園垂柳徑，西堰落花津。物色連三月，風光絕四隣。鳥飛村覺曙，魚戲水知春。初晴山院裏，何處染囂塵。[82]

寫郊外風光好，有柳有落花，在水中遊戲的魚也知道水變暖了，時節進入春天，王勃寫出自己對郊外春光的熱愛。劉長卿（約 709－789 年）〈湘中紀行十首　花石潭〉：

江楓日搖落，轉愛寒潭靜。水色淡如空，山光復相映。人閑流更慢，魚戲波難定。楚客往來多，偏知白鷗性。[83]

劉長卿欣賞潭水幽靜的面貌，山光水色相互輝映，也因潭中魚戲無止時，所以潭面漣漪不斷。盧綸（？－798 或 799 年）〈酬苗員外仲夏歸郊居遇雨見寄〉：

---

[81]　吳興、王莼父箋注《古詩源箋注》，卷一（臺北：華正書局有限公司，1984 年 9 月），頁 95。

[82]　（唐）王勃，（清）蔣清翊注、汪賢度校點《王子安集注》卷二（上海：上海古籍出版社 1995 年 11 月，），頁 84。

[83]　（唐）劉長卿，儲仲君撰《劉長卿詩編年箋注》（北京：中華書局，1996 年 7 月），頁 366。

> 雷響風仍急，人歸鳥亦還。亂雲方至水，驟雨已喧山。田鼠依林
> 上，池魚戲草間。因茲屏埃霧，一詠一開顏。[84]

此詩描寫雨中即景，不見人與鳥，只見田鼠與池魚，吵鬧的雨聲中池魚
依然遊戲在草間。

除了「戲」字以外，「樂」也是魚給人的深刻印象，白居易（772—846
年）〈玩松竹二首 其一〉：

> 龍蛇隱大澤，麋鹿遊豐草。栖鳳安於梧，潛魚樂於藻。吾亦愛吾
> 廬，廬中樂吾道。前松後修竹，偃臥可終老。各附其所安，不知
> 他物好。[85]

龍蛇、麋鹿、栖鳳、潛魚皆有其安居之所，以魚樂於藻形容魚安棲的狀
態，有如白居易在自己家中樂於自己認為的真理，最後說若是安於自己
習慣之所，就不會知道世上還有其他適合自己生存的地方，但如此便可
安穩度日，其〈池上寓興二絕 其一〉：

> 濠梁莊惠謾相爭，未必人情知物情。獺捕魚來魚躍出，此非魚樂
> 是魚驚。[86]

對濠梁之辯作出自己目前內心所感，認為人非魚並無法真切知道魚是否
真的快樂，人看到魚開心躍出水面，但此一躍未必是快樂的象徵。其〈詠

---

[84] （唐）盧綸，劉初棠校注《盧綸詩集校注》卷一（上海：上海古籍出版社，1989 年 9 月），頁 134。

[85] （唐）白居易，顧學頡點校《白居易集》卷十一，頁 225。

[86] （唐）白居易，顧學頡點校《白居易集》卷三十六，頁 828。

所樂〉：

> 獸樂在山谷，魚樂在陂池。蟲樂在深草，鳥樂在高枝。所樂雖不
> 同，同歸適其宜。不以彼易此，況論是與非。而我何所樂？所樂
> 在分司。分司有何樂？樂哉人不知。官優有祿料，職散無羈縻。
> 懶與道相近，鈍將閑自隨。昨朝拜表迴，今晚行香歸。歸來北窗
> 下，解巾脫塵衣。冷泉灌我頂，暖水濯四肢。體中幸無疾，臥任
> 清風吹。心中又無事，坐任白日移。或開書一篇，或引酒一卮。
> 但得如今日，終身無厭時。[87]

前半段探討世間萬物的樂之所在，像魚的快樂即是在池子裡，雖然萬物
適合的樂處不同，但樂處無法更改也無對錯，後半段寫白居易自己超脫
名利的心靈解脫，刻意追求出將入相對他而言是沒有必要的。白居易常
以魚樂來寫自己的心志，自己心靈已經能夠超脫且自得其樂。

　　東漢曹植（192—232 年）〈公讌詩〉也提到自己因觀魚而使心靈清
靜：

> 公子敬愛客，終宴不知疲。清夜遊西園，飛蓋相追隨。明月澄清
> 景，列宿正參差。秋蘭被長阪，朱華冒綠池。潛魚躍清波，好鳥
> 鳴高枝。神飆接丹轂，輕輦隨風移。飄颻放志意，千秋長若斯。[88]

參加宴飲的晚上在園林散步，池上滿覆芙蓉花，魚就在池中潛水跳躍，

---

[87]　（唐）白居易，顧學頡點校《白居易集》卷二十九，頁 663-664。

[88]　（東漢）曹植，（梁）蕭統《文選》卷二十〈公讌詩〉（板橋：藝文印書館，1974 年 5
　　月），頁 288。

水清枝高，代表著曹植心裡的清靜與高潔。東晉陶淵明（約 369—427 年）：

> 羈鳥戀舊林，池魚思故淵。開荒南野際，守拙歸田園。[89]

被困住的鳥想念以前住的林子，池中的魚思念過去生活的水潭，以被困住的鳥和魚形容自己被桎梏的現實。白居易〈山中五絕句 其五 澗中魚〉：

> 海水桑田欲變時，風濤翻覆沸天池。鯨吞蛟鬥波成血，深澗遊魚樂不知。[90]

寫世事變幻無常，當深水中的魚還在遊樂，儼然不知外面已經掀起滔天巨浪，以此喻外面世界惡鬥不斷，但始終與深澗中的魚毫無相干，白居易晚年時政治氣候不定，牛李黨爭愈演愈烈，所以白居易常請官外調，選擇遠離災禍。

除了戲與樂之外，唐人也有描寫魚的其他姿態，杜甫（712—770 年）〈絕句六首 其四〉：

> 急雨捎溪足，斜暉轉樹腰。隔巢黃鳥並，翻藻白魚跳。[91]

描寫雨水打在水面，水面的藻類被翻動，水中的魚跳出水面的模樣。其〈水檻遣心二首 其一〉：

---

[89]　（晉）陶淵明，袁行霈撰《陶淵明集箋注》〈歸園田居五首〉其一（北京：中華書局，2003 年 4 月），頁 76。

[90]　（唐）白居易，顧學頡點校《白居易集》卷三十五，頁 805。

[91]　（唐）杜甫，（清）仇兆鰲注《杜詩詳注》卷十，頁 1142。

去郭軒楹敞，無村眺望賒。澄江平少岸，幽樹晚多花。細雨魚兒
出，微風燕子斜。城中十萬戶，此地兩三家。[92]

詩寫微雨向晚在水檻眺望，和〈絕句六首 其四〉一樣描寫雨落在水面上，
魚就會躍出水面。其〈草堂即事〉：

荒村建子月，獨樹老夫家。雪裏江船渡，風前徑竹斜。寒魚依密
藻，宿雁聚圓沙。蜀酒禁愁得，無錢何處賒。[93]

描寫冬天草堂的景象，看見魚在藻旁，便以為魚因天氣寒冷所以聚在藻
邊，事實上是杜甫以寒魚喻自己的窮困。杜甫曾寫〈夏日歎〉以諷時政：

夏日出東北，陵天經中街。朱光徹厚地，鬱蒸何由開。上蒼久無
雷，無乃號令乖。雨降不濡物，良田起黃埃。飛鳥苦熱死，池魚
涸其泥。[94]

據題下注，詩作於乾元二年，此年夏天久旱。杜甫以「夏日出東北，陵
天經中街。朱光徹厚地，鬱蒸何由開。」說此年夏日的炎熱，接著寫久
旱成災，以雷喻政令、雨喻恩澤。「飛鳥苦熱死，池魚涸其泥。」以鳥
及魚言明萬物皆枯萎凋零，若是沒有施行德政，人民便會如鳥、如魚困
苦不堪，杜甫以此詩詠民間苦難。

當時人也以魚喻人心貪婪，張繼（712—779 年）〈題嚴陵釣臺〉：

---

[92] （唐）杜甫，（清）仇兆鰲注《杜詩詳注》卷十，頁 812。
[93] （唐）杜甫，（清）仇兆鰲注《杜詩詳注》卷十，頁 860。
[94] （唐）杜甫，（清）仇兆鰲注《杜詩詳注》卷七，頁 540。

鳥向喬枝聚，魚依淺瀨遊。古來芳餌下，誰是不吞鉤。[95]

只要有香氣濃厚魚餌，便不需擔心魚不上鉤，因為魚無法抵擋魚餌的誘惑，白居易（772—846年）〈勸酒十四首 不如來飲酒七首 其六〉：

魚爛緣吞餌，蛾焦爲撲燈。不如來飲酒，任性醉騰騰。[96]

魚因為貪食魚餌而被鉤上岸，蛾會燒焦是因為牠貪圖燈火微光，喻利慾薰心之下多無好下場，其〈感所見〉：

巧者焦勞智者愁，愚翁何喜復何憂。莫嫌山木無人用，大勝籠禽不自由。網外老雞因斷尾，盤中鮮鱠爲吞鉤。誰人會我心中事，冷笑時時一掉頭。[97]

白居易認為惟有不汲汲於富貴、不營營於名利才能阻擋災禍，就像魚因為貪餌，所以才會成為盤中鮮鱠，拙於求仕才能享受山中林木，否則將成為籠中鳥不得自由。

王建（767—830年）〈汴路水驛〉：

晚泊水邊驛，柳塘初起風。蛙鳴蒲葉下，魚入稻花中。去舍已云遠，問程猶向東。近來多怨別，不與少年同。[98]

95　《全唐詩》卷二四二，頁2710。

96　（唐）白居易，顧學頡點校《白居易集》卷二十七，頁619。

97　（唐）白居易，顧學頡點校《白居易集》卷三十七，頁852。

98　《全唐詩》卷二九九，頁3385。

詩人寫自己在驛站外看到的風景，青蛙在蒲葉下鳴叫，稻田中的魚潛入稻花中，詩人沒有將樂或戲等個人情感投注在魚身上，單純描寫魚潛入花下。其〈題金家竹溪〉：

> 少年因病離天仗，乞得歸家自養身。買斷竹溪無別主，散分泉水與新鄰。山頭鹿下長驚犬，池面魚行不怕人。鄉使到來常款語，還聞世上有功臣。[99]

王建回家休養身體，買下附近的溪流，看到溪中魚在水面優游，對人並沒有感到害怕。韋莊（836－910 年）〈李氏小池亭十二韻〉：

> 積石亂巉巉，庭莎綠不芟。小橋低跨水，危檻半依巖。花落魚爭唼，櫻紅鳥競鴿。引泉疏地脈，掃絮積山嵌。[100]

李氏小池邊石頭雜亂、雜草不除，花落在池中魚相爭覓食、輕啄，看見櫻桃熟了，鳥也爭著啄食，韋莊描寫魚爭相輕啄落花的樣貌生動，只要有東西落在水面上，魚就爭著覓食的情狀也是較少人描寫的。

第四節　鸚鵡：才高不凡

最早和鸚鵡有關的記載可追溯到西漢時，淮南王劉安（前 179－前 122 年）所著《淮南萬畢術》，是一部有關物理、化學的重要文獻，現已散

99　《全唐詩》卷三〇〇，頁 3396。

100　（五代）韋莊，轟安福箋注《韋莊集箋注》卷五（上海：上海古籍出版社，2002 年 4 月），頁 193。

佚，僅存幾千字，書中有一則關於鸚鵡之記載，說道：「乾皋一名鸚鵡，斷舌，可使言語。」[101]乾皋又稱鸚鵡，當時人認為將鸚鵡剪去舌頭便可使之言語，《說文解字》：「鸚鵡，能言鳥也。」[102]可見鸚鵡很早就已介入人類生活，也以其善言語的特性著稱。《禮記》也曾以鸚鵡為喻：

> 鸚鵡能言，不離飛鳥；猩猩能言，不離禽獸。今人而無禮，雖能言，不亦禽獸之心乎！[103]

以鸚鵡和猩猩能言的特性喻人，若人只能說話而無禮，與鸚鵡和猩猩有何異？此時的鸚鵡在人眼中雖是能言，但終是飛禽走獸。

由於鸚鵡聰慧能言的特質，常給人氣宇不凡的印象，也因此文人常用來寄託身世。東漢時彌衡曾作〈鸚鵡賦〉首先寫鸚鵡的外貌、生長環境及其特性等：

> 惟西域之靈鳥兮，挺自然之奇姿。體全精之妙質兮，合火德之明輝。性辯慧而能言兮，才聰明以識機。故其嬉遊高峻，棲跱幽深。飛不妄集，翔必擇林。紺趾丹嘴，綠衣翠衿。采采麗容，咬咬好音。雖同族於羽毛，固殊智而異心。配鸞皇而等美，焉比德於眾禽。[104]

---

[101] （西漢）劉安，茆泮林輯《淮南萬畢術・附補遺・再補遺》（北京：中華書局，1985 年），頁 7

[102] （漢）許慎撰，（清）段玉裁注《新添古音說文解字注》（臺北：洪葉文化事業有限公司，2009 年 3 月），頁 157。

[103] （清）孫希旦，沈嘯寰、王星賢點校《禮記集解》卷一〈曲禮〉上第一之一，頁 10。

[104] （梁）蕭統《文選》卷十三（板橋：藝文印書館，1974 年 5 月），頁 204-206。

彌衡說鸚鵡是西域的靈鳥，聰明且能言，不會群聚而飛，且擇林而棲，腳指微紅深青，喙為紅色，羽毛是綠色，其才志與心性是其他鳥類無法相比的。彌衡寫鸚鵡超群不凡，《文選》所收〈鸚鵡賦〉前有序：

> 時黃祖太子射，賓客大會。有獻鸚鵡者，舉酒于衡前曰：「禰處士，今日無用娛賓，竊以此鳥自遠而至，明慧聰善，羽族之可貴，願先生為之賦，使四座咸共榮觀，不亦可乎？」衡因為賦，筆不停綴，文不加點。[105]

鸚鵡為他人所進獻的珍禽，由此序可得知彌衡寫賦時文筆流暢且才思敏捷，以鸚鵡的身世對照作者才華，便可知作者雖寫鸚鵡但同時也是以鸚鵡喻其自身。吳儀鳳在《詠物與敘事——漢唐禽鳥賦研究》討論彌衡〈鸚鵡賦〉時說：「〈鸚鵡賦〉……在結合史傳中所記載的作者身世後，更可見出作者寫鳥的同時也是寫自己，達到『物我交融合一』的境界，這也是一篇好的詠物之作所當達到的標準。」[106]可見彌衡確實是以鸚鵡的才高不凡來比喻自己的才華，此為鸚鵡在詠物中的傳統之一。白居易（772—846年）作〈鸚鵡〉：

> 隴西鸚鵡到江東，養得經年嘴漸紅。常恐思歸先剪翅，每因餵食暫開籠。人憐巧語情雖重，鳥憶高飛意不同。應似朱門歌舞妓，深藏牢閉後房中。[107]

---

[105] （梁）蕭統《文選》卷十三，頁 204-206。

[106] 吳儀鳳《詠物與敘事——漢唐禽鳥賦研究》（臺北：花木蘭文化出版社，2007 年 3 月），頁 61。

[107] （唐）白居易，顧學頡點校《白居易集》卷二十四，頁 553。

以鸚鵡產地與外貌為開篇，此時白居易任蘇州太守，以鸚鵡喻自己對仕途看淡，且嚮往自由，此時的他猶如鸚鵡被困於樊籠中，只因為善人言。人們喜愛牠的聰慧，給牠衣食無缺的生活，但可惜「人憐巧語情雖重，鳥憶高飛意不同。」人卻沒有想到鸚鵡所嚮往的其實是自由不羈的生活，而非人類眼中認為的錦衣玉食。劉禹錫（772—842 年）〈和樂天鸚鵡〉：

> 養來鸚鵡嘴初紅，宜在朱樓繡戶中。頻學喚人緣性慧，偏能識主為情通。斂毛睡足難銷日，斲翅愁時願見風。誰遣聰明好顏色，事須安置入深籠。[108]

鸚鵡因其才華而備受禮遇，但是在籠中的牠卻是度日如年，常常垂著翅膀一副憂愁貌，「誰遣聰明好顏色，事須安置入深籠。」因為聰明又漂亮使得鸚鵡一生必然如此，以此喻人能者多勞、有志難伸。張祜（約785—849 年）〈鸚鵡〉：

> 棲棲南越鳥，色麗思沉淫。暮隔碧雲海，春依紅樹林。雕籠悲斂翅，畫閣豈關心。無事能言語，人聞怨恨深。[109]

鸚鵡原本在雲海與樹林愜意生活，被人捕捉後就被限制於雕籠內，張祜表面上是為鸚鵡能言而受此待遇感到悲痛，「無事能言語，人聞怨恨深」實際上是以鸚鵡喻人因才華不凡而遭忌。其〈再吟鸚鵡〉：

---

[108] （唐）劉禹錫，高志忠校注《劉禹錫詩編年校注》卷十一（哈爾濱：黑龍江人民出版社，2005 年 1 月），頁 1394-1395。

[109] 中華書局編輯部點校《全唐詩》卷五一〇（北京：中華書局，1999 年 1 月），頁 5838。

> 萬里去心違，奇毛覺自非。美人憐解語，凡鳥畏多機。未勝無丹
> 嘴，何勞事綠衣。雕籠終不戀，會向故山歸。[110]

雖受君王賞識，但畏小人讒言，美人即君王，凡鳥喻小人，因為才高遭
忌所以便不戀雕籠，希望「才高不凡」不要為自己帶來災禍。

　　因為鸚鵡善學舌，所以常被用以勸誡謹言的重要，唐羅隱（833－910
年）〈鸚鵡〉：

> 莫恨雕籠翠羽殘，江南地暖隴西寒。勸君不用分明語，語得分明
> 出轉難。[111]

深知鸚鵡羽翼遭剪修且困於籠中，並安慰鸚鵡來到一個比隴西溫暖的地
方也非壞事，接著勸鸚鵡說話不需太分明，雖是對鸚鵡說但其實是在勸
誡自己。元稹也曾以鸚鵡喻自身，說的是自己的政治遭遇，元稹（779－831
年）〈大觜烏〉寫大觜烏是惡鳥，而鸚鵡在其中直言不諱卻遭受不幸，
一切都是由於主人對大觜烏的寵溺，如「主人一心惑，誘引不知疲。轉
見烏來集，自言家轉孳。」、「主人病心怯，燈火夜深移。左右雖無語，
奮然皆淚垂。」說明主人對大觜烏的縱容「隴樹巢鸚鵡，言語好光儀。
美人傾心獻，雕籠身自持。求者臨軒坐，置在白玉墀。先問鳥中苦，便
言烏若斯。眾鳥齊搏鑠，翠羽幾離披。遠擲千餘里，美人情亦衰。」[112]
鸚鵡說出實情後反被遠擲千餘里，且眾鳥齊搏鑠，此詩作於元和五年（810
年），當時元稹因觸怒宦官權貴，被貶謫江陵，以此詩諷諭是非不分的

---

[110] 中華書局編輯部點校《全唐詩》卷五一〇，頁 5838。

[111] （唐）羅隱，潘慧惠校注《羅隱集校注》卷二（浙江：浙江古籍出版社，2011 年 7 月），
頁 76。

[112] （唐）元稹，楊軍箋注《元稹集編年箋注（詩歌卷）》，頁 249。

上位者，直指上位者的姑息養奸才造就了這些宦官，此時白居易也作〈和大觜烏〉：

> ……亦有能言鸚，翅碧觜距紅。暫曾說烏罪，囚閉在深籠。青青窗前柳，鬱鬱井上桐。貪烏占棲息，慈烏獨不容。……[113]

認為元稹的直言不應使他身陷牢籠，為好友的待遇抱屈。元稹〈有鳥十二章 其十八〉即為鸚鵡：

> 有鳥有鳥名鸚鵡，養在雕籠解人語。主人曾問私所聞，因說妖姬暗欺主。主人方惑翻見疑，趁歸隴底雙翅垂。山鴉野雀怪鸚語，競噪爭窺無已時。君不見隋朝隴頭姥，嬌養雙鸚囑新婦。一鸚曾說婦無儀，悍婦殺鸚欺主母。一鸚閉口不復言，母問不言何太久。鸚言悍婦殺鸚由，母為逐之鄉里醜。當時主母聽爾言，顧爾微禽命何有。今之主人翻爾疑，何事籠中漫開口。[114]

當中的鸚鵡也因說妖姬欺主而引起主人懷疑，連山鴉野雀都怪鸚鵡語，與大觜烏中的鸚鵡同樣落得被嫌棄與遠擲的命運，元稹最後說「今之主人翻爾疑，何事籠中漫開口。」因為被貶謫而懷疑自己的直言是否是錯誤的。鸚鵡能言且才高，又直言敢諫，常被用以形容在君王身邊盡忠職守的忠臣。

除了以鸚鵡形容自己政治遭遇外，杜甫（712—770 年）也曾以〈鸚鵡〉抒發自己離鄉之感：

---

[113] （唐）白居易，顧學頡點校《白居易集》卷二，頁 43-44。

[114] （唐）元稹，楊軍箋注《元稹集編年箋注（詩歌卷）》，頁 389。

鸚鵡含愁思，聰明憶別離。翠衿渾短盡，紅觜漫多知。未有開籠日，空殘舊宿枝。世人憐復損，何用羽毛奇。[115]

鸚鵡在籠中既憂愁又頹喪，也因為聰明所以憶別離。因善於言語而被關在籠中受到拘束，不得已離開自己從前曾棲息的樹枝，且世人會因著自己的喜好修剪鸚鵡的羽翼，因此羽毛生長得如何其特也無意義。此詩約作於大曆元年（766），杜甫流寓夔州（今四川），對於故鄉很是思念，因而已鸚鵡喻己，表達自己的愁思。

白居易〈紅鸚鵡　商山路逢〉：

安南遠進紅鸚鵡，色似桃花語似人。文章辯慧皆如此，籠檻何年出得身？[116]

安南即今日越南，白居易在商山路上見到這隻鸚鵡，詩先言其外貌與特質，毛色如桃花、說話如人言，若是如此聰明慧黠，那就沒有被放出籠的一天，有如白居易在〈感所見〉中所言：「巧者焦勞智者愁，愚翁何喜復何憂。」[117]若人平庸性拙，便不會招惹麻煩，才能自得其樂。其〈賦得烏夜啼〉：

城上歸時晚，庭前宿處危。月明無葉樹，霜滑有風枝。啼澀飢喉咽，飛低凍翅垂。畫堂鸚鵡鳥，冷暖不相知。[118]

---

[115] （唐）杜甫，（清）仇兆鰲注《杜詩詳注》卷十七〈鸚鵡〉，頁 1529-1530。

[116] （唐）白居易，顧學頡點校《白居易集》卷十五，頁 313。

[117] （唐）白居易，顧學頡點校《白居易集》卷三十七，頁 852。

[118] （唐）白居易，顧學頡點校《白居易集》卷二十六，頁 584。

寫自己晚歸所見，外頭的鳥因飢餓所以沒有力氣啼叫，雙翅也因被霜雪冰凍所以無法高飛，反觀屋內廳堂的鸚鵡根本毋需煩惱，牠們就連外面天氣是寒冷或溫暖都不知道。

第五節　小結

　　動物在文學作品中的形象，從一開始的祭品與犧牲，變成了人生活中的一份子，狗慢慢成為人打獵時的得力助手，或是在家中捉鼠的利器，這是牠們一開始在人類生活中扮演著的角色。唐詩中描寫與狗生活的作品不多，上述提到的詩歌作品僅有杜甫與白居易對自己與狗生活的情況有所描述，呂正惠認為杜甫奠定了日常生活詩歌傳統的基礎，而韓愈、白居易到兩宋所有重要詩人都是杜甫的繼承[119]，以犬詩為一對照，一般在唐代除了以狗的典故為喻之外，就是聞犬吠的田園意象，雖說犬吠也算是一種現實生活的描寫，但跟杜甫與白居易描寫狗很開心在腳邊打轉的模樣、或是犬指引人的敘述相比，較缺少情感的流動以及與人的互動，以盛唐時的杜甫為一個萌芽期，中唐以後詩人對動物的描寫漸漸轉變，杜甫和白居易這種對日常生活事物的描寫也在宋代時繼續被發展下去。

　　家貓大約在唐代時才被帶入中國，唐詩中關於貓的描寫並不多，但從詩作中的敘述可以看出當時人確實有養貓以捕鼠的記載，尚無法推斷是養貓風氣不盛行，或是唐人不愛寫貓導致關於貓的詩作數量稀少。

　　宋代前的文學作品中，魚是以快樂無憂的形象出現，魚除了帶給文人心神廣闊的戲的樣貌、樂的意象，還使人的心靈獲得平靜，杜甫以寒魚喻己、以乾涸池中的魚喻百姓之苦，但他也將魚會隨雨點拍打而浮出

---

[119] 呂正惠〈杜詩與日常生活〉收錄於《唐詩論文選集》（臺北：長安出版社，1985 年 4 月），頁 286。

水面的事情寫入詩中，白居易以吞鉤的魚喻人心貪婪，甚至可以看見白居易藉由觀魚改變了內心的想法，對於過去的追求不再執著，而能安於現況，中唐詩人慢慢脫離了過去多以魚為象徵的書寫手法，他們寫真實的魚，生活中所看見的魚的樣貌。

　　唐代除了延續漢代以來對鸚鵡才高遭忌的詩歌傳統，也以鸚鵡能言喻直言敢諫的忠臣，杜甫更以離鄉遠去的鸚鵡抒自己思念故鄉之情，白居易以自己與鸚鵡間的相處為詩，他筆下的鸚鵡過著豪奢的生活，甚至被養在溫暖的屋內，而不知外面霜雪滿天，但是白氏認為鸚鵡雖被人籠養卻不親近人，在他生活中真正與他親近如家人的動物是他養的白鶴，從這點可以明顯看出中唐以後伴侶動物詩的書寫逐漸成型。

第三章　相陪作伴：宋代動物詩之
伴侶實踐

　　宋人與動物的日常相處充滿許多平凡與不凡的種種，這些大小事皆被當時人紀錄保留了下來，此章分為四小節，分別論述狗、貓、魚、鸚鵡在宋代時與人相處的情形及宋人賦予牠們的形象。

第一節　犬：默契之養成

一、機警守盜

　　宋人對日常生活的深入觀察，以致許多看似普通的事物也能入詩，吉川幸次郎曾說：「被認為過於普通平常而不能入詩的身邊雜事，宋人卻大量地積極地用做作詩的題材。結果，要是與從前詩作一比較，宋詩就顯得更加接近日常的生活。」[1]也許正是因為積極使用普通平常的事物入詩，宋人對於周遭事物的觀察就必須更深入，所以雖然狗很早就已被馴化，但到了宋代才開始大量進入文學作品，也與人類越來越貼近。狗之所以可以看家，無非是由於對周遭環境變動敏感，林逋（967 或968－1028 年）：

---

[1]　（日）吉川幸次郎，鄭清茂譯《宋詩概說》（臺北：聯經出版事業股份有限公司，2012 年11 月），頁 14。

> 水痕秋落蟹螯肥，閒過黃公酒舍歸。魚覺船行沉草岸，犬聞人語
> 出柴扉。[2]

夜深人靜時，即使是在睡夢中，狗依然能時時注意周遭風吹草動，因而
為人類帶來安全感，《癸辛雜識》中有載：

> 狗最畏寒，凡臥必以尾掩其鼻，方能熟睡。或欲其夜警，則翦其
> 尾，鼻寒無所蔽，則終夕警吠。[3]

為使狗維持警戒狀態，當時人甚至不惜剪斷狗尾。人透過對狗睡姿的觀
察，發現以尾掩鼻是牠們睡覺時的常態。這種深入觀察說明了人與狗間
的關係與距離的拉近。當時也有人為了保護家中財產，一次養了數隻狗
來防盜，《涑水記聞》：

> 胡順之為浮梁縣令，民臧有金者，素豪橫，不肯出租，畜犬數頭，
> 里正近其門輒嚙之。[4]

為了使藏在家中的金子安全無虞，便養了好幾隻兇猛的狗看家，一旦有
人近門，狗就會機警護衛。同樣養許多狗看家的記載也可見於《桯史》：

> 吾鄉有周教授者，家太一觀前，畜犬數十，皆西北健種，晨絏昏

---

[2]　（宋）林逋《和靖詩集》卷二（臺北：臺灣中華書局，1981 年 9 月），頁 12。

[3]　（宋）周密，吳企明點校《癸辛雜識》續集上〈狗畏鼻冷〉（北京：中華書局，1988 年 1 月），頁 126。

[4]　（宋）司馬光《涑水記聞‧附補遺》，卷六（臺北：臺灣商務印書館，1966 年 6 月），頁 57。

縱，穿窬者無敢睨其藩。[5]

當時有人一次養了數十隻狗，且為西北方矯健的品種，使得小偷對他家
的財物不敢覬覦，這些記載說明了人熟知狗看家的本領。

狗的機警與敏感除了看家之用外，在有人來訪時，也能幫忙迎接客
人，《經鉏堂雜誌》〈犬固吠非其主〉：

犬見人必吠，不問人之賢否，彼固不知，人亦不責。今有小人，
加無禮湘君子。彼為人而不別善惡，是犬爾，何足深責耶？[6]

雖是以犬喻小人，言明無須理會小人言行，但其標題「犬固吠非其主」，
更精確來說，犬識人的本領使牠們吠盜者，不吠熟人。偶爾也會有不受
控而遭到主人冷落的例子，孔平仲（生卒年不詳）所寫的〈狂犬〉：

吾家有狂犬，其走如脫兔。撐突盤盂翻，搜爬堂廡汙。逢人吠不
止，雞噪貓且怒。固難在家庭，只可守村墅。不見已半年，意謂
少懲懼。昨日至城東，搖尾喜若赴。銜衣復抱膝，屢叱不肯去。
一躍數尺高，其強乃如故。豈惟性則然，汝分亦天賦。未聞有驊
騮，蹄嚙棄中路。安敢攜汝歸，重令兒女怖。[7]

狗在家中翻箱倒櫃，且見人就狂吠不止，連家中養的雞和貓都無法忍受，

5　（宋）岳珂，吳企明點校《桯史》〈九江二盜〉卷四（北京：中華書局，1981 年 12 月），
　　頁 42。

6　（宋）倪思，上海師範大學古籍整理研究所編《經鉏堂雜誌》〈犬固吠非其主〉收錄於
　　《全宋筆記‧第六編‧四》卷五（鄭州：大象出版社，2013 年 3 月），頁 415。

7　《全宋詩》第 16 冊，卷九二三，頁 10822。

主人只好將狗帶往遠處，但半年後再見，狗依然搖尾且欣喜迎接，對主人又是咬衣、又是抱膝，也證明了狗的忠心。

宋詩繼承了前代所寫的「犬吠」之田園意象外，更重要的是在宋人眼中，犬可以迎接客人，與人親近，李至（947－1001 年）曾寫下：

> 出門何所適，馬亦認余情。轉曲縈東去，嘶風便北行。樹高牆外見，犬熟道邊迎。何處多相對，南軒景最清。[8]

回到自己所熟悉的地方，一切景物都沒變，狗也在路邊歡迎熟悉的人歸來，可見狗的確有識別人的能力，陸游（1125－1210 年）曾作〈書歎〉其二：

> 尺椽不改結茅初，薄粥猶艱卒歲儲。猧子解迎門外客，狸奴知護案間書。深林閑數新添筍，小沼時觀舊放魚。自笑從來徒步慣，歸休枉道是懸車。[9]

家中的貓可以在書房裡抓老鼠以防書被啃囓，小狗可以在門外迎接客人到來。無論是守盜或是迎人，狗都能夠勝任，因此在宋人的生活上佔有舉足輕重的地位，宋人之所以如此依賴狗的陪伴，是由於狗的聰穎與靈性，《宋史》中有一記載：

---

[8] 《全宋詩》〈節假之中風氣又作僅將伏枕固難登門更獻五章代伸一喝疲兵再戰已取敗於空拳下客請行尚費詞於露穎徒堪大嚎豈足徧酬雖投刃皆虛岡睹全牛之狀然援毫而就亦勞倚馬之才但冀覽之斯為幸矣〉卷五二，頁 566。

[9] （宋）陸游，錢仲聯校注《劍南詩稿校注》〈書歎〉卷七十七（上海：上海古籍出版社，2005 年 4 月），頁 4321。

> 陳兢，江州德安人，陳宜都王叔明之後。……十三世同居，長幼
> 七百口，不蓄僕妾，上下姻睦，人無間言。每食，必羣坐廣堂，
> 未成人者別為一席。有百餘犬，亦置一槽共食，一犬不至，羣犬
> 亦皆不食。……[10]

當時有人家中養了一百多隻狗，這些狗如同受過良好的教育一般，依循
著家中的規矩生活，就像家裡的一份子。以忠心的形象著稱的狗，在宋
人的筆下又多了份情義與機智，鄒浩（1060－1111 年）作〈感歎〉詩云：

> 一犬捕執將祭神，羣犬隨之號極聲。惡傷其類乃如此，雖至苟賤
> 亦有情。人於天地最爲貴，詩書禮樂開聰明。推恩尚欲極萬物，
> 而況等列皆簪纓。奈何心忍所不忍，相殘相賊爭功名。因知微畜
> 反可尚，使我感歎無由平。[11]

狗不忍同伴被捉去祭神而哀鳴，讓詩人不禁感慨狗雖為禽獸但有情如此，
反觀身為萬物之靈的人類卻是勾心鬥角、背棄道義，在清院本〈清明上
河圖〉中的一角，也有一人背著一條死狗，引起眾犬包圍狂吠的景象[12]，
狗的情與義在這些作品中表露無疑。

　　狗的機智與道義早在晉朝《搜神後記》便有記載，第二章曾提過《搜
神後記》中記載張然所養的狗，名叫烏龍[13]，後來人寫狗常引用烏龍之
名，宋柳永（生卒年不詳）〈玉樓春 其五〉：

---

[10]　（元）脫脫《宋史》〈孝義〉列傳第二百一十五（北京：中華書局，1974 年），頁 13391。

[11]　《全宋詩》第 21 冊，卷一二三二，頁 13963。

[12]　《清明上河圖》收錄於《故宮叢刊甲種之六・清明上河圖》，圖版三十（國立故宮博物院
　　故宮叢刊編輯委員會，1977 年 7 月），頁 122。

[13]　（晉）干寶《搜神記・搜神後記・卷九》（臺北：木鐸出版社，1985 年 7 月），頁 59。

閬風歧路連銀闕，曾許金桃容易竊。烏龍未睡定驚猜，鸚鵡能言
防漏洩。匆匆縱得鄰香雪，窗隔殘煙簾映月。別來也擬不思量，
爭奈餘香猶未歇。[14]

狗能識人心、鸚鵡能言，所以要謹慎以防秘密洩漏，狗的聰慧不言而喻。
　　宋代筆記中也有家狗機智救人的記載，《夷堅志》中一則〈顏氏義
犬〉：

湖州烏程鎮義車溪居民顏氏，畜一犬，警而馴。顏氏夫婦業傭，
留小女守舍。並舍有潴池，女戲其側，跌而溺，父母不知也。忽
見犬至前，鳴吠異於他日，行且顧，若將有所導者，顏怪之。又
其首脊皆苔萍纏繞，憂疑心動，乃從而還家，則女子在地，奄奄
僅存餘息。叩之四鄰，無應者。攜歸灌救，半日始醒，問所以然，
曰：「頗記初墮時，犬從岸跳躑，既淪溺就死，不能復知其何以
得免也！」視其足踝有齒痕，隱而不傷，於是知為犬所拯云。時
紹興十九年六月也。[15]

故事中的狗既機警又溫馴，可以在家中陪伴孩子，且家中女兒發生危險
時願奮力搶救並通知家人，聰明且有靈性，時人以義犬稱之，蘇軾曾寫
〈山村二首 其二〉：

野老幽居處，成吾一首詩。桑枝礙行路，瓜蔓網疏籬。牧去牛將

14　（宋）柳永，賴橋本校注《柳永詞校注》樂章集上卷（臺北：黎明文化事業股份有限公
　　司，1995 年 4 月），頁 107。

15　（宋）洪邁，何卓點校《夷堅志》〈顏氏義犬〉補卷第四（北京：中華書局，1981 年 10
　　月），頁 1583。

犢，人來犬護兒。生涯雖仆略，氣象自熙熙。[16]

前四句寫自己幽居之所被植物圍繞，接著寫犬能夠看家，若有外人來訪，犬便會看顧，以「護兒」寫犬之功勞，當時農事繁忙不得已需留孩童獨自於家中，狗就成為很稱職的陪伴與守衛，在宋人生活中狗是很重要的存在，除了陪伴與寵愛之外，保家禦敵、甚至保護孩童都是宋人交付給家犬的任務，其中也包含了人對狗的信任與期待，也隱含著人將犬當成伴侶動物以外，其實對牠們有著更為深刻的感情，甚至可能視之為家中一員。

狗也因為慈孝而被人們讚許，當時有一則關於孝狗的故事流傳，《夷堅志》〈詹村狗〉：

> 德興詹村田舍民牝狗生子。民至貧，自無以食。狗之子母，終日無所飼養，皆瘦悴立。相去半里鹿坡王氏，求其子歸，飫於糟糠。每日竟，即掉尾返故處，嘔出所餐以哺母，至暮復然，雖風雨不輟。彼鄉士人為賦《孝狗歌》，屬和者盈卷軸。其一篇云：「慈鳥反哺古所稱，不聞乳狗能效顰。鹿坡王氏世吉人，乞得乳狗於良鄰。良鄰家貧併日食，狗母長飢骨柴立。乳狗食竟掉尾歸，嘔食餵母使母肥。朝餐歸嘔暮復續，獸類之中潁考叔。紛紛養志多缺如，慚愧四足之韓盧。」言語雖未工，足以垂訓薄俗，故表出之。[17]

16　（宋）蘇軾，（清）王文誥、馮應榴輯注《蘇軾詩集──附篇目索引》蘇軾集補增，輯佚詩二十九首，頁 2786-2787。

17　（宋）洪邁，何卓點校《夷堅志》〈詹村狗〉支庚卷第一，頁 1138。

狗不僅對人真誠，此故事中的狗對其母也是呵護備至，無論風雨，都會將食物帶回去給母狗吃，鄉里人士還為之作賦，傳廣為流傳，狗對母盡孝道的事蹟還可見於《夷堅志》〈龜山孝犬〉：

> 龜山村民趙五家，犬生數子，兩月後皆為人求去。獨存其一，方欲隨母行，而母忽為虎所食，趙呼邀鄰里，數壯者持矛逐之，虎舉步捷馳不可及。稚犬悲鳴，往趨虎後，啣其尾，左右旋轉。虎回頭。搏噬，不能傷，帶之以走。犬為棘刺掛胃，皮毛殆盡。流血灑地，終不肯脫口。虎由此亦係累，奔逸稍遲，已遭追及，死於刃下。[18]

狗目睹其母被虎所食，因而不顧自己生命危險與虎相搏，這些記載都顯現了當時人心中孝順的狗形象，不僅忠心與聰明，有時感情可能比人還豐厚，南朝宋時《幽明錄》：

> 晉泰興二年，吳人華隆，好弋獵，畜一犬。號曰的尾。每將自隨。隆後至江邊，被一大蛇圍繞固身。犬遂咬蛇死焉，而華隆僵仆無所知矣。犬彷徨嘷吠。往復路間。家人怪其如此，因隨犬往。隆悶絕委地，載歸家，二日乃蘇。隆未蘇之間，犬終不食。自此愛惜，如同於親戚焉。[19]

此一故事也被收錄於《太平廣記》中，狗見其主有難，便向外求援，成功救回一條人命，且直至主人甦醒前都不進食，當時人見之便以「如同

18　（宋）洪邁，何卓點校《夷堅志》〈龜山孝犬〉補卷第四，頁1583。

19　（南朝宋）劉義慶等著《幽明錄》〈的尾〉（臺北：藝文印書館印行，1967年），頁58。

於親戚焉」來形容這種密不可分又難以言說的關係。《太平廣記》中也
有記載：

> 晉太和中，廣陵人楊生者畜一犬，憐惜甚至，常以自隨。後生飲
> 醉，臥於荒草之中。時方冬燎原，風勢極盛。犬乃周匝嗥吠。生
> 都不覺。犬乃就水自濡，還即臥於草上。如此數四，周旋跬步，
> 草皆沾濕，火至免焚。爾後生因暗行墮井。犬又嗥吠至曉。有人
> 經過，路人怪其如是，因就視之，見生在焉。遂求出己，許以厚
> 報，其人欲請此犬為酬。生曰。此狗曾活我於已死，即不依命。
> 餘可任君所須也。路人遲疑未答。犬乃引領視井，生知其意，乃
> 許焉。既而出之，繫之而去。却後五日，犬夜走還。出《記聞》。[20]

故事中楊生對待其所養的狗「憐惜甚至」，常讓狗跟著自己到處走，而
在楊生遭遇危難時，狗急中生智救了楊生，以至於楊生拒絕了路人以狗
作為報酬的要求，雖然在狗的暗示下還是答應將其送出，但最終狗還是
主動回到了楊生身邊，不僅狗對人有情義，人對於狗也是割捨不下的，
兩者如此相知相惜，關係早已超越了主從，可以說是相互為友，乃是對
方不可或缺的同伴。

　　除了有情義又孝順外，狗能懂人言也為狗之所以能成為人類好夥伴
的重要原因，宋王闢之所撰《澠水燕談錄》，當中記載：

> 楊光遠之叛青州也，有孫中舍忘其名。居圍城中，族人在州西別
> 墅。城閉既久，內外隔絕，食且盡，舉族愁歎。有畜犬徬徨其側，

20　（宋）李昉《太平廣記》〈楊生〉卷四百三十七（北京：中華書局，1961 年 9 月），頁
　　3552-3553。

若有憂思，中舍因囑曰：「爾能為我至莊取米邪？」犬搖尾應之。至夜，為置一布囊，并簡繫犬背上。犬即由水竇出，至莊，鳴吠。居者開門，識其犬，取簡視之，令負米還，投曉入城。如此數月，比至城開，孫氏闔門數十口獨得不餒，孫氏愈愛畜之。後數年斃，葬於別墅之南。至其孫彭年，語龍圖趙公師民，刻石表其墓，曰《靈犬誌》。[21]

當主人憂愁時，狗似乎能體會其感，因而徬徨其側，人對狗有所吩咐時，狗也能不令其失望的有所回應，使得人類對牠愈愛畜之，在這隻狗過世時，家人也將之埋葬並刻石表，以靈犬誌之，可見對狗的厚愛，《太平廣記》〈陸機〉：

晉陸機少時，頗好獵，在吳，有家客獻快犬曰黃耳。機任洛，常將自隨。此犬點慧，能解人語。又常借人三百里外。犬識路自還。機羈官京師。久無家問，機戲語犬曰。我家絕無書信。汝能齎書馳取消息否。犬喜，搖尾作聲應之。機試為書，盛以竹筒，繫犬頸。犬出馹路。走向吳。飢則入草噬肉，每經大水，輒依渡者，弭毛掉尾向之，因得載渡。到機家，口銜筒，作聲示之。機家開筒，取書看畢，犬又向人作聲，如有所求。其家作答書，內筒，復繫犬頸。犬復馳還洛。計人行五旬，犬往還纔半。後犬死。還塋機家村南二百步。聚土為墳。村人呼之為黃耳塚。出《述異記》[22]

21　（宋）王闢之，呂友仁點校《澠水燕談錄》卷九（北京：中華書局，1981 年 3 月），頁113-114。

22　（宋）李昉《太平廣記》〈陸機〉卷四百三十七。（唐）房玄齡等撰《晉書》亦有記載。卷五十四，列傳第二十四，頁 1473（北京：中華書局，1974 年 11 月），頁 3558-3559。

此故事中的狗不僅懂人言且能識路，主人還為牠取了名字「黃耳」，為
其主送信，深得家人信任，死後家人將其安葬在住處附近，可見對狗甚
是疼愛與憐惜，在這段關係中，狗扮演的是陪伴者也是工作上的夥伴，
能為人完成吩咐的事項，與飼養者和其家人關係密不可分。黃庭堅
（1045－1105 年）曾以黃耳送書信一事入詩，〈次韵寅菴四首 其二〉：

> 五斗折腰慚僕妾，幾年合眼夢鄉閭。白雲行處應垂淚，黃犬歸時
> 早寄書。[23]

黃庭堅以黃犬來表達自己的思念，其〈伯氏到濟南寄詩頗言太守居有湖
山之勝同韵和〉有言：「西來黃犬傳佳句，知是陸機思陸雲。」[24]，明確
指出以陸機所養的黃耳喻書信，也就是黃犬。項安世（1129－1208 年）
則是直接以「黃耳」代指狗〈又前韻 其四〉：

> 庭前黃耳臥花欄，瘦脊長腰駿尾團。壁上朱弓雙鵲面，寂寥終日
> 兩相看。[25]

此詩描寫狗與詩人的寂寞，其中的黃耳就不指稱為書信，而是指家中所
養的狗，他家的狗在庭院的花欄下睡覺，身長且瘦，尾巴捲成一團，畫
面現得冷清。陸機所養的狗取名為黃耳，而後世也延用黃耳典故，使之
成為詩中用以代指狗或書信的名字，姚勉（1216－1262 年）年曾作〈思
家信不至〉：

23　（宋）黃庭堅，劉琳、李勇先、王蓉貴校點《黃庭堅全集》外卷集第九，頁 1084。
24　（宋）黃庭堅，劉琳、李勇先、王蓉貴校點《黃庭堅全集》外卷集第九，頁 1075。
25　《全宋詩》第 44 冊，卷二三八一，頁 27452。

又是秋風入茭荷，尚無黃耳到如何。慈親想自精神健，嬌女應添
智慧多。[26]

因家書遲遲沒有寄到，詩人感而作詩，詩中充滿對家人的思念，黃耳儼
然成為書信的代稱。

　　除了機警聰慧可以看家迎客外，狗另一特性為善獵，因此也常被作
為獵犬使用。在宋代關於獵犬的圖或詩中，我們不僅可以看見狗的英勇
姿態，更可以看到人與獵犬間的感情，五代畫家胡瓌畫有〈回獵圖〉，
《宣和畫譜》稱胡瓌：「工畫番馬」以畫北方遊牧民族之馬與射獵之況
聞名。

（五代）胡瓌〈回獵圖〉，臺北故宮博物院藏。

---

[26] 《全宋詩》第 64 冊，卷三四〇一，頁 40463。

　　圖中畫的即是遊牧民族打獵完畢踏上歸途的情景，三名獵人騎著馬、帶著犬隻一同出門打獵，犬的顏色分別為白、黑、黃，此畫名為〈回獵圖〉可能是正在回程路上，三隻犬與三人都坐在馬背上，其中兩隻狗坐在人的前方，兩人皆是以一手抱狗、一手拉韁繩的方式操控馬匹，另一人則讓狗趴在自己後方馬背上，可見當時狗出外打獵也是很受到疼愛，梅堯臣（1002－1060 年）〈犬〉詩：

> 常隨輕騎獵，不獨朱門守。鷹前任指蹤，雪下還狂走。人思上蔡遲，書寄華亭後。莫將呼作龍，粱肉纏經口。[27]

狗平常看守的是朱門，可知狗是被富貴人家豢養著，常常跟著主人外出狩獵，「人思上蔡遲」當時李斯將被腰斬於咸陽，與其子說：「吾欲與若復牽黃犬，俱出上蔡東門，逐狡兔，豈可得乎！」[28]說的是滿滿的悔恨與不捨，「書寄華亭後」陸機四十三歲時遭奸人陷害含冤而死，死前嘆曰：「華亭鶴唳，豈可復聞呼！」[29]與李斯同樣在行刑前，想起以前平淡安穩的日子，豈料已後悔莫及，那樣的生活對他們來說已是不可復得。「雪下還狂走」狗不畏風雪盡忠職守，就算天寒地凍也要為主人多捕獵幾隻動物，在此也可看出狗對人忠心不二，「粱肉」指的是精美的膳食，狗主也不吝於給予狗好的對待。蘇軾（1037－1101 年）〈江城子・密州出獵〉：

27　（宋）梅堯臣，朱東潤注《梅堯臣集編年校注》卷二十六，頁 870。

28　（日）瀧川龜太郎《史記會注考證》〈李斯列傳第二十七〉卷八十七（臺北：萬卷樓圖書股份有限公司，1993 年 8 月）。原文：「二世二年七月，具斯五刑，論腰斬咸陽市。斯出獄，與其中子俱執，顧謂其中子曰：『吾欲與若復牽黃犬，俱出上蔡東門，逐狡兔，豈可得乎！』遂父子相哭，而夷三族。」，頁 1044。

29　（唐）房玄齡等撰《晉書》卷五十四，列傳第二十四，頁 1480。

老夫聊發少年狂，左牽黃，右擎蒼，錦帽貂裘，千騎卷平岡。為
報傾城隨太守，親射虎，看孫郎。……[30]

詞中寫出獵的景象，實是抒發為國力抗侵略的豪情壯志。由穿著錦帽貂
裘可知當時氣候嚴寒，即使天氣非常寒冷，出門打獵時還是不忘帶著獵
犬，「左牽黃，右擎蒼」使此次出獵場面更加豪邁與壯觀。

宋徽宗〈鷹犬圖〉，臺北故宮博物院藏。

---

[30] （宋）蘇軾，薛瑞生箋證《東坡詞編年箋證》卷一（西安：三秦出版社，1998 年 9 月），
頁 143。

二、可識人情

　　根據《宣和畫譜》資料顯示，有犬之圖共計有十一幅，由畫名可推測描繪獵犬的有：趙博文《兔犬圖》一，黃筌《獵犬圖》一，犬與植物或山石共幅的有：趙令松《瑞蕉獅犬圖》一、《花竹獅犬圖》一，黃筌《山石貓犬圖》一，犬與貓共幅：張及之《貓犬圖》一，其他：張及之《寫犬圖》一、《躍犬圖》一，易元吉《子母犬圖》一，鍾隱《田犬逐兔圖》二，由畫名可想像當時狗圍繞在宋人的生活周遭，可能在院子某處花叢間、可能在山石旁，也可能在田地裡奔跑，可見在當時狗已是生活中非常重要的存在，而宋代狗在田園詩中的出現也非常頻繁，承繼了陶淵明詩中「狗吠深巷中」、「雞犬相聞」的田園詩意象。

　　感興吟（姓名未詳）曾寫〈春日田園雜興〉：

> 兒結襁衣婦浣紗，暖風疏雨趁桑麻。金桃接種連花蕊，紫竹移根帶筍芽。椎鼓踏歌朝祭社，賣薪挑菜晚回家。前村犬吠無他事，不是搜鹽定榷茶。[31]

詩寫兒童與婦女的田園日常，綁襁衣、洗衣物、描寫此時花與竹的樣貌，都是平凡生活的一景，在如此悠閒的農村中，除了官兵前來收稅金外，還能有什麼事讓狗吠叫的呢？將前村犬吠聲寫入詩中，且言不是搜鹽定榷茶，詩人很了解當時會引起農村中騷動的事物唯有官員，所以不須前往察看便知犬為何吠叫，又如楊萬里（1127－1206 年）〈田家樂〉：

> 稻穗堆場穀滿車，家家雞犬更桑麻。漫栽木槿成籬落，已得清陰

31　《全宋詩》第 71 冊，卷三七二二，頁 44726。

又得花。[32]

詩中描寫稻穗堆滿廣場、稻穀堆滿車，正是農忙時最貼切的寫照，詩人勢必非常了解農家生活，才寫得出稻穗與稻穀不同置放處，家家戶戶養雞犬稀鬆平常，更成為詩人描寫農村生活時的要角，詩中說人們忙著農事時，雞犬也不忘在旁邊相伴，狗陪伴宋人工作的景象也同樣見於宋畫中，北京故宮博物院藏北宋王居正〈紡車圖〉，圖中可見一名婦女正在紡車旁邊哺乳邊工作，右邊有一孩童正在玩青蛙，左邊有一隻體型小、長毛，正在吠叫的黑犬陪伴。葉茵（1199－？年）〈野望〉：

> 白水沿隄護綠苗，雞鳴犬臥柳邊橋。數家雖不成村落，一夢何曾到市朝。[33]

甚至在一個非常小的村落中，狗就在橋邊柳樹下睡覺，更增添農村中的閒適，徐端甫（生卒年不詳）〈春日田園雜興〉：

> 曉出東郊跨蹇驢，弄晴微雨潤如酥。犬依桑下鳥揵臥，鳩雜花間黃鳥呼。楊柳嫩搖風氣力，稻秧新著雨工夫。農家滋味誰知得，飽飫豚蹄酒一盂。[34]

一陣微雨過後，犬與牛都在桑樹下休息，只聽得見鳥鳴與風聲，此情此景最是農家滋味。冬天時，也可見到農村中狗的身影，吳仙湖（生卒年

---

[32] （宋）楊萬里，辛更儒箋校《楊萬里集箋校》卷二六（北京：中華書局，2007 年 9 月），頁 1335。

[33] 《全宋詩》，第 61 冊，卷三一八四，頁 38197。

[34] 《全宋詩》，第 71 冊，卷三七二一，頁 44723。

不詳）〈農家〉：

> 農家冬事足，何處不祈禳。煨芋分兒食，篘醪喚客嘗。犬眠茅舍
> 暖，犢跳野田荒。勿譴官租急，令渠樂歲康。[35]

寒冷的冬天不必工作，大家在屋內享受一年豐收的成果，身強體壯的小
牛還在外頭田野玩耍，狗則在溫暖的茅舍中睡得安穩，當時人為狗提供
遮風避雨之處，不僅僅是將狗作為工作的工具，他們與這些動物是有深
厚情感的。人也會與狗有所互動，徐照（？—1211 年）〈分題得漁村晚
照〉：

> 漁師得魚繞溪賣，小船橫繫柴門外。出門老嫗喚雞犬，收斂蓑衣
> 屋頭曬。賣魚得酒又得錢，歸來醉倒地上眠。小兒啾啾問煮米，
> 白鷗飛去蘆花煙。[36]

描寫漁夫釣魚、賣魚的生活，詩中婦人要出門時會叫喚家中所養的雞犬，
喜歡與自己家中所養的動物互動，使平淡的生活中增添一些趣味，詩人
以平靜的語氣寫出這平凡的一景，可見當時人對狗說話並非罕事，接著
寫婦人收衣、曬衣之景，喚雞犬與曬蓑衣是生活的一部分更是極其細微
的動作，詩人對漁村百姓生活深刻體察，也讓此細瑣小事成為詩中一景。
戴復古（1167—1248 年）拜訪老友陳祕書後寫下〈故人陳祕書家有感　其
一〉：

---

[35]　《全宋詩》，第 72 冊，卷三七六五，頁 45412。

[36]　《全宋詩》，第 50 冊，卷二六七一，頁 31394。

晚春風雨後，花絮落無聲。綠泛新荷出，青鋪細草生。私蛙爲誰
噪，老犬伴人行。舊日狂賓客，樽前笑不成。[37]

周遭一片生意盎然，荷花與草依然在春天裡新生，自己卻對年華流逝感
嘆，以自己與老犬年事已高對照周圍旺盛的生命力，也寫出老犬對人不
離不棄、陪伴人行走的情形，此情此景引起詩人心中激盪，面對舊日狂
賓客，樽前笑不成的情況，看到有能有老犬相伴的行人不免覺得感慨。

　　除了農村人好養犬相伴外，深宮婦人也常養狗陪伴，范成大
（1126─1193 年）曾寫：

狷兒弄煖緣堦走，花氣薰人濃似酒。困來如醉復如愁，不管低鬟
釵燕溜。無端心緒向天涯，想見檣竿旛腳斜。槐陰忽到簾旌上，
遲卻尋常一線花。[38]

藥欄花煖小狷眠，雪白晴雲水碧天。煮酒青梅寒食過，夕陽庭院
鎖鞦韆。[39]

前一首詩中婦人正體會相思之苦，深閨充滿中花氣，如酒一般濃厚，小
狗就在階上晃蕩，表現出狗的悠閒與自在。下一首詩也有濃厚的閨怨氣
息，春天正是花開之時，天氣晴朗的傍晚小狗正在花叢下睡覺，充分表
現出狗生活的單純與簡單，婦人只能在深宮中，與小狗作陪。范成大〈習

37　（宋）戴復古，金芝山校點《戴復古詩集》卷第三（浙江：浙江古籍出版社，1992 年 8
　　月），頁 86-87。

38　（宋）范成大，富壽蓀標校《范石湖集》〈題湯致遠運使所藏隆師四圖・其二倦繡〉，卷
　　三（上海：上海古籍出版社，2006 年 4 月），頁 33。

39　（宋）范成大，富壽蓀標校《范石湖集》〈春日三首 其一〉，卷十一，頁 143。

閒〉：

> 習閒成懶懶成癡，六用都藏縮似龜。雪已許多猶不飲，梅今如此
> 尚無詩。閒看貓煖眠氈褥，靜聽猧寒叫竹籬。寂寞無人同此意，
> 時時惟有睡魔知。[40]

冬天是個讓人容易發懶的季節，原本只是悠閒的過生活卻變成懶散，梅
花開得再美也提不起勁寫詩，看著貓在溫暖的棉被裡睡覺、小狗在籬笆
下吠叫，卻感到寂寞與疲倦。雖不能真正從寂寞中解脫，但詩中貓與狗
皆扮演了排遣生活中寂寞之情的要角。

　　宋太宗與其愛犬的故事，更是深刻展現了狗和人之間難分難捨的情
感關係，此故事在當時廣為人知，《宋史》曰：

> 太宗有畜犬甚馴，常在乘輿左右。及崩，鳴號不食，因送永熙陵
> 寢。李至嘗詠其事，欲若水書之，以戒浮俗。若水不從。[41]

宋太宗曾養一隻個性溫馴的狗，常常陪伴在太宗身邊，太宗死時，這隻
狗很哀傷且不吃東西，最後被送往太宗陵寢，李至（947－1001 年）曾為
此事作〈桃花犬歌呈修史錢侍郎〉：

> 宮中有犬桃花名，絳繒圍頸懸金鈴。先皇爲愛馴且異，指顧之間
> 知上意。珠簾未卷扇未開，桃花搖尾常先至。夜靜不離香砌眠，
> 朝飢祇傍御床餒。彩雲路熟不勞牽，瑤草風微有時吠。無何軒后

40　（宋）范成大，富壽蓀標校《范石湖集》〈習閒〉，卷二十九，頁 407。

41　（元）脫脫《宋史》列傳第二十五〈錢若水〉（北京：中華書局，1974 年），頁 9166。

鑄鼎成，忽遺弓劍棄寰瀛。迢迢松關伊川上，遠逐龍輴十數程。
兩眥漣漣似垂淚，骨見毛寒頓顦悴。萬人見者倍傷心，微物感恩
猶若是。韓盧[42]備獵何足嘉，西旅充庭豈爲瑞。聞君奉詔修實錄，
一字爲褒應不曲。白魚赤雁且勿書，願君書此懲浮俗。[43]

詩中詳記宋太宗與其飼養的狗之間的互動，太宗還為狗繫上絲帶、鈴鐺，
讓狗在自己床邊吃早飯，「指顧之間知上意」明白指出這隻狗的善解人
意與冰雪聰明，「珠簾未卷扇未開，桃花搖尾常先至。」往往太宗還沒
上朝，這隻狗就先過去等，跟著太宗出入，對主人依賴，太宗對牠如此
疼愛也是其來有自，直至太宗過世時，眾人也親眼見到狗的忠心與靈性，
並為之感動。另外，《詩話總龜》引《古今詩話》：

> 淳化中，合州貢桃花犬，甚小而性急，常馴擾於御榻之側。每坐
> 朝，犬必掉尾先吠，人乃肅然。太宗不豫，此犬不食。及上仙，
> 號呼涕泗，瘦瘠。章聖初即位，左右引令前導，鳴吠徘徊，意若
> 不忍。章聖令諭以奉陵，即搖尾飲食如故。詔造大鐵籠，施素裀，
> 置鹵簿中。行路見者流涕。……[44]

同樣是記載宋太宗所養的桃花犬，可見此一事被後人所稱頌且津津樂道，
而由此則記載可知宋太宗所飼養之桃花犬體型嬌小，為合州所進貢，性

---

[42] （西漢）劉向，（東漢）高誘注《戰國策》卷五，秦三（臺灣：商務印書館，1934 年 3
月）。「韓盧備獵何足嘉」出自《戰國策》，韓盧為戰國時矯健擅獵的黑毛獵犬。原文：
「以秦卒之勇，車騎之多，以當諸侯，譬若馳韓盧而逐蹇兔也。」，頁 41。

[43] 《全宋詩》第 1 冊，卷 53，頁 571。

[44] （宋）阮閱編，周本淳校點《詩話總龜》，前集卷一（北京：人民文學出版社，1987 年
8 月），頁 6。

格溫馴柔順，甚至可以跟著太宗上朝，太宗為事所擾，狗就食不下嚥，跟著到陵寢時，宋真宗還特地為牠準備的新造鐵籠與素色墊褥，疼愛之情溢於言表。

　　事實上，早在唐代時宮廷中就可見到狗的身影，據《酉陽雜俎》記載，楊貴妃曾飼養康國進貢的猧子[45]，貴妃讓狗亂棋局，使龍心大悅，雖是楊貴妃刻意讓狗擾亂棋局，但也可知狗懂得看人臉色、懂得人類想要牠做什麼。唐詩人王涯（？─835 年）也曾寫過〈宮詞〉三○首之一三：

　　　　白雪猧兒拂地行，慣眠紅毯不曾驚。深宮更有何人到，只曉金階吠晚螢。[46]

由「拂地行」可知這隻雪白的狗體型嬌小，可能為後來人稱的哈巴狗《清稗類鈔》：「哈叭狗，俗名獅子狗，亦作獬（犭八）狗。蓋始於明萬曆時，神宮監掌印太監杜用養小獬（犭八）小狗最為珍愛也，孝欽后絕愛之。」[47]陳寅恪在其詩集曾自注：「太真外傳有康國猧子之記載，即今外人所謂『北京狗』，吾國人則呼之為『哈巴狗』。」[48]由「慣眠紅毯」可見這隻小狗睡覺時還有自己專屬的紅色毯子，自古以來，紅色便是富貴

45　（唐）段成式，方南生點校《酉陽雜俎》卷一〈忠志〉：「天寶末，交趾貢龍腦，如蟬蠶形。波斯言老龍腦樹節方有，禁中呼為瑞龍腦。上唯賜貴妃十枚，香氣徹十餘步。上夏日嘗與親王棋，令賀懷智獨彈琵琶，貴妃立於局前觀之。上數子將輸，貴妃放康國猧子於坐側，猧子乃上局，局子亂，上大悅。時風吹貴妃領巾於賀懷智巾上，良久，回身方落。賀懷智歸，覺滿身香氣非常，乃卸襆頭貯於錦囊中。及二皇復宮闕，追思貴妃不已，懷智乃進所貯襆頭，具奏它日事。上皇發囊，泣曰：『此瑞龍腦香也。』」（北京：中華書局，1981 年 12 月），頁 2-3。

46　《全唐詩》〈宮詞三十首存二十七首〉卷三百三十五，頁 1452。

47　（清）徐珂《清稗類鈔》（臺北：臺灣商務印書館，1966 年 5 月），頁 42。

48　陳寅恪著，陳美延、陳流求編《陳寅恪詩集　附唐篔詩存》〈無題〉（北京：清華大學出版社，1993 年 4 月），頁 88。

的代表色，猧兒享受著滿滿的呵護與疼愛，「紅」字選用並非偶然，與
「金階吠晚螢」的「金」字都是為了突顯猧兒備受寵愛。直至宋代，依
然可見到狗的身影在宮廷內穿梭，牠們能夠在宮中安然快樂的生活，除
了是他國進貢以外，狗兒們機靈、討人喜歡也是原因之一。宋代時劉弇
（1048—1102 年）也曾寫過貴妃猧子擾亂棋局一事：

> 葉底蜂兒拋蜜桶，花邊猧子亂棋圍，一緺周昉新番畫，擬就勾芒
> 乞取歸。[49]

此則故事一直廣為流傳，詩中提到「一緺周昉新番畫」，五代名畫家周
昉畫作〈簪花仕女圖〉[50]中描繪著六名仕女，還有兩隻猧子，其中一名仕
女拿著拂穗逗弄著一隻猧子，模樣活潑可愛，兩隻猧子脖子上皆繫有紅
色絲帶，毛髮柔順乾淨，看來受到很好的對待，就如同養貓時的習慣，
宋人也會在狗的脖子上繫上紅絲帶。除了紅絲帶以外，也有為狗繫上金
鈴的記載，據宋無（1260—？年）〈公子家〉：

> 朱門當道擁高槐，拂曉鳴驪散乳鴉。紅叱撥驕矜匼匝，黑崑崙點
> 解琵琶。姬將銀蠟燒明月，犬帶金鈴臥落花。不信銅駝荊棘裏，
> 百年前是武侯家。[51]

詩旨在追憶過往，感慨人事已非，當時富貴人家養的狗戴著金鈴睡在落

49　（宋）劉弇《龍雲集》〈四用前韻酬達夫 其五〉卷九，（臺北：商務印書館，1983 年），
　　頁 7。

50　許身玉《古畫・臨摹・實技 人物篇 簪花仕女圖》（瀋陽：遼寧美術出版社，2000 年 6
　　月）

51　《全宋詩》，第 71 冊，卷三七二三，頁 44773。

花中，當時人給狗的飾品除了紅絲帶以外，還有金色鈴鐺，飾物顏色一樣以象徵富貴的紅色或金色為主，不難想像當時狗在人家中錦衣玉食的生活。

第二節　貓：同床共枕眠

一、捉鼠之功

到了宋代，貓開始大量出現於文學作品。宋陸佃《埤雅》將貓納入釋獸中，言其善捕鼠，而鼠為苗之害，貓等同於去苗之害，故貓之字從苗。[52] 然而，據《說文解字》對貓之釋名：「貓，貍屬。从豸，苗聲。莫交切。」[53]，可知貓從苗並非其義而關乎其聲，宋人對「貓」一字之聯想不離除去苗害，可見在他們心裡，貓為人驅除鼠害之功甚大，貓在宋代時經常被人豢養，原因在於其可捉老鼠，解決家中困擾。而由宋人吳淑編撰之《事類賦》雖有獸部，其中包含麟、象、虎、馬、牛、羊、狗、鹿、兔……等，卻找不到貓之記載。同樣由宋人所編之類書《太平御覽》，即在獸部二十四中收錄了貓，其下資料共有七筆，多記載貓能食鼠除害[54]。

貓善捉鼠，有則故事一直廣為流傳，羅大經《鶴林玉露》〈貓捕鼠〉：

唐武后斷王后蕭妃之手足，置於酒瓮中，曰：「使此二婢骨醉。」蕭妃臨死曰：「願武為鼠吾為貓，生生世世呃其喉。」亦可悲矣。

---

[52] （宋）陸佃《埤雅》卷四（臺北：藝文印書館，1967年），頁10。

[53] （漢）許慎撰，（宋）徐鉉校定《說文解字‧附檢字》（北京：中華書局，1963年12月），頁198。

[54] （宋）李昉等《太平御覽》卷九百十二（臺北：臺灣商務印書館，1967年11月），頁12。

今俗間相傳謂貓為天子妃者，蓋本此也。予自讀唐史此段，每見貓得鼠，未嘗不為之稱快，人心之公憤，有千萬年而不可磨滅者。嘗有詩云：「陋室偏遭點鼠欺，狸奴雖小策勳奇。呃喉莫訝無遺力，應記當年骨醉時。」[55]

依照唐史中的記載確有其事[56]，見貓捕鼠即想起此為報仇之舉，而鼠害又使人們不勝其擾，到了宋代，人們也認為貓捕鼠是為民除害、大快人心。當時人會將他們飽受鼠害困擾的情況寫入詩中，因此常常可以見到他們作乞貓詩或贈貓詩，黃庭堅（1045−1105 年）〈乞貓〉：

秋來鼠輩欺貓死，窺甕翻盤攪夜眠。聞道狸奴將數子，買魚穿柳聘銜蟬。[57]

黃庭堅就因為家中老鼠騷擾而不得安眠，聽聞有人家貓將要生子，便開始準備貓的吃食並向人乞貓，以詼諧有趣的筆法寫家中鼠患困擾及如何乞貓之事，狸奴即為貓，銜蟬也為貓之別名。據《表異錄》所言，後唐瓊花公主有二貓，一隻叫銜蟬奴，另一隻叫作崑崙妲己[58]，可知宋代以前即有宮廷中養貓之記載，公主為之取名，足見對貓的疼愛。臺北故宮博物院所藏之〈無款狸奴〉，就是黃庭堅詩中所言之「銜蟬」，嘴上兩撇深色毛，猶如嘴銜著一隻蟬。

---

[55] （宋）羅大經《鶴林玉露》〈貓捕鼠〉卷之四，乙編（北京：中華書局，1983 年 8 月），頁 195-196。

[56] （五代）劉昫等人撰之《舊唐書》列傳卷第一，確實記載「願武為鼠吾為貓」一事（臺北：臺灣商務印書館，1937 年 1 月），頁 16-589。

[57] （宋）黃庭堅，劉琳、李勇先、王蓉貴校點《黃庭堅全集》外卷集第十一，頁 1141。

[58] （明）王志堅《表異錄》卷九，動物部二，毛蟲類，（臺北：新文豐出版社，1984 年 6 月），頁 73。

作者不詳〈無款貍奴〉，臺北故宮博物院藏。

黃庭堅另一首〈謝周文之送貓兒〉：

> 養得貍奴立戰功，將軍細柳有家風。一簞未厭魚餐薄，四壁當令
> 鼠穴空。[59]

有人送貓來，黃庭堅作詩答謝，詩中並稱讚家中貓戰功輝煌，很是驕傲
與滿意，同樣以詼諧手法來表現貓捕鼠的威風與氣勢。當時喚貓作貍
奴，但並不表示貍即為貓，羅願所撰之《爾雅翼》：「貓，小畜之猛
者。」[60]、「貍者，狐之類。」[61]，明代時《本草綱目》也言：「貓，釋名

[59]　（宋）黃庭堅，劉琳、李勇先、王蓉貴校點《黃庭堅全集》外卷集第十二，頁 1179。

[60]　（宋）羅願《爾雅翼》卷二十一（板橋：藝文印書館，1965 年），頁 11。

[61]　（宋）羅願《爾雅翼》卷二十一，頁 12。

家貍」[62]、「貍，釋名野貓」[63]貓與貍在物種上而言還是有所區隔。

　　老鼠除了攪擾人的睡眠以外，也會啃食書籍，因而讓人不堪其擾，劉一止（1078-1160 年）〈從謝仲謙乞貓一首〉：

> 昔人蟻動疑鬥牛，我家奔鼠如馬群。穿牀撼席不得寐，嚙噬編簡
> 連悗紛。主人瓶粟常掛壁，每飯不肉如廣文。誰令作意肆奸孽，
> 自怨釜鬵無餘葷。居家得貓自拯溺，恩育幾歲忘其勤。屋頭但怪
> 鼠跡絕，不知下有飛將軍。他時生因願聘取，青海龍種豈足云。
> 歸來堂上看俘馘，買魚貫柳酬策勳。[64]

劉一止形容家裡老鼠跑跳擾人睡眠聲音大如群馬奔騰，就算和廣文先生[65]一樣家徒四壁、一點食物都沒有，老鼠還是會留在家中啃食藏書，養了貓以後才免於鼠患，因此將貓形容成殺敵無數的李廣飛將軍，甚至認為聘來的貓是當年隋煬帝於青海求的龍種也不可比擬的[66]，即使家境貧寒，也願意買魚給貓吃，因而寫詩向人乞貓，全詩以清新詼諧的比喻讓讀者見詩就彷彿看見奔鼠如馬群、貓如飛將軍般歷歷在目。

　　老鼠除了在家中吵鬧、咬書以外，在外也會破壞農作物，曾幾（1085-1166 年）〈乞貓二首〉其一：

---

[62]　（明）李時珍《本草綱目》卷五十二（臺北：新文豐出版社，1987 年），頁 314。

[63]　（明）李時珍《本草綱目》卷五十二，頁 332。

[64]　（宋）劉一止《苕溪集》卷三（臺北：臺灣商務印書館，1970 年），頁 7。

[65]　（唐）杜甫著、清・仇兆鰲注《杜詩詳注》卷三〈醉時歌〉：「諸公衮衮登臺省，廣文先生官獨冷；甲第紛紛厭粱肉，廣文先生飯不足。先生有道出羲皇，先生有才過屈宋。德尊一代常坎軻，名垂萬古知何用？」，頁 174。

[66]　（唐）李延壽《北史》第十五冊，〈隋本紀下第十二〉：「三年，秋七月，丁卯，置馬牧於青海渚中，以求龍種，無效而止。」（臺北：臺灣商務印書館，1937 年 1 月），頁 184。

春來鼠壤有餘蔬，乞得貓奴亦已無。青蒻裹鹽仍裹茗，煩君為致小於菟。[67]

因為原本的貓已不在，而田裡又有鼠為虐，只得向人要貓，可知曾幾對貓捉鼠的本領很是依賴。當時向人要貓也須遵古禮，〈乞貓二首〉其二：

江茗吳鹽雪不如，更令女手綴紅氎。小詩卻欠涪翁句，為問銜蟬聘得無。[68]

氎為彩色的絲織品，為了乞貓，曾幾甚至請人製作帶有裝飾的彩色絲織品，宋代時養貓習慣為貓繫上紅絲帶，臺北故宮院藏〈猴貓圖〉，貓頸上也繫著紅色絲帶。此處的彩色絲織品是否為此用途便不得而知，但曾幾對貓生活起居非常用心，可見對貓的重視，當時以鹽聘貓[69]，詩中的吳鹽即是中國最著名的淮鹽，《貓苑》中亦記載了張孟仙《刺史》云：「吳音讀鹽為緣，故婚嫁以鹽與頭髮為贈，言有緣法。俗例相沿，雖士大夫亦復因之。今聘貓用鹽，蓋亦取有緣之意，此說近理錄以存證。」[70]以鹽為贈原是婚嫁習俗，後來養貓沿用此一習俗，養貓時亦遵此古禮，可見宋人對於乞貓一事的慎重。

---

[67] （宋）曾幾《茶山集》卷八（臺北：藝文印書館，1966 年），頁 11。

[68] （宋）陸游，錢仲聯校注《劍南詩稿校注》，卷八，頁 11。

[69] （清）黃漢《貓苑》收錄於《四庫未收書輯刊‧十輯‧第十二冊》卷下（北京：北京出版社，據清咸豐二年甕雲草堂刻本，2000 年）引《丁蘭石尺牘》：「以鹽為聘由來舊矣」，頁 12-633。

[70] （清）黃漢《貓苑》收錄於《四庫未收書輯刊‧十輯‧第十二冊》卷下（北京：北京出版社，據清咸豐二年甕雲草堂刻本，2000 年），頁 12-633。

（宋）易元吉〈猴貓圖〉局部，臺北故宮博物院藏。

　　唐到宋期間是貓畫的黃金期，尤其到宋代貓畫地位最高，且最為風行。[71]此時文學作品中，貓佔數量也不在少數，宋詩中更有許多詩以貓為主角，光是陸游一人的貓詩，就有十一首之多，造成貓大量出現在圖畫及詩中的原因可能和宋人愛好養貓，且喜歡記錄與貓一起生活的情景有關，《老學庵筆記》：

> 秦檜……其孫女封崇國夫人者，謂之童夫人，蓋小名也。愛一獅貓，忽亡之，立限令臨安府訪求。及期，貓不獲，府為捕，繫鄰居民家且欲劾兵官。兵官惶恐，步行求貓。凡獅貓悉捕，捕致而皆非也。乃賂入宅，老卒詢其狀，圖百本，於茶肆張之。府尹因嬖人祈懇乃已。[72]

---

[71] 葉庭嘉《十五到十八世紀中國貓圖像研究》（臺灣：中央大學藝術學研究所碩士論文 2014 年 6 月），頁 10。

[72] （宋）陸游《老學庵筆記》卷三（北京：中華書局，1979 年 11 月），頁 32。

秦檜之孫女養貓、愛貓，其貓又與一般不同，乃是獅貓，一種長毛色白
而尾蓬的貓[73]。周文矩〈仕女圖〉中仕女腳邊窩著一隻貓，即長毛、尾蓬
之獅貓。

（五代）南唐周文矩〈仕女圖〉局部，臺北故宮博物院藏。

　　為了丟失的貓如此勞師動眾、大費周章，可見貓在其生活中的重要
性，據陸游《南唐書》記載，李後主家也有飼養貓的經驗：

> 後主二子，仲寓、仲宣，皆昭惠周后所生。⋯⋯仲宣，小字瑞保。⋯⋯
> 宋乾德二年，仲宣纔四歲。一日戲佛像前，有大琉璃燈為貓觸墮

---

[73] （宋）潛說友《咸淳臨安志》，收錄於《欽定四庫全書》卷五十八，獸之品有言，都人畜
貓有長毛白色者名曰獅貓。（臺北：成文書局，1970 年）（明）黃一正輯《事物紺珠》，
收錄於《四庫全書存目叢書‧子部》二十八卷，畜獸類，指出獅貓體大長毛尾蓬（廣東：
齊魯書社，據北京大學圖書館藏明萬曆吳勉學刻本，1995 年 9 月），頁 210-237。

地，劃然作聲，仲宣因驚癇得疾，竟卒。追封岐王，諡懷獻。時昭惠后已疾甚，聞仲宣天，悲哀更遽，數日而絕。[74]

李後主家的貓打翻了佛桌上的琉璃燈，也因此嚇死了後主四歲的兒子，貓雖然被人類飼養著，但依然保有好奇及愛玩的個性，才會對發著光的琉璃燈感到興趣卻不慎打翻，貓可以恣意爬上佛桌，顯現當時人對貓的縱容與寵溺，這點也可從宋人養貓的方式一窺，他們養貓可說是用心照料，連餐食都馬虎不得，記載北宋宣和年間舊事的《東京夢華錄》：

> 若養馬則有兩人日供切草，養犬則供餳糟，養貓則供貓食并小魚。[75]

市場有專提供給貓的食物和魚，既然有人賣貓食，便可說明養貓之人確實不少，因市場有需求，才會有其商業活動，賣的既有貓食還有小魚，他們對貓的飲食起居悉心照料，比起今人可說是有過之而無不及。

---

[74] （宋）陸游《南唐書》收錄於《陸放翁全集》卷十六（北京：中國書店，1986 年 6 月），頁 71。

[75] （宋）孟元老《東京夢華錄》〈諸色雜賣〉卷三（臺灣：臺灣商務印書館，1971 年），頁 72。

（宋）李迪〈貍奴小影〉，臺北故宮博物院藏。

二、自由來去

作者不詳〈宋人戲貓圖〉，臺北故宮博物院藏。

作者不詳〈宋人戲貓圖〉局部，臺北故宮博物院藏。

　　當時貓是與人貼近的伴侶，常見牠們在宋畫中是以自由自在的姿態出現，既不被關在家中，也不被繩子所拘束，多數時候是在院子中活動，〈宋人戲貓圖〉中即可見貓於園林內嬉戲玩耍的樣貌，貓群或於桌上、椅子上、花叢下玩耍，當時人給予牠們非常自由的生活與空間。《宣和畫譜》〈畜獸敘論〉中有言：

> ……至虎豹鹿豕獐兔，則非馴習之者也。畫者因取其原野荒寒，跳梁犇逸，不就羈畢之狀，以寄筆間豪邁之氣而已。若乃犬羊貓狸，又其近人之物，最爲難工。花間竹外，舞袘繡幃，得其不爲搖尾乞憐之態，故工至於此者世難得其人。[76]

---

[76]　（宋）作者不詳《宣和畫譜》卷十三，頁 1。

貓為近人之物，古人認為，因為與人太親近，所以要將犬羊貓狸畫得生動便有其困難，由此便印證貓與人的生活何等貼近，且常在花間竹外。宋徽宗時期內府藏有不少與貓有關之畫作，其中多為戲貓圖，竹石戲貓圖與牡丹戲貓圖為多，可以想見貓平日裡活動的地點大多於園中，且常與牡丹一同出現。宋人非常喜愛以富貴著稱的牡丹，歐陽修甚至曾寫《洛陽牡丹記》，為中國第一本牡丹專著，可見當時牡丹花受歡迎的程度，牡丹花為富貴之徵，宋人常將牡丹與貓一同入畫，可見他們也將貓視為富貴之屬。臺北故宮院藏〈宋人富貴花狸〉即為此類畫作，畫中貓毛色乾淨，頸上繫著紅色絲帶。《宣和畫譜》中對李靄之評論：「畫貓尤工，概世之畫貓者必在於花下，而靄之獨畫在藥苗間，豈非幽人逸士之所寓，果不為紛華盛麗之所移耶。」[77]清楚說明以貓為主角的畫作，多將貓畫在花叢下，且貓大多在園林中玩耍，臺北故宮院藏〈宋人戲貓圖〉中有多隻貓在園林裡，模樣活潑可愛，其中一角可見貓對爬蟲類動物充滿好奇心，可見當時貓喜歡在植物叢間遊戲。當時人不拘束牠們，任憑牠們自由玩耍，透過這一種放縱，成就了他們對貓的認識與觀察，發現牠們喜歡遊於花叢中。〈宋人冬日嬰戲圖〉也可見貓在植物叢下與孩子們嬉戲。

---

[77]　（宋）作者不詳《宣和畫譜》卷十四，頁 3。

作者不詳〈宋人冬日嬰戲圖〉局部，臺北故宮博物院藏。

作者不詳〈宋人富貴花狸〉，臺北故宮博物院藏。

陸游為宋代愛貓人的代表之一，不僅對貓的工作能力也給予肯定，也會為貓取名，陸游（1125－1210 年）〈贈貓〉：

> 裹鹽迎得小狸奴，盡護山房萬卷書。慚愧家貧策勳薄，寒無氈坐食無魚。[78]

據清人黃漢《貓苑》引《丁蘭石尺牘》：「狸奴其用鹽為聘由來舊矣」[79]，可知用鹽聘貓是一習俗，加上先前曾提過的《貓苑》中記載了張孟仙《刺史》云：「吳音讀鹽為緣，故婚嫁以鹽與頭髮為贈，言有緣法。俗例相沿，雖士大夫亦復因之。今聘貓用鹽，蓋亦取有緣之意，此說近理錄以存證。」[80]，可知此原為一婚嫁習俗。此詩作於淳熙十年，此年是陸游因免官而居山陰的第二年，這時的他除朝奉大夫主管成都府玉局觀，由於祠官本為掛名職位，俸祿不多，因此五十七歲的陸游過著務農躬耕的生活。陸游養的貓能夠為他看顧書房，使滿房的書免於鼠害，甚得陸游的心。但家貧而使貓沒有毯子睡、沒有魚可吃，陸游為此感到慚愧。其內心也希望能讓貓過上好生活，至少能有一生溫飽。陸游認為貓需要人的關懷與疼愛。其〈十一月四日風雨大作〉：

> 風卷江湖雨闇村，四山聲作海濤翻。溪柴火軟蠻氈暖，我與狸奴不出門。[81]

---

[78]　（宋）陸游，錢仲聯校注《劍南詩稿校注》卷十五，頁 1179。

[79]　（清）黃漢《貓苑》收錄於《四庫未收書輯刊・十輯・第十二冊》卷下（北京：北京出版社，據清咸豐二年甕雲草堂刻本，2000 年），頁 12-633。

[80]　（清）黃漢《貓苑》收錄於《四庫未收書輯刊・十輯・第十二冊》卷下，頁 12-633。

[81]　（宋）陸游，錢仲聯校注《劍南詩稿校注》卷二十六，頁 1829。

風與大作無法出門時，與自己養的貓在毛氈上取暖，這首詩的下一首〈又〉：

> 僵臥孤村不自哀，尚思爲國戍輪臺。夜闌臥聽風吹雨，鐵馬冰河入夢來。[82]

是有名的愛國詩，在此思國懷憂且風與大作之時，陸游和愛貓一起待在家中，詩中還不忘提到與貓一同取暖的情景，可見陸游與貓的感情非常好。

陸游〈鼠屢敗吾書，偶得狸奴捕殺，無虛日，羣鼠幾空爲賦此詩〉：

> 役無人自炷香，狸奴乃肯伴禪房。畫眠共藉床敷暖，夜坐同聞漏鼓長。賈勇遂能空鼠穴，策勳何止履胡腸。魚飧雖薄真無媿，不向花間捕蝶忙。[83]

看得出陸游很喜歡貓的陪伴，「畫眠共藉床敷暖，夜坐同聞漏鼓長。」甚至日夜不離，白天一起休息、夜晚一起坐著，雖然貓捕鼠爲的不是邀功，但陸游也一再強調貓捕鼠的勇氣可嘉，且貓努力捕鼠而犧牲自己的娛樂，忙得沒有時間到花叢中捉蝴蝶，《東京夢華錄》：「若養馬則有兩人日供切草，養犬則供餳糟，養貓則供貓食并小魚。」[84]對照陸游詩中的魚飧可知，除了餵貓吃魚之外，也會提供其他的貓食，可能是出於體貼，怕只吃魚無法給牠們足夠的營養，顯現了他們對貓的用心。據陸游

---

[82] （宋）陸游，錢仲聯校注《劍南詩稿校注》卷二十六，頁 1830。

[83] （宋）陸游，錢仲聯校注《劍南詩稿校注》卷六十五，頁 3666。

[84] （宋）孟元老《東京夢華錄》卷三（臺灣：臺灣商務印書館，1971 年），頁 72。

自注，李勝之嘗繪捕蝶獅貓圖以諷刺世人，可見此時貓蝶圖還未有祝壽之意，宋畫中雖有以貓蝶共幅者、宋詩中雖有以貓捕蝶為詩句者，但此時的貓蝶尚未與「耄耋」產生關聯，葉庭嘉在《十五到十八世紀中國貓圖像研究》中認為貓蝶圖作耄耋用的時間約在明代以後[85]，且清人黃漢《貓苑》中有注：

> 陸放翁詩「魚餐雖薄真無愧，不向花間捕蝶忙。」又按《宣和畫譜》載：「李藹之，華陰人，善畫貓，今御府藏有戲貓、雛貓及醉貓、小貓、薑貓等圖凡十有八，此李藹之或即李勝之歟？」而《宣和畫譜》又載何尊師以畫貓專門，嘗謂貓似虎，獨耳大眼黃不同，惜乎尊師不充之以為虎，止工於貓，殆寓此以游戲耶？又載滕昌佑有芙蓉貓兒圖，又王凝為鸚鵡及獅貓等圖，不惟形象之似，亦兼取其富貴態度，蓋自是一格。宋人又有正午牡丹圖，不知誰畫，見《埤雅》。禹之鼎有摹元大長公主抱白貓圖，今藏吳小亭（秉權）家。小亭云：「畫中公主長身，其貓純白如雪，惟眼赤色。」近世所傳，又有貓蝶圖，蓋取髦耋之意，用以祝嘏耳。……[86]

由此記載可知宋代時雖有各式貓圖，且與鸚鵡、牡丹同樣具有富貴吉祥之意，但是貓蝶圖取耄耋之意用以祝壽是「近世所傳」。就今人對於貓的了解可知貓對於各式會移動的物體都很感興趣，所以捕捉壁虎、蟑螂、蜘蛛、蝴蝶或蜻蜓……等小生物可說是牠們的娛樂消遣，甚至於市面上

---

[85] 葉庭嘉《十五到十八世紀中國貓圖像研究》（臺灣：中央大學藝術學研究所碩士論文 2014 年 6 月），頁 15。

[86] （清）黃漢《貓苑》收錄於《四庫未收書輯刊‧拾輯‧十二冊》，頁 12-637。

還有為家貓所推出的仿蝴蝶飛舞玩具，讓在家中不能出門的貓也可以享受捕蝶之趣。宋人們藉由自己的觀察，發現捕蝶是貓的日常生活與娛樂，以至於將貓捕蝶寫入文學作品，或將貓與蝶嬉戲的模樣以圖畫記錄下來，後人見之才漸漸以貓蝶之諧音聯想至耄耋，可見宋人對於日常事物細微的觀察造就了宋詩中的日常性與生活性。

陸游〈得貓於近村以雪兒名之戲為作詩〉：

> 似虎能緣木，如駒不伏轅。但知空鼠穴，無意為魚飧。薄荷時時醉，氍毹夜夜溫。前生舊童子，伴我老山村。[87]

此時為紹熙二年，陸游居故鄉，有許多時間可以陪伴愛貓，此詩說明貓捉鼠是天性，不是為討好人而去做，也不受到人的束縛，陸游欣賞貓的天性，喜歡貓的陪伴，由「伴我老山村」可知，陸游將其視為伴侶。同年有〈晚秋農家〉之作，其一：

> 老來萬事嬾，不獨廢應酬；門前即湖山，亦復罕出遊。吾廬有真樂，一榻眠高秋。回看世上事，得喪良悠悠。[88]

年已六十七的陸游很享受田園生活且很少出門，「吾廬有真樂」可見他很滿足於養貓、讀書的恬適生活，「一榻眠高秋」這時候的陸游終於可以終日無憂慮的酣睡，過去官場浮沉如今看來已不足重。此年亦有〈戲詠閑適〉：

---

[87] （宋）陸游，錢仲聯校注《劍南詩稿校注》卷二十三，頁 1710。

[88] （宋）陸游，錢仲聯校注《劍南詩稿校注》卷二十三，頁 1694。

　　　　暮秋風雨暗江律，不下書堂已過旬。鸚鵡籠寒晨自訴，狸奴氈暖
　　　　夜相親。典衣旋買修琴料，叩戶時聞請藥人。說與鄉鄰當賀我，
　　　　死前長作自由身。[89]

慶幸自己能擁有此番自由自在的生活，「典衣旋買修琴料」可知富貴於
陸游如浮雲，能夠撫琴、享受絲竹之樂才是陸游現階段所追求生活，「狸
奴氈暖夜相親」與「薄荷時時醉，氍毹夜夜溫」皆說明即使陸游生活窮
苦，家中貓兒也不能受寒，其對貓關愛之心不言而喻。甚至與貓夜相親，
說明人與貓之間有著情感的流動，陸游與貓互為伴侶、相互陪伴。
　　喜歡貓的陸游也為貓取了名字，陸游〈贈貓〉：

　　　　鹽裹聘狸奴，常看戲座隅。時時醉薄荷，夜夜佔氍毹。鼠穴功方
　　　　列，魚殮賞豈無。仍當立名字，喚作小於菟。[90]

由貓醉薄荷可知宋人可能早已經知道貓薄荷能引起貓咪興奮、打滾[91]。然
而，現今的我們知道貓薄荷（Nepeta cataria）與薄荷（Mentha Species）
不同，而能引起貓咪興奮翻滾的只有貓薄荷[92]，這可能意味著宋代即有貓

---

[89]　（宋）陸游，錢仲聯校注《劍南詩稿校注》卷二十三，頁 1710-1711。

[90]　（宋）陸游，錢仲聯校注《劍南詩稿校注》卷四十二，頁 2656。

[91]　（英）德斯蒙德・莫里斯（Desmond Morris）《貓咪學問大——人類最想問的 80 個喵什
　　　麼》書中有言：「貓對貓薄荷的積極反應形式如下：貓靠近貓薄荷，聞一聞，接著會愈來
　　　愈激動，開始舔它、咬它、嚼它、用臉頰和下巴一再磨蹭、搖頭晃腦、用身體磨蹭、大聲
　　　呼嚕叫、咆哮、喵喵叫、滾來滾去，甚至跳到空中；有時也觀察到洗臉和抓東西的動作。
　　　就算是最冷淡的貓，也會因為貓薄荷的化學成分而變得熱情外向。」（臺北：商周出版，
　　　2011 年 6 月），頁 78-79。

[92]　CAT NEWS 編輯部編著、林政毅醫師編審《貓咪飼養百科》（臺北：數位人資訊股份有
　　　限公司，2006 年 10 月）「一般所謂的貓草，其實分為兩種，一種是新鮮的小麥草、燕麥
　　　草等，用來幫助貓咪腸道消化及排便的，另一種則是貓薄荷。貓薄荷英名為 catnip，學名
　　　為 Nepeta cataria。……由於貓草中含有一種 Nepetalactone 的物質屬油脂性，其化合物的

薄荷的出現[93]，能夠確定的是，宋人確實知道這種植物能使貓出現異於平常的行為。此詩作於慶元六年，陸游妻子於慶元三年過世，而陸游在慶元四年奉祠歲滿後再無復請，可知陸游此時憑己力維持生活，經濟上不會太寬裕，但對於愛貓很是照顧，已經七十六歲的陸游喜歡看貓玩耍，知道貓會醉於薄荷。且怕貓受寒就讓貓睡在毛織的地毯上，而非讓其直接睡臥地板上，可見對貓的寵愛始終不變。「常看戲座隅」寫盡貓對人撒嬌的姿態，可見這隻貓常圍繞在主人的身邊、腳下。陸游為貓取了名字，「於菟」即為「虎」，宋洪興祖認為「菟，古兔字。」[94]也有學者認為顧菟就是「於菟」，「於菟」就是楚語「虎」的意思，黎子耀：「《天問》為楚辭，『顧菟』為楚語。按《左傳・宣公四年》云：『楚人謂虎於菟』，『顧菟』即『於菟』，於、顧一聲之轉耳。」[95]，說明陸游認為貓與虎一樣有著善獵的特性，除鼠害的功力無人能比，除了此種知識性的看待外，替愛貓命名也可說明陸游對貓的用情之深，將貓當成自己的孩子一般，除了「於菟」，陸游也曾將貓喚作「粉鼻」，陸游〈贈粉鼻〉：

> 連夕狸奴磔鼠頻，怒髯噀血護殘囷。問渠何似朱門裏，日飽魚飧睡錦茵？[96]

氣味與母貓發情時後所產生的性費洛蒙的味道相似，因此當貓咪聞到之後，會感到興奮開心地打滾，還可能會發出呼嚕呼嚕的聲音。」，頁 151-152。

[93] （清）吳其濬《植物名實圖考》收錄於《四庫全書存目叢書・子部》卷二十五，頁 43-44 之記載，當時已有薄荷及大葉薄荷兩種薄荷，且皆有圖。經筆者對照布倫尼斯（Lesley Bremness）著，《世界藥用植物圖鑑》（臺北：貓頭鷹出版，2008 年 3 月），清代時記載的薄荷與現今的綠薄荷相似，而大葉薄荷則與和貓薄荷同屬的荊芥（Nepeta）較為相同，荊芥屬植物可醉貓（廣東：齊魯書社，據明萬曆刻本影印），頁 190、195。

[94] （宋）洪興祖：《楚辭補注》（北京：中華書局，1983 年 3 月），頁 48。

[95] 黎子耀著，吳澤主編：〈《卜辭中所見先公先王考》古史研究〉，《王國維學術研究論集》（上海：東華師範大學出版社，1987 年），第二冊，頁 12。

[96] （宋）陸游《劍南詩稿校注》卷二十八，頁 1961。

此詩中的貓對捉老鼠卻顯得有些怠惰，只想過著享受的生活，陸游對此
雖有些微詞，卻也不忍苛責。陸游〈嘲畜貓〉：

> 甚矣翻盆暴，嗟君睡得成！但思魚饜足，不顧鼠縱橫。欲騁銜蟬
> 快，先憐上樹輕。胸山在何許？此族最知名。[97]

據《太平寰宇記》記載，胸山位於青州臨胸縣東七十里，縣因山建名。
書中另一筆記載，胸山位於海州胸山縣南二里，且秦始皇時已有此山之
名。[98]陸游認為胸山的貓最富盛名。詩中描述貓愛吃魚，但竟然不捉老
鼠，只顧自己愛玩、愛爬樹，但陸游愛之深，貓雖捉鼠無功，陸游卻也
沒有顯現出不悅，只寫詩嘲弄自己的愛貓，對貓不捕鼠並不生氣也可見
於陸游〈小室〉：

> 地褊焚香室，窗昏釀雪天。爛炊二禽飯，側枕一肱眠。身似嬰兒
> 日，家如太古年。狸奴不執鼠，同我愛青氈。[99]

在陸游狹小的房間內，貓不但不捕鼠，還與陸游一起在毯子裡睡覺，陸
游詩句中對貓充滿寵溺之情，也可以看出貓非常黏人，喜歡對主人撒嬌。
其〈贈貓〉：

> 執鼠無功元不劾，一簞魚飯以時來。看君終日常安臥，何事紛紛
> 去又回？[100]

97　（宋）陸游《劍南詩稿校注》卷三十八，頁 2428。

98　（宋）樂史《太平寰宇記》（北京：中華書局，2007 年 11 月），頁 358-359、頁 458、
　　460。

99　（宋）陸游《劍南詩稿校注》卷九十六，頁 3866。

100　（宋）陸游《劍南詩稿校注》卷八十五，頁 4533。

無論是否捉鼠有功，陸游也不減少對貓的關愛，覺得自家的貓最近時常出門，就想知道貓到底在忙些什麼？把貓當成不可或缺的存在。吉川幸次郎說到陸游貓詩時，就曾說陸游對家庭、對兒子愛護備至，這種對家庭的愛情也包括家裏養的貓[101]。即使貓終日無所事事，失去捉鼠或護書的能力，他還是心甘情願飼養著，對貓的疼愛與關懷已然是將其視為家中一份子。

當時許多人和陸游一樣，對貓不捕鼠一點也不在意，他們不將貓當作可以使喚的動物，而是將貓視為如同家人一般的伴侶，這些貓享受著不凡的待遇，既有專屬的食物，也有其專用的睡墊，將貓視為家中一份子的大有人在。林逋（967 或 968–1028 年）〈貓兒〉：

纖鈎時得小溪魚，飽臥花陰興有餘。自是鼠嫌貧不到，莫慚尸素在吾廬。[102]

林逋養的貓吃飽了就在花叢下休息，充滿慵懶的氣息。對林逋而言，即便因為家中窮，沒有老鼠來光顧而使貓無所作為，也值得供溫飽，想是林逋也非常懂得欣賞貓兒療癒人心的一面。鄭清之（1176–1251 年）〈香山貓食粥〉：

梵宮新遣兩狸奴，晨粥飢餐食肉如。料是伊蒲三昧熟，未知遶膝訴無魚。[103]

---

[101] （日）吉川幸次郎，劉向人譯《中國詩史》（臺北：明文書局，1983 年 4 月），頁 422。

[102] （宋）林逋《和靖詩集》卷四，頁 10。

[103] （宋）鄭清之《安晚堂集》收錄於《欽定四庫全書》卷六（臺北：商務印書館，1970 年），頁 5。

養在佛家之地的貓，雖入境隨俗吃著素粥，還是不免讓詩人思考牠們是否還是想吃魚，而蹭著人雙腳的可愛模樣也說明了貓的親人與活潑。鄭清之〈香山老惠兩貓〉：

> 殺活禪機本自由，順行逆用總先籌。伽黎親抱狸奴送，管是南泉是趙州。[104]

〈南泉斬貓〉為一樁因貓而起的禪門公案，文中南泉和尚以殺生之無情來斬斷弟子們對貓的執著[105]，此舉在後世看來爭議頗大，但在鄭清之眼中，當年的公案有沒有結果都沒有關係，重要的是他眼前這兩隻貓。胡仲弓（生卒年不詳）〈睡貓〉：

> 瓶中斗粟鼠竊盡，床上狸奴睡不知。無奈家人猶愛護，買魚和飯養如兒。[106]

詩描寫家中貓的日常生活，不需捕鼠且愛睡覺，睡得安穩連老鼠光顧都沒發覺，但家人還是對牠非常好，這更印證了宋代飼養這些動物已不要求其功能性。他們依賴這些動物的存在，詩人甚至以「養如兒」形容之，足見家人與貓情感深厚，甚至將貓視為家庭中的一份子。林希逸

---

[104] （宋）鄭清之《安晚堂集》收錄於《欽定四庫全書》卷六，頁 4-5。

[105] （宋）釋道原〈南泉斬貓〉全文：南泉和尚因東、西堂爭貓兒，泉乃提起云：「大眾道得即救，道不得即斬却也！」眾無對，泉遂斬之。晚，趙州外歸，泉舉似州，州乃脫履安頭上而出。泉云：「子若在即救得貓兒。」無門曰：「且道：『趙州頂草鞋』意作麼生？若向者裏下得一轉語，便見南泉令不虛行；其或未然，險！」頌曰：「趙州若在，倒行此令。奪却刀子，南泉乞命。」出《景德傳燈錄》卷八，收錄於《四部叢刊三編 子部》（上海：上海書店，1936 年），頁 4。

[106] （宋）胡仲弓《葦航漫遊稿》卷四（臺北：商務印書館，1970 年），頁 22。

（1193—1271 年）〈麒麟貓〉題下有注：

> 新得狸奴滿口皆黑，人謂含蟬，甚佳。絕不能捕，戲以號之。詩：
> 道汝含蟬實負名，甘眠晝夜寂無聲。不曾捕鼠祇看鼠，莫是麒麟
> 誤託生。[107]

因家中貓不捕鼠而有戲作，以既是「仁獸」又是「神獸」的麒麟喻之，
取麒麟不傷人畜草木之性格，喻貓不捕鼠的特性，對貓不捕鼠這件事實
無憤怒之情。實際上，當時人也有以貓的「仁」與「慈愛」為記載，《夷
堅志》中〈李氏貓〉：

> 大庾嶺民李氏，畜二牝貓，各產四子，更出迭入，交相為哺。家
> 人始怪之，久以為常。旬日後一牝為犬所噬，其一啣死者之子置
> 己窠，與其子合。死者子貓含怒作聲，有不相安之意，貓母遍舐
> 環拊，繾綣先後，若欲安而全之，不忍捨也。久之，乳力不能周，
> 日以贏瘠，而奔走遮護如初時，終其離哺能自食乃已。[108]

此記載中可看見平常人家也養貓，且貓並非無情之物，甚至在自己體力
已不堪負荷時，仍對非親非故的小貓視如己出，盡心照顧直到小貓能夠
自食其力，有情有義讓家人也深受感動。

愛貓的情節也可以見於《太平廣記》〈賣醋人〉：

> 康有賣醋人某者。畜一貓，甚俊健，愛之甚。辛亥歲六月，貓死。

---

[107] 《全宋詩》第 59 冊，卷三一二二，頁 37298。

[108] 《夷堅志》補卷第四，頁 1583。

某不忍棄，置貓坐側。數日，腐且臭。不得已，攜棄秦淮水。既入水，貓活。某自下救之，遂溺死。而貓登岸走，金烏鋪吏獲之。縛置鋪中。鏁其戶。出白官司，將以其貓為證。既還，則已斷其索，齧壁而去矣，竟不復見。出將《稽神錄》〈齊醞者〉[109]

記錄了當時人養貓之情狀，主人在貓生前愛之甚，貓死後不忍棄，對其情感深厚可見一斑，文中貓死而復活，又以離奇消失畫下句點，更增添貓的陰森氣息與神祕感。《夷堅志》中也有記載當時人養貓，對貓甚是疼愛〈桐江二貓〉：

桐江民豢二貓，愛之甚，坐臥自隨，但日觀其食飢飽，暮夜必藉而寢，或持置懷抱間，摩手拊惜，出則戒婢謹視之。一日，鼠竊甕中粟，隨不能出。婢走告主人，主人喜，攜一貓投於甕。鼠跳躑上下，呼聲甚屬。貓熟視不動，意伺其便也。久之，乃躍而出，主人笑，又取其次。方投甕，亦躍而出。庭有雛雞方戲，反遭搏而死。婢怒言：「吾待二貓甚力，今見鼠不捕，顧殘我雞，復何用？」主人慚不答，而使借鄰室貓。至，窺甕，爪婢衣，不肯下，至破袖傷臂，鼠揚揚在中飽食粟，不避人。至於明日，婢不勝憤，將梃就擊。梃才入，鼠即緣之而上。婢驚棄梃，遂脫。以三貓一婢而不能取一鼠，俾之得志而去，亦可謂黠矣。[110]

將貓養在家中，讓其自在生活，主人觀察貓的一舉一動，每天看著也不覺得膩，時而抱在懷中撫摸，無法看著貓的時候也命人謹慎看顧，如同

---

[109] （宋）徐鉉《稽神錄》卷二（上海：上海書店，1990 年 9 月），頁 4。

[110] （宋）洪邁《夷堅志》三志己卷第十，頁 1381-1382。

現今人們對待貓的方式，不厭其煩的照顧，當成自己的孩子，也會為其擔憂，文中的貓並不會捕鼠，雖捕鼠是貓的天性，在當時或有被當成寵物的貓因不需捉鼠立功、裹腹，而不願捕鼠，但依然備受主人寵愛。

　　大多數宋人對貓珍視之外，也有文人認為貓應該盡其功才能得到該有的報償，而不是平白無故接受吃好睡好的生活，如：姚勉（1216—1262年）〈嘲貓〉：

　　　斑虎皮毛潔且新，繡褥嬌睡似親人。梁間縱鼠渾無策，門外攘雞太不仁。[111]

貓的皮毛乾淨整潔，因為不需在外奔波且睡在墊褥上，也不需理會正在家中搗亂的老鼠，當時貓就算已經失去捕鼠作用，但是人們卻不減對牠的疼愛，詩人寫詩嘲弄、抱怨，但是貓依然在家安穩度日，很多時候與其說是安穩，更可以說是享受，當時人愛貓的程度完全超乎想像。周紫芝〈次韻蘇如圭乞貓〉：

　　　蘇侯家四壁，每飯歌權輿。庾郎鮭菜盤，三韭羅春蔬。飢鼠竄旁舍，不復勞驅除。何為走老黶，貫魚乞貓奴。頗知紅錦囊，萬卷家多書。我時醉著帽，過子城南居。手擎烏絲欄，裴幾自卷舒。寒具久不設，蠆尾亦足娛。猶恐遭咬嚙，備豫須不虞。狸奴當努力，鼠輩勤誅鋤。無為幸一飽，高臥依寒爐。[112]

---

[111] 《全宋詩》第 64 冊，卷三三九九，頁 40451。

[112] （宋）周紫芝《太倉稊米集》卷八（臺北：臺灣商務印書館，1970 年），頁 2。

可見蘇如圭原受君主禮遇，如今卻遭冷落[113]，因而此時家貧以致鼠輩也飢腸轆轆，養貓是因不想勞費心力驅鼠，養了貓後發現貓的討喜之處，但仍認為貓須盡力抓鼠，畢竟最初是賦予其此任務才讓其進入住。劉克莊（1187─1269 年）〈詰貓〉：

> 古人養客乏車魚，今汝何功客不如？飯有溪鱗眠有毯，忍教鼠嚙案頭書！[114]

戰國時，各諸侯國公子網羅人才、集邀賓客，門下食客備受器重才能夠出有車、食有魚[115]，劉克莊雖發現貓有吃有喝有住卻怠忽職守，放任老鼠肆虐猖狂，但他對此並不氣憤，只是心有所感而寫詩責問，其〈責貓〉：

> 償錢聘汝向雕籠，穩臥花陰曉日紅。鷙性偶然搯蝶下，魚餐不與飼雞同。首斑虛有含蟬相，尸素全無執鼠功。歲暮貧家宜太冗，未知誰告主人公？[116]

以有雕飾的籠子養貓，看著貓每天躺在花叢下，時而撲蝶玩耍，且給貓吃的食物是特地準備的，即使貓不捉鼠沒有改變此般待遇，愛貓之情溢於言表，而貓的離開也使劉克莊非常難過，其〈失貓〉：

---

[113] 陳新雄注《毛詩・秦風・權輿》「於我乎夏屋渠渠，今也每食無餘。于嗟乎，不承權輿。於我乎每食四簋，今也每食不飽。于嗟乎不承權輿。」（高雄：學海出版社。2001 年 5 月），頁 52。

[114] （宋）劉克莊，辛更儒箋校《劉克莊集箋校》卷六（北京：中華書局，2011 年 11 月），頁 353。

[115] （東漢）劉向《戰國策》〈齊人有馮諼者〉上冊，卷十一，齊四（臺北：里仁書局，1910 年 9 月），頁 395-401。

[116] （宋）劉克莊，辛更儒箋校《劉克莊集箋校》卷三五，頁 1892。

> 飼養年深性已馴，攀牆上樹可曾嗔？擊鮮偶羨鄰翁富，食淡因嫌舊主貧。蛙跳階庭殊得意，鼠行几案若無人。籬間薄荷堪謀醉，何必區區慕細鱗！[117]

及〈失貓一首〉：

> 周遭闇室工訶夜，偃息朝簷喜曝晴。踦跳似猴難攝伏，縱擒無鼠敢從橫。儂貪夢蝶防閑弛，汝薄魚餐去住輕。赤腳蒼頭俱失察，主君姑息不須驚。[118]

兩首詩都帶有沉重的思念，於貓死後憶起過去種種，爬樹、醉薄荷，抑或是抓蝶的情形都歷歷在目，貓離開後，家中開始鼠患猖獗，可見先前家中的貓未必真的尸位素餐。劉克莊曾寫〈貓捕燕〉，詩中寫出貓捕鳥的靈巧姿態，也稱讚貓的威風凜凜。關於貓的特性及外貌，我們可以發現早在唐代時的《酉陽雜俎》已有詳細的記載：

> 貓目睛，旦暮圓，及午，豎斂如綖。其鼻端常冷，唯夏至一日暖。其毛不容蚤虱。黑者闇中逆循其毛，即若火星。俗言貓洗面過耳，則客至。楚州謝陽出貓，有褐花者。靈武有紅叱撥及青驄色者。貓一名蒙貴。一名烏員。平陵城古譚國也，城中有一貓，常帶金鎖，有錢，飛若蛺蝶，土人往往見之。[119]

---

[117] （宋）劉克莊，辛更儒箋校《劉克莊集箋校》卷七，頁 431。

[118] （宋）劉克莊，辛更儒箋校《劉克莊集箋校》卷三三，頁 1795。

[119] （唐）段成式，方南生點校《酉陽雜俎》，續集卷八，支動（北京：中華書局，1981 年 12 月），頁 277。

此記載詳述了貓的眼睛、鼻子、皮毛的特徵，且時貓還有蒙貴、烏員等別稱，而貓在當時人眼裡已是「飛若蛺蝶」，身輕如燕、靈巧的姿態已然存在當時人心中。劉克莊（1187─1269 年）〈貓捕燕〉：

> 文采如彪膽智非，畫堂巧伺燕雛微。梁空賓客來俱訝，巢破雌雄去不歸。鶯閉深籠防鷙性，蝶飛高樹遠危機。主人置在花墩上，飽臥徐行自養威。[120]

描寫貓捕捉獵物時的迅速，連鳥都逃不出牠的手掌心，令眾人訝異，而貓卻依然自顧自地徐行，以捕燕一件事輕易說明了貓的習性與個性。對貓而言，無論捉鼠或其他獵物都易如反掌，當時若是鼠害嚴重，對貓的依賴就更深，貓不僅起到驅逐老鼠的作用，待在家中更有陪伴的作用，人對貓的一舉一動感到好奇，詩中也可見詩人對貓的觀察，獵捕的過程、獵捕後的怡然自得都被詩人精確地刻畫。方岳（1199─1262 年）〈貓歎〉：

> 雪齒霜毛入畫圖，食無魚亦飽於菟。床頭鼠輩翻盆盎，自向花間捕乳雛。[121]

詩中的白貓也善捕雛鳥，雖然食無魚，但此貓未必需要人類餵養，自食其力也能免於挨餓。

關於宋人眼中可愛的貓，卻也有較神異的記載，《太平廣記》中引《稽神錄》〈唐道襲〉：

---

[120] （宋）劉克莊，辛更儒箋校《劉克莊集箋校》卷四，頁 226-227。

[121] 《全宋詩》，卷三一九七，頁 38306。

> 王建稱尊於蜀，其嬖臣唐道襲為樞密使。夏日在家，會大雨，其
> 所蓄貓，戲水於簷溜下。道襲視之，稍稍而長，俄而前足及簷。
> 忽爾雷電大至，化為龍而去。[122]

可見當時已有人養貓，而戲水一事說明貓的個性活潑好玩，文中貓最後
化為龍，情節不脫神異。《太平廣記》〈歸係〉：

> 進士歸係，暑月。與一小孩子於廳中寢，忽有一貓大叫，恐驚孩
> 子，使僕以枕擊之，貓偶中枕而斃。孩子應時作貓聲，數日而殞。
> 出《聞奇錄》[123]

貓遭擊斃後彷彿進入到小孩的身體中，因而小孩作貓聲，並在數日後也
過世，除了活潑可愛的形象外，貓也帶有詭譎色彩讓人覺得不易親近。
〈慶喜貓報〉：

> 呂德卿親戚家一庖婢曰慶喜，置兔臘於廚，為貓竊食，而遭主母
> 責罵，不勝憤憤。擒貓，擲於積薪之上，適有木叉與腹值，簽刺
> 洞腸胃流出，叫呼彌一晝夜而絕。後一歲，此婢因暴衣失腳仆地，
> 為銛竹片所傷，小腹穿破，洒血被體，次日即亡，殊似貓死時景
> 象，蓋冤報也。[124]

當時人雖愛貓，但仍厭惡會闖入家中偷食物的貓，而奴婢最後死狀猶如

---

[122] （宋）徐鉉《稽神錄》卷二（上海：上海書店，1990 年 9 月），頁 3-4。

[123] （宋）李昉《太平廣紀》卷四百四十，頁 3584。

[124] （宋）洪邁《夷堅志》支景卷第四，頁 913-914。

當時被他奪了性命的貓，報仇意義明顯。當時人與貓如此親近，但另一方面也對其有畏懼之心。當時人也明白萬物皆有靈，貓也是應該受到尊重的生命，宋代時因受儒學及佛、道教影響，加上宋明理學興盛，愛護生命可說是每個人都有的觀念，《夢粱錄》中也詳記西湖有一放生亭池[125]，朝廷更是曾經下令禁止捕捉青蛙[126]，這些都證明了宋人對於生命的重視與愛惜，因此宋人格外懂得對動物的尊重，且以此故事奉勸人要尊重生命。

洪邁《夷堅志》中收有〈全椒貓犬〉：

> 紹興中，樂平魏彥成安行為滁州守。全椒縣結正一死囚獄案，云縣。外二十里有山庵，頗幽僻，常時惟樵農往來，一僧居之，獨雇村僕供薪爨之役。養一貓極馴，每日在旁，夜則宿於床下。一犬尤可愛，俗所謂獅狗者。僧嘗遣僕買鹽，際暮未反，凶盜乘虛抵其處殺僧，而包裹鉢囊所有，出宿於外。明日入縣，此犬竊隨以行，遇有人相聚處，則奮而前，視盜嗥吠。盜行，又隨之，至于四五，乃泊縣市，愈追逐哀鳴。市多識庵中犬，且訝其異，共扣盜曰：「犬如有恨汝意，得非去庵中作罪過乎？」盜雖強辯，然低首如怖伏狀。即與俱還庵，僧已死。時正微暑，貓守護其傍，故鼠不加害。執盜赴獄，不能一詞抵隱，遂受刑。此犬之義，甚似前志所紀無錫李大夫庵者也。蠢動含靈，皆有佛性，此又可信云。[127]

---

[125] （宋）吳自牧《夢粱錄》收錄於《中國近代小說史料續編（三十五）》卷十一「放生亭池在西湖德生堂。」（臺北：廣文書局，1987年），頁12。

[126] （宋）車若水《腳氣集》卷上「朝廷禁捕蛙以其能食蝗也。」（板橋：藝文印書館，1966年），頁27。

[127] （宋）洪邁《夷堅志》支乙卷第九，頁865。

有一僧人養了貓與狗，貓性格溫馴，每日在主人身旁、夜宿床下，表現了當時人與貓互動親暱、情感深厚，一日主人遇害，家中狗外出找兇手，貓就在家中保護僧人的屍體不被老鼠所啃食，貓與狗都具有靈性、懂得報恩，「報」觀念在中國淵源已久，早在《詩經》中便有「投我以木瓜，報之以瓊琚」的報觀念，無論是報恩或是報仇，時人都深信是「報」的必然實現，從宋代故事的記載可以發現此觀念一直都未曾消弭。胡司德在《古代中國的動物與靈異》提到他認為富有寓意的動物世界，是人將道德模式投射到動物的身體[128]，因此我們可以說在這種模式下人與動物是相互影響，人類世界認為的「善有善報，惡有惡報」也會存在於人與動物的相處中。

宋人當時愛貓的程度在《夷堅志》中也有記載，〈乾紅貓〉：

> 臨安內北門外西邊小巷，民孫三者居之。一夫一妻，無男女。每旦攜熟肉出售，常戒其妻曰：「照管貓兒，都城並無此種，莫要教外間見。若放出，必被人偷去。我老無子，撫惜他便與親生孩兒一般，切須掛意。」日日申言不已。鄰里未嘗相往還，但數聞其語。或云：「想只是虎斑，舊時罕有，如今亦不足貴，此翁忉忉護守，為可笑也。」一日，忽搜索出到門，妻急抱回，見者皆駭。貓乾紅深色，尾足毛須盡然，無不嘆羨。孫三歸，痛箠厥妻。已而浸浸達於內侍之耳，即遣人以厚直評買。而孫拒之曰：「我孤貧一世，有飯喫便了，無用錢處。愛此貓如性命，豈能割捨！」內侍求之甚力，竟以錢三百千取之。孫垂泣分付，復箠妻，仍終夕嗟悵。內侍得貓不勝喜，欲調馴安帖，乃以進入。已而色澤漸淡，才及半月，全成白貓。走訪孫氏，既徙居矣。蓋用染馬纓緋

---

[128] 詳見胡司德（Roel Sterckx），藍旭譯《古代中國的動物與靈異》，頁158-209。

之法，積日為偽。前之告戒箠怒，悉奸計也。[129]

故事中商人為牟暴利不擇手段，將貓染紅用以拐騙大筆金錢，由此則記載可知，擁有品種稀有的貓人人稱羨，也願意花大把銀兩求之，而當時無論白貓或有斑紋的貓都不足為奇，人們養貓也都是再平常不過的事，養貓在當時蔚為風氣，時人對貓的喜愛可見一斑。而由內侍相信孫氏所言「愛此貓如性命」，也可推知當時人對貓愛之深切。《程史》中記載：

余辛未歲，官中都，居旌忠觀前。家素蓄一青色貓，善咋鼠，家人咸愛之。一日正午，出門即逸去，購求竟不獲。又憶總角時，先夫人治家政，城南有別墅，一牯甚腯，為人所盜，先夫人不欲擾其鄰，弗捕。既而有言湖中民分肉不均，羣鬪而訟在邑。余時尚幼，家無紀綱，僕莫能弊，訟又弗問，從邑中自斷。後推其月日，乃同一夕，蓋遠在百里外，牛舉趾緩，迄不知何以致也。它日，余閒以問客，有能知閭里之姦者，為余言內北和寧門，實有肆其間，號曰「鬻野味」，直廉而肉豐，市人所樂趨。其物則市之貓犬類也，夜胃犬，負而趨，猶幸不遇人；若貓則皆晝攫。都人居淺隘，貓或嬉敖於外，一見不復可遁，每得之，即持浸戶外防虞缸桶中，貓身濕輒舐，非甚乾不已，以故無鳴號者。有見而邃之，則必問以毛色，自袖出其尾，皆非是。傳聞其手中乃有十數尾，視其非者而出之，都人習尚不窮姦，雖知其盜，以為它人家貓，則亦不問也。夜則皆入于和寧之肆，無遺育焉。牛嗜鹽，盜者持一鈎、一竿、一繩，竿通中，行則為杖策，而匿鈎繩于腰間，見者固莫疑其聯。伺夜入欄，手鹽以飼牛，牛引舌，則鈎之。

夙導繩通中，急趣其杪，牛負痛，欲觸則隔竿之長，欲鳴，則礙
鉤之利。鉤者奔，牛亦奔，故雖數舍直一瞬耳。又它日，以質之
捕吏之良者，道盜之智甚悉，所聞皆信然。嗟夫！盜亦人耳，使
即此心以喻於義，夫孰能禦哉。一有所移，而用止於是，觀者亦
思所以用者而擇焉，斯可矣。[130]

因為貓能捕鼠，所以「家人咸愛之」，全家人都非常疼愛牠，當貓不見
時，還會特地去找，可見貓在他們家中佔有重要地位。由盜匪偷貓、偷
牛就可維持生計來看，當時人養貓已成為普遍的事，家家戶戶養牛、家
家戶戶養貓，所以貓被捉走也就不會輕易被認出來。

第三節　魚：主喚盆池中

宋人愛養魚，除了與園林興盛有關，也因魚有吉祥與快樂的涵義，
《埤雅》中有言：

俗說魚躍龍門，過而為龍，唯鯉或然，亦其壽有至千歲者，故詹
何之約，千歲之鯉，不能避也。鱗，鄰也；鯉，里也，鯉進於魚
矣，殆亦龍類，是以仙人乘龍，亦或騎鯉，乃至飛越山湖。[131]

魚躍龍門即為龍，鯉魚也為仙人的座騎，種種討喜的涵義也使魚成為宋
代人喜歡飼養的動物。據《夢粱錄》〈諸色雜賣〉所言：「養犬則供糠

---

[130] （宋）岳珂，吳企明點校《桯史》〈貓牛盜〉卷十二（北京：中華書局，1981 年 12 月），頁 137-138。

[131] （宋）陸佃《埤雅》〈釋魚〉卷一（臺北：藝文印書館，1966 年），頁 5。

錫，養貓則供魚鰍，養魚則供鷄蝦兒。」[132]當時市面上不僅有販賣貓犬
專用的食物，就連養魚所需的吃食也可在市場上購買。周密《武林舊事‧
小經濟》中記載，當時市場上售有魚食，也有從事魚買賣的攤販「魚活
兒」[133]，《夢粱錄》中也有說明「魚活兒」為當時買賣金魚的行為。當
時金魚有許多花色，其中一種名叫金鯽魚[134]，據《本草綱目》記載，金
魚有鯉、鯽、鰍等多種[135]。《桯史》：

> 今中都有鬻魚者，能變魚以金色，鯽為上，鯉次之。貴遊多鑿石
> 為池，置之簷楹間，以供玩。問其術，秘不肯言。或云以闤市洿
> 渠之小紅蟲飼，凡魚百日皆然。初白如銀，次漸黃，久則金矣，
> 未暇驗其信否也。又別有雪質而黑章，的皪若漆，曰玳瑁魚，文
> 采尤可觀。逆曦之歸蜀，汲湖水浮載，凡三巨艘以從，詭狀瑰麗，
> 不止二種。惟杭人能餌蓄之，亦挾以自隨。余考蘇子美詩曰：「沿
> 橋待金鯽，竟日獨遲留。」東坡詩亦曰：「我識南屏金鯽魚，」
> 則承平時蓋已有之，特不若今之盛多耳。[136]

可知金鯽魚是較為昂貴的一種，宋代許多富貴人家頗喜歡養金魚，可見
飼養魚在當時蔚為風潮，許及之（？−1209 年）〈金魚久不浮游喜而有
作〉：

---

[132] （宋）吳自牧《夢粱錄》收錄於《中國近代小說史料續編（三十五）》卷十三，頁 1-2。

[133] （宋）周密，《武林舊事》（板橋：藝文印書館，1966 年），頁 104。

[134] （宋）吳自牧《夢粱錄》收錄於《中國近代小說史料續編（三十五）》卷十八，頁 17-18。

[135] （明）李時珍《本草綱目》卷四十四（臺北：新文豐出版，1987 年 1 月），頁 268。

[136] （宋）岳珂，吳企明點校《桯史》〈金鯽魚〉卷十二（北京：中華書局，1981 年 12 月），
　　頁 143。

> 買得黃金鯽，投將白玉池。久晴虞涸轍，轉壑漾深陂。每施龜魚
> 食，偏懷網罟疑。今晨水澄澈，梭影泛琉璃。[137]

黃金鯽即為《桯史》中所言最上等的金魚，詩人將金魚養在白玉池中，在水清澈時看魚，水就像琉璃一般透亮，當時對於這些伴侶動物的飼養可說是無異於今日。

魚常為人帶來一些神異的想像，關於魚的神話記載，在南北朝時的《述異記》就可以見到：

> 關中有金魚神，云：「周平王二年十旬，不雨，遣祭天神。」俄
> 而，生涌泉，金魚躍出而雨降。[138]

記載中的金魚為神祇，並為人民解決乾旱之苦。《述異記》中有懶婦魚是楊氏家婦化成的傳說，當時楊氏婦被小姑所溺，冤死後遂化成懶婦魚[139]。宋代《東坡志林》也記錄了一則〈池魚踊起〉，蘇軾曾聽說有戶人家在深池中養了數百條魚，某天池中忽然有聲大如風雨，魚皆踊起，不知所蹤[140]。養魚除了欣賞其在水中自由自在的模樣，有時也會出現一些難以置信的傳聞，這些鄉野傳說也增添了魚的神秘色彩。《夷堅志》言：

> 資州人何慈妻范氏，事佛甚謹。家嘗烹魚，已刳腹，見脂裏一物，
> 極堅韌，剖之，乃二佛頭也。其家斲木為全體以承之，至今供養。
> 慈以宣和甲辰登科，後為開州守。八事皆虞并甫說，范氏其表姊也。[141]

---

137 《全宋詩》，第 46 冊，卷二四四八，頁 28335。

138 （南朝梁）任昉《述異記》卷下（臺北：藝文印書館，1966 年），頁 1。

139 （南朝梁）任昉《述異記》卷上，頁 6。

140 （宋）蘇軾，王松齡點校，《東坡志林》卷三（北京：中華書局，1981 年 9 月），頁 58。

141 （宋）洪邁，何卓點校《夷堅志》〈魚腹佛頭〉甲志卷第十七，頁 151。

魚身裡藏佛頭，雖為怪事一樁，但並沒有帶來災厄，且經祭拜後反而為家族捎來好運。《夷堅志》中記載一則〈魚顧子〉，其內容大意為被抓到的母魚奮力躍入水中，只為了撫養小魚長大。[142]在人眼裡，魚懂得情感，有靈性且有情有義，容易讓人不忍殺之。〈六鯉乞命〉敘述六條鯉魚化為人入夢，乞求一條生路，而主人答應後，隔天醒來將魚放生，並且再也不吃魚。[143]魚能夠化為人入夢為自己乞命，雖是不平凡之事，但故事中的魚並不害人，只是平靜而溫和的乞求，人夢醒後也未有任何驚懼之感，反而可以看出人對於生命的愛憐與重視，這條記載也體現中國「報」觀念的傳承。這些故事說明了當時人對魚的看法，有著吉祥的徵兆、為人們帶來好運，這些都有可能是當時人除了妝點園林外，飼養魚類的原因之一。

祝慶夫（生卒年不詳）〈池魚〉：

> 方池如鑑碧溶溶，錦鯉遊揚逐浪中。佇看三春烟水暖，好觀一躍化神龍。[144]

錦鯉在池中遊揚，不免讓人想到了魚化為龍的故事，因而吸引詩人佇足，

---

[142] （宋）洪邁，何卓點校《夷堅志》甲志卷第十三。〈魚顧子〉全文：「井度為成都漕，出行部，至蜀州新津。買魚於江，其重數斤，命庖人鱠之。方操刀間，魚躍入水中。庖懼得罪，有漁舟過其下，乃鄭重囑之，許以千錢，約必得如前魚巨細相若者。漁人問向所買處，曰，去此一里許，得之江潭窟中。漁人即鼓棹往所指處，一舉網，獲長魚以還。庖視之，乃適所墜者也。蓋方春時，魚產子葦間。其母日往來之，至成魚乃去，或母獲則子不能育，故漁者以是候之云。杜莘老起莘說。」，頁 117。

[143] 《夷堅志》甲志卷第十一〈六鯉乞命〉全文：「汪丞相廷俊，宣和中為將作少監。鄭深道資之為同寮。一日，坐局，汪得六鮮鯉，將鱠之，鄭不知也。方假寐，夢六人立階下，自贊云，李秀才乞公一言，干少監乞命。鄭曰，不知君等何罪？俱曰，只在公一言。鄭許諾。既寤，達之汪公。汪曰，適得六鯉。將設鱠。豈為是邪？遂放之，鄭自是不食魚。深道說。」

[144] 《全宋詩》第 69 冊，卷三六一五，頁 43310。

當時有關魚的神異記載不勝枚舉，僅錄幾則為討論。《太平廣記》：「東方之大者，東海魚焉。行海者，一日逢魚頭，七日逢魚尾，魚產則百里水為血。出玄中記」[145]船行七天才能從魚頭到魚尾，可見此魚之大。除了東海大魚，亦有南海大魚的記載，此魚曾因大雨被困於兩山間，七日內吞山而脫困。雖皆為大魚、皆具有神異性質，但魚出現的場景皆無傷人之事發生。《太平廣記》還記載東海有海人魚：

> 大者長五、六尺，狀如人，眉目口鼻手爪頭皆為美麗女子，無不具足。皮肉白如玉，無鱗、有細毛，五色輕軟，長一、二寸，髮如馬尾，長五、六尺，陰形與丈夫女子無異，臨海鰥寡多取得，養之於池沼，交合之際，與人無異，亦不傷人。出洽聞記[146]

想像此魚的外貌，應猶如同今日童話中的美人魚。此一記載聽來雖詭譎，但此物種對人並無害，並可成為鰥夫寡婦的陪伴。杜光庭所撰《錄異記》中記載多筆巨魚出現的資料，甚至有煮之不熟、食之必死的魚種[147]。更早在戰國時便有暝海為天池，池中有魚稱為「鯤」，其廣數千里，而後化為鳥的記錄[148]，胡司德（Roel Sterckx）認為鯤從魚化為鳥雖是奇思妙想，別無寓意，但想像要生動有力就不可無根而談，起因可能為大家見慣了鳥吃魚或舊說魚鳥同屬，這是動物變形的典型，並非反常不經，而是宇宙生成的一項要素[149]，且這些魚變形的故事也不斷出現於文學作品中，到了宋詩中依然可見其蹤影，蘇洵（1009－1066 年）也曾寫過有關

---

[145] （宋）李昉《太平廣記》〈東海大魚〉卷四百六十四，頁 3817。

[146] （宋）李昉《太平廣記》〈海人魚〉卷四百六十四，頁 3819。

[147] （五代）杜光庭《錄異記》卷五，（臺北：藝文印書館，1966 年），頁 9-11。

[148] （戰國）列禦寇《列子》〈湯問篇〉（上海：上海古籍出版社，1989 年 3 月），頁 36。

[149] 胡司德（Roel Sterckx）藍旭譯《古代中國的動物與靈異》，頁 215。

魚的異事：「江山洗蕩誰來過？聞道琴高駕鯉魚。」[150]傳說琴高曾入江取龍子，乘鯉而出：

> 琴高，趙人也。能鼓琴。為宋康王舍人。行涓、彭之術，浮游冀州、涿郡間，二百餘年。後辭入涿水中，取龍子，與諸弟子期之，曰：「明日皆潔齋，候于水旁，設祠屋。」果乘赤鯉魚出，來坐祠中。且有萬人觀之。留一月，乃復入水去。[151]

琴高乘赤鯉而出，而成仙。類似乘魚後為神仙的故事也見於南北朝時的《述異記》

> 江陰北有子英廟，子英即野人也。善入水捕魚，得一赤鯉，將著家池中養之。後長徑一丈，有角翅，謂子英曰：「我迎汝身，汝上我背。」遂升於天，為神仙，晉時人。[152]

與琴高同樣乘赤鯉後成為神仙，可見魚的神聖形象一直廣為流傳，特別是鯉魚，所以《埤雅》中才會有：「鯉進於魚矣，殆亦龍類，是以仙人乘龍，亦或騎鯉，乃至飛越山湖。」[153]說明了仙人或乘龍或騎鯉，鯉魚與象徵神聖的龍亦是密不可分，因此魚為吉祥之物，宋代無名氏詩作〈夢魚〉：

---

[150] （宋）蘇洵，曾棗莊、金成禮箋注，《嘉祐集箋注》〈神女廟〉嘉祐集箋注佚詩，頁 502-503（上海：上海古籍出版社，1993 年 3 月），頁 96-97。

[151] （晉）干寶，《搜神記》卷一（臺北：木鐸出版社，1985 年 7 月），頁 5。

[152] （南朝梁）任昉《述異記》卷下，頁 16。

[153] （宋）陸佃《埤雅》〈釋魚〉卷一，頁 5。

　　玉燭和薰日，金穰瑞應初。豐年知有象，吉夢兆維魚。[154]

詩人認為夢到魚為吉兆、是此年即將豐收的徵兆。這些故事中的魚，在人眼中皆是吉祥的象徵，也顯現出魚地位崇高且具有一定的神秘色彩，從當時的筆記小說到詩歌，幾乎都可見人稱頌魚的神聖，神異的記載影響了人看魚的眼光，因此人會將這些故事呈現在詩歌作品中。

　　想當然爾，富有吉祥之徵的魚，也會大量出現在當時的生活器物中，邵清甫（生卒年不詳）即有〈壓書石魚〉一詩：

　　鑿石鐫成一對魚，風流未數玉蟾蜍。化時換上腰金袋，記取燈窗壓盡書[155]

以石刻魚型作為紙鎮，也提到了腰金袋，就是用以褒揚有卓然功績之人的魚袋，看到了書桌上的石魚便聯想到魚袋，表達詩人對自己的期許，據《容齋隨筆》記載，古時若不是有卓然戰功之人，不可配戴金銀魚袋[156]。楊億（974—1020 年）也在《武夷新集》序中提到：「虢略縣開國子，食邑六百戶，賜紫金魚袋。」[157]可見當時皇帝會以魚袋作為賞賜。樓鑰（1137—1213 年）〈醉題魚屏〉：

　　五千買得見屏風，白魚相逐菰蒲中。俊尾撥刺有生意，旁人未易分雌雄。屏後諸孫更雍容，潑潑無數迷西東。我雖非魚知魚樂，

[154] 《全宋詩》〈夢魚〉第 72 冊，卷 3751，頁 45236。

[155] 《全宋詩》〈壓書石魚〉第 72 冊，卷 3749，頁 45210。

[156] （宋）洪邁，孔凡禮點校，《容齋隨筆》〈賞魚袋出處〉卷十一（北京：中華書局，2005 年 11 月），頁 756。

[157] （宋）楊億《武夷新集》（臺北：臺灣商務印書館，1970 年），頁 1-2。

　　　　　樂處未必魚知儂。[158]

以栩栩如生的魚作為屏風上的圖案，讓詩人想到了惠莊濠梁之辨，畫中的魚在水生植物間相逐，詩人覺得頗有生意，且說魚的雌雄其實不易分辨，雖然只是一幅屏風，但卻可激發詩人以科學的角度思考魚的特質。《東京夢華錄》：「公主出降……出隊兩竿十二人，竿前後皆設綠絲條，金魚勾子勾定。」[159]就連公主出嫁時，也使用以金魚為造型的鉤子。魚因為繁殖力強，所以被視為多子、多產的象徵。所以除了平日裡的生活器物外，嫁娶時也會使用和魚有關的器物作為裝飾。水中的魚給了人生活上的樂趣，但魚始終離不開水，人將物品做成魚型、屏風上畫著栩栩如生的魚，除了取其吉祥之意，也猶如魚時時刻刻陪伴在身邊，筆者認為這也是魚深入人類生活的一種方式。

　　除了神異記載的魚和生活器物中的魚，有關於在生活中作為伴侶動物的魚，在宋代以後雖然多還是圍繞著「樂」與「戲」的意象，但宋人對於魚的描寫更加深刻。宋代時養魚之風盛行，與宋代園林的蓬勃發展息息相關，當時園林興盛，可說是為園林文化的巔峰時期[160]。而園林的興盛，使得宋人更加注重園林的擺設，水池便是園林中普遍的水景，池中不僅種植花草，池中養魚更是重要的水景造設。魚在水中姿態優美，可使水面產生漣漪，為園林造景增添幾許生氣。宋代園林的開放，使得宋人更費心力妝點自己所建的園林，對於景觀細節更為講究，他們在園林中建池臺觀魚，胡宿（995－1067 年）〈池臺〉：

---

[158]　（宋）樓鑰，顧大朋點校，《樓鑰集》〈醉題魚屏〉卷三（浙江：浙江古籍出版社，2010年 12 月），頁 75。

[159]　（宋）孟元老《東京夢華錄》〈公主出嫁〉卷四，頁 77-79。

[160]　金學智《中國園林美學》第一編，第三章，第一節「在宋、元特別是明、清時期，古典園林藝術臻於鼎盛和昇華的階段。」（江蘇：江蘇文藝出版社，1990 年 3 月），頁 32。

層台遲夕娟，清池弄秋水。蟾明桂樹間，魚躍蓮葉底。如何惠莊
津，乃在蒲城裡。[161]

以池臺為庭園造景，並在池中養魚、種蓮花，池邊種有桂樹，在池臺上
可看夕陽、賞月亮，清澈的池子也照映出夕陽或月亮的倒影，悠遠的天
景此時就在腳下，明亮的倒影近在眼前卻又不可碰觸，魚使詩人想起惠
施與莊子的濠梁之辯，「樂」之意象依然出現在宋代文學作品中，魚在
水中跳動優游泛起的陣陣漣漪也使水景更顯活力。張耒（1054－1114 年）
〈魚蝦〉詩云：

一尺盆池種數荷，魚蝦亦解起風波。爾來未識天池樂，更有鯨鵬
奈爾何。[162]

盆池雖不若池塘那般寬闊，但張耒在盆池內不僅養魚蝦，也種了荷花，
顯現其對生活情趣的重視。張耒寧願魚蝦待在盆池中而非看似廣闊無憂
的天池裡，大池中會有大魚、大鳥，不若盆池來得安全、自在，顯現張
耒對於複雜的官場生活厭倦，沒有了職位的光環後，生活雖較為刻苦，
但張耒總能淡然以對，對於凡塵俗事不再看重，從汲汲營營的追求，轉
變為甘於一生安穩，這些不僅僅是造景，更對他們的人生態度造成重大
影響，陳與義（1090－1138 年）〈盆池〉：

三尺清池窗外開，荍菰葉底戲魚回。雨聲轉入浙江去，雲影還從

---

[161] 《全宋詩》，第四冊，卷一七九，頁 2053。

[162] （宋）張耒著，李逸安、孫通海、傅信點校《張耒集》卷三十二（北京：中華書局，2005
年 5 月），頁 564。

　　震澤來。[163]

陳與義的盆池雖只有三尺大，但窗戶打開就看得到池子，既可以欣賞慈姑，又可以望見慈姑葉底嬉戲的魚兒，如此庭園造景也可令人心曠神怡，「清池」不僅僅是水清澈，也代表了詩人心裡的澄澈明亮。宋代園林的開放，使得宋人更費心力妝點自己所建的園林，對於景觀細節更為講究，養魚成了他們所喜好的園林生活之一，不僅為裝點園林，更帶來心情上的愉快，魚給人無憂、快樂的印象，因此人在觀看魚的時候能夠感受到心靈的愉悅，宋祁（998—1061 年）〈集江瀆池亭〉：

　　五月追涼地，滄江剩素漣。林烟昏午日，樓影壓池天。篠密工迷徑，荷敧巧避船。機忘更何事，魚鳥亦留連。[164]

因煙霧使得太陽昏暗，中午時刻反而顯得陰涼，望著水中建物的倒影，細竹、荷花與船，這樣美好的事物讓魚、鳥都忍不住流連，「機忘」引用《列子》中典故，鳥與人成為忘機友，忘卻機心而留連於此[165]，這份怡然自得也能夠使人受到感染，這顯現了賞魚能使他的生活更輕鬆自在。宋人對魚的觀賞也很講究，宋祁（998—1061 年）〈水亭〉：

　　地漬蟾衣接，天澄穀霧開。微風發琴籟，殘月減珠胎。鳥散織條

---

[163]　（宋）陳與義，夏敬觀選注，《陳與義詩》（臺北：臺灣商務印書館，1975 年 10 月），頁 92。

[164]　《全宋詩》第 4 冊，頁 2382。

[165]　（戰國）列禦寇《列子》〈湯問篇〉：「海上之人有好漚鳥者，每旦之海上，從漚鳥游，漚鳥之至者百住而不止。其父曰：『吾聞漚鳥皆從汝游，汝取來，吾玩之。』明日之海上，漚鳥舞而不下也。」（上海：上海古籍出版社，1989 年 3 月），頁 15。

動，魚遊細浪來。坐堂兼伏檻，恨乏楚人才。[166]

《楚辭》曾曰：「坐堂伏檻，臨曲池些。」[167]意思是坐於堂上，前伏於
檻，下方即曲池，以便漁釣，此詩坐堂兼伏檻，應是便於欣賞池水，鳥
兒枝頭嬉戲使樹枝搖晃，魚兒優游使水面泛起陣陣漣漪，「魚遊細浪來」
游動的魚使水面波紋如浪一般層層推進，水池因為有魚的妝點而充滿生
命力。池中倒影也因為水面的波動起伏而產生趣味，宋祁〈公園〉：

幽興足端倪，危橋便見溪。浪輕魚喜擲，山近鳥工啼。弱葦披風
潡，涼蔬甲雨畦。使君來已屢，林下自成蹊。[168]

看著公園小池中的魚躍出水面，讓人心情跟著喜悅，跳躍的魚使水面泛
起圈圈漣漪，配合著近山的鳥鳴，使人忍不住一次次來訪。宋祁〈秋夕
池上〉：

楚江楓老樹無烟，池上悲秋一惘然。素蚌虧盈長伴月，戲魚南北
各依蓮。風驅野燐寒爭出，露警皋禽怨不眠。伏檻臨流未成下，
紫荷聲外轉珠躔。[169]

詩人悲秋的感傷，在看到「戲魚南北各依蓮」後逐漸釋懷，「戲」字也
帶出宋人眼中充滿活力的魚，與漢樂府：「江南可採蓮，蓮葉何田田，魚

[166] 《全宋詩》，第四冊，卷二一一，頁 2425。
[167] 蔣天樞註《楚辭校釋》卷 5（上海：上海古籍出版社，1989 年 11 月），頁 277。
[168] 《全宋詩》第 4 冊，卷二一〇，頁 2414。
[169] 《全宋詩》第 4 冊，卷二一三，頁 2452。

戲蓮葉間，魚戲蓮葉東，魚戲蓮葉西，魚戲蓮葉南，魚戲蓮葉北。」[170]都看出魚兒們快樂追逐、嬉戲的活潑姿態。由以上宋祁詩作，可知其愛好觀魚，且觀魚場所未必為自己所建池中，可見宋祁出外踏青時也常為魚佇足。蔡襄（1012－1067 年）曾寫道：

> 夏竹侍前楹，涼襟析舊醒。疊雲封日苦，斜雨著虹明。魚動池開暈，蟬移樹減清。葭洲烟向暝，鳧鷖自相迎。[171]

因為魚游動而使水面變化，倒映在水中的景物就像被暈染開來，產生迷濛的效果，有著和水面靜止時完全不同的美感。魚除了游動時所製造的波紋能使水池產生動態，魚鱗本身也可讓池水有不同的效果，喻良能（1120－？年）〈盆池〉：

> 小鑿方池供醉吟，纔添斗水浪偏深。瑩心未數寒泉井，明目何須寸碧岑。樹影落時清浸玉，魚鱗動處細浮金。年來點檢曾經汲，唯有澆花趁日陰。[172]

日光照映水池，使池水波光粼粼，魚鱗也會反射日光，使池水金光閃耀，呈現出不同於魚游產生波浪的趣味與生氣，當時人觀魚之細膩可由此見之，連細小的魚鱗有什麼變化、折射出什麼顏色，通通都可以寫進自己觀魚的經驗中，樓鑰（1137－1213 年）〈它山〉其一：

---

[170] （宋）郭茂倩《樂府詩集》〈江南〉卷二十六（北京：中華書局，1979 年 11 月），頁 384。

[171] （宋）蔡襄，《蔡襄全集》〈夏晚南墅〉卷四（福建：福建人民出版社，1999 年 7 月），頁 95。

[172] 《全宋詩》，第 43 冊，卷二三五二，頁 27014。

> 素蜺橫臥作雷吼，日射細鱗銀雪光。安得此身如白鷺，倏然終日
> 在梅梁。[173]

有了陽光的照映，魚鱗光澤閃耀，如雪中的銀色反光，使水更加活潑，
增加池水動態，這幾首詩作也顯示當時人很仔細在觀看魚的外貌，連魚
鱗的顏色都寫進詩作。《宣和畫譜》記載宋代畫家趙克夐畫有一幅《遊
魚圖》，並稱其：「畫遊魚盡浮沈之態。」[174]，形容楊暉《遊魚圖》時
稱：「善畫魚，得其揚鬐鼓鬣之態，蘋繁荇藻，映帶清淺，浮沈鼓躍，
曲盡其性。」[175]這些記載也可清楚說明當時人觀看魚的眼光，對魚的觀
察入微，連魚鰭的角度、魚鰓鼓脹程度的不同都可以透過畫作呈現，並
且道盡魚的特性，可說是徹底抓住了魚的特徵，也就是宋人強調的「神
韻」。

當時人除了書寫魚的細部外，還以許多有趣的方式形容他們眼中所
見的魚，魏野（960－1020 年）〈書逸人俞太中屋壁〉：

> 羨君還似我，居處傍林泉。洗硯魚吞墨，烹茶鶴避煙。閒惟歌聖
> 代，老不恨流年。每到論詩外，慵多對榻眠。[176]

詩中充滿宋人隱逸生活之趣，硯、墨、鶴、茶都有使人舒心且高雅之意
涵，在此悠閒放鬆之時，文人在池邊洗硯，看見魚在一旁來來去去，墨
水由濃轉淡而消失，就好像魚將水裡流動的墨水吞進肚子，釋正覺（生
卒年不詳）〈禪人并化主寫真求贊 其三十八〉：

---

[173] （宋）樓鑰，顧大朋點校《樓鑰集》（浙江：浙江古籍出版社，2010 年 12 月），頁 214。

[174] 作者不詳《宣和畫譜》，卷九（臺北：臺灣商務印書館，1971 年 5 月），頁 241。

[175] 作者不詳《宣和畫譜》，卷九（臺北：臺灣商務印書館，1971 年 5 月），頁 246。

[176] 《全宋詩》第 2 冊，卷八三，頁 932。

……月爛爛而魚吞光，華菲菲而蜂採香。相隨來也，觸處堂堂。[177]

明月燦爛映在水中，魚游時猶如將光吞沒。劉克莊（1187—1269 年）〈洗硯魚吞墨〉：

> 一硯常摩拊，寧容點涴痕。洗教殘墨去，乞與小魚吞。岩石微塵浣，窪泉寸鬣翻。安知馬肝紫，姑愛麝膠渾。體制該秦篆，飛騰慕禹門。校人勿烹汝，腹有素書存。[178]

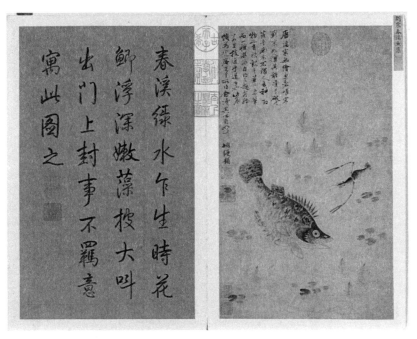

（宋）劉寀〈春溪魚藻〉，臺北故宮博物院藏。

---

[177] 《全宋詩》第 31 冊，卷一七八三，頁 19847。

[178] （宋）劉克莊，辛更儒箋校《劉克莊集箋校》卷二八，頁 1545。

清洗殘墨時就見魚吞墨，詩人說這些吞了墨的魚也許在腹中已寫成了信函或書，希望管池之人可以不要殺了這些魚。林希逸（1193－1271 年）〈洗硯魚吞墨〉：

> 攜硯臨流洗，迎人戲小魚。忘機知似我，吞墨喜看渠。案上研磨久，池邊浣濯初。黑翻波裏影，素染腹中書。水與烟俱落，香知餌不如。誰能圖罩罩，點筆滴蟾蜍。[179]

到水邊洗硯，看見魚迎人，如鳥忘機[180]般聚於岸邊想要親近人，甚至認為魚「知似我」，顯現魚與人的情意與相知。觀魚使他們心靈得到了洗滌、遠離憂慮，只想與魚遊戲，洗硯時看見魚好像把墨水吞進肚，「素染腹中書」吞進肚的墨是否在魚腹中成書了呢？舒岳祥（1219－1298 年）〈山居〉：

> 雀飲梅心雪，魚吞水面雲。山居差有味，世事不堪聞。……[181]

魚在水中游，經過水面倒影時就好像把倒影吞下肚，因而有魚吞水面雲之句，一反宋前魚吞的永遠是魚鉤與餌這類東西，宋人眼裡的魚是吞墨、吞月，看見墨水消失在水中或是魚游遮住了月影，就像被魚吞進肚了，接著想像這些被吞進魚腹的墨是否成了文字，宋人透過對魚細膩的觀察而豐富了他們的想像。

　　宋人在詩中也展現出對魚深切的關愛，葉茵〈掃榻〉：

---

[179] 《全宋詩》第 59 冊，卷三一二五，頁 37348。

[180] （戰國）列禦寇：《列子》〈湯問篇〉：「海上之人有好漚鳥者，每旦之海上，從漚鳥游，漚鳥之至者百住而不止。其父日：『吾聞漚鳥皆從汝游，汝取來，吾玩之。』明日之海上，漚鳥舞而不下也。」（上海：上海古籍出版社，1989 年 3 月），頁 15。

[181] 《全宋詩》第 65 冊，卷三四三八，頁 40952。

掃榻臥終日，香銷百念除。不愁渾厭酒，無事剩鈔書。粉淺庭前筍，青齊雨後蔬。自嫌猶有累，添水種金魚。[182]

詩人已對世事無所執念，生活已「無事剩鈔書」，但唯一令其無法放下的是自己養的金魚，金魚能夠成為人生命中的牽掛，可見人對金魚是愛之深切，其〈晚春〉詩：

遊事一番了，愁多鎖晝長。因思來歲賞，未必少年狂。野鳥學蠻語，岸花浮楚香。魚應知我者，圉圉到池塘。[183]

當詩人感到憂愁時，就會想到池中之魚，覺得魚是知己，能夠了解自己現在的感受，這種相知相惜也是成為伴侶動物重要的條件之一。魚的無憂形象或多或少一直都影響著觀魚的人，養魚不僅可以使生活增添樂趣，更可讓人心情朗暢，陶冶人的性情。

當時人除了創造了一種獨特的觀魚眼光之外，養魚也有許多獨樹一格的方式，為了和魚更為親近，他們試圖將魚養在可以隨時隨地觀看的地方，范成大（1126—1193 年）：

斗野豐年屢，吳臺樂事并。酒壚先疊鼓，燈市蚤投瓊。價喜膏油賤，祥占雨雪晴。篾籠仙子洞，菡萏化人城。檣炬疑龍見，橋星訝鵲成。小家厖獨踞，高閣鹿雙撐。屏展輝雲母，簾垂晃水精。萬窗花眼密，千隙玉虹明。蒼蔔丹房挂，葡萄綠蔓縈。方縑繢史冊，圓魄綴門衡。擲燭騰空穩，推毬滾地輕。映光魚隱見，轉影

182　《全宋詩》第 61 冊，卷三一八六，頁 38224。

183　《全宋詩》第 61 冊，卷三一八六，頁 38222。

騎縱橫……。[184]

當時上元節的燈飾五花八門，可見宋代時經濟飛黃騰達，人們更可以享受生活、參加慶典，上元在當時是盛大的節日，大家普天同慶、共襄盛舉，因此可以見到人們上街賞燈、吃美食還有各式各樣的算命攤，猶如今日的元宵燈會，由此詩可看到當時燈飾樣式眾多，有橋燈、犬燈、鹿燈、梔子燈、葡萄燈等等，「映光魚隱見」據其題下自注，即為在琉璃壺中貯水養魚，以燈映之，不同於養在池中之魚，人們只能從上而下觀魚，看到的僅是魚背，以琉璃壺觀之，可以以更多不同角度看魚，也可以隨時隨地拿起來觀看，雖為上元燈飾，同時也可以觀賞魚優遊的姿態。南宋詩人葉茵（1199—？年）也曾作〈琉璃砲燈中魚〉：

> 頭角未崢嶸，潛宮號水晶。遊時雖逼窄，樂處在圓明。有火疑燒尾，無波可動情。一朝開渾沌，變化趁雷轟。[185]

也是以琉璃壺燈養魚，「遊時雖逼窄，樂處在圓明」說明魚在琉璃燈泡中的活動範圍不大，但是琉璃壺圓形處才是魚及人觀魚之樂處所在。臺北故宮館藏宋代蘇漢臣〈嬰戲圖〉中可看到裝著魚的玻璃瓶，魚會待在瓶中較寬廣處，而不會在瓶口或葫蘆型瓶子中間較狹窄的地方，可能為詩人所謂「樂處在圓明」。宋〈嬰戲圖〉中的孩子們將裝有魚的琉璃壺放在床中央觀看，可見宋人已找到另一種可以更貼近魚的觀看方式。

---

[184] （宋）范成大，富壽蓀標校《范石湖集》卷二十三〈上元紀吳中節物俳諧體三十二韻〉，頁 325。

[185] 《全宋詩》第 61 冊，卷三一八六，頁 38222-38223。

（宋）蘇漢臣〈嬰戲圖〉局部，臺北故宮博物院藏。

（宋）蘇漢臣〈嬰戲圖〉局部，臺北故宮博物院藏。

　　宋人除了觀魚方式創新之外，和魚的來往與互動更是漸多，汪元量（生卒年不詳）曾寫下：

　　　　眉州城外小桃源，行入三巖澗水喧。人近碧潭纔撫掌，喚魚出洞
　　　　跳龍門。[186]

詩中魚可聽人撫掌聲，聽到撫掌聲即出現，人也以「喚魚」稱這種互動，可見當時人覺得魚可以聽懂人的召喚。范成大在淳熙年間曾從四川出發前往臨安，途中日記其所閱歷而成《吳船錄》，書中寫道：「壬午。發眉州。六十里，午，至中巖，……登岸即入山徑，半里有喚魚潭。水出巖下，莫知淺深，是為龍之窟宅。人拍手潭上，則羣魚自巖下出，然莫敢玩。兩年前，有監司從卒浴其中，若有物曳入崖下。翌日，屍浮出江上。」[187]有次到了一池潭名曰喚魚潭，人在潭上拍手，魚聽到了便會從巖下出來，但此地曾有人喪命，因此范成大即使到了此潭也莫敢玩，只記錄了喚魚潭的景象及故事，蘇軾（1037－1101 年）〈和文與可洋州園池三十首〉〈湖橋〉：

　　　　朱欄畫柱照湖明，白葛烏紗曳履行。橋下龜魚晚無數，識君拄杖
　　　　過橋聲。[188]

這首詩描寫園池的園景，紅色的橋上有雕飾，湖水明淨，黃昏時文同戴著烏紗帽、穿著便衣、拄著杖過橋，文同瀟灑悠閒、湖景明媚，顯現了

[186]　《全宋詩》第 70 冊，〈小桃源入三巖觀魚〉卷三六六九，頁 44053。

[187]　（宋）范成大，孔凡禮點校《吳船錄》卷上，收錄於《范成大筆記六種》（北京：中華書局，2002 年 9 月），頁 194。

[188]　（宋）蘇軾，（清）王文誥、馮應榴輯注《蘇軾詩集——附篇目索引》卷十四，頁 667。

宋人的生活情趣，蘇軾更寫道魚可識君拄杖過橋聲，魚不僅可以受人叫喚，更可以認得不同人聲，顯現出人與魚之間的情感流動與相知。宋人對周遭景物深入觀察，再寫入文學作品，表現出宋人的生活情調，《癸辛雜識》中也載：「余垂齔時，隨先君子故都，嘗見戲事數端……以髹漆大斛滿貯水，以小銅鑼為節，凡龜、鱉、鰍、魚皆以名呼之，即浮水面……。」[189]魚可認得自己名字，並於聽到名字時就浮出水面，一再顯示宋人與魚的相處方式越來越親近，漸漸的不再只是遠觀池中之魚，和魚之間的距離越來越近。

第四節　鸚鵡：悶尋鸚鵡說無憀

鸚鵡為異域珍禽，出產於炎熱的南方。范成大《桂海虞衡志》記載：「鸚鵡。近海郡尤多。民或以鸚鵡為鮓，又以孔雀為臘，皆以其易得故也。」[190]南方的鸚鵡數量多到居民皆以為食用，但此物到了北方身價就有了不同，甚至被飼養於宮中，成為皇帝與妃子的愛寵。宋代人喜好飼養鸚鵡，因為鸚鵡能學人說話所以廣受歡迎，相傳宋高宗便曾經於宮內養數百隻鸚鵡，反映了當時人喜愛養鸚鵡的風俗。

楊億（974－1020 年）就曾因自己所養鸚鵡去世而作詩〈京師故人有以隴西鸚鵡遺予者，因畜養之。去年出守縉雲，提挈而至，性靈甚慧，觸類能言，公退翫之，常若不足。忽遇疾而逝，因命瘞於小園，作詩一章，聊以追悼，識者無罪予以貴畜也〉：

---

[189] （宋）周密撰，吳企明點校《癸辛雜識》〈故都戲事〉（北京：中華書局，1988 年 1 月），頁 82。

[190] （宋）范成大，孔凡禮點校《桂海虞衡志》〈志禽〉收錄於《范成大筆記六種》（北京：中華書局，2002 年 9 月），頁 103。

隴山秋樹舊巢傾，遠向江東逐斾旌。去國夢魂應繚繞，入春喉舌
漸分明。一聲警露何慚鶴，百轉遷喬肯讓鶯。終日雕籠心不戀，
經年丹觜色猶輕。思歸悒悒因成疾，顧主依依尚有情。死葬小園
芳草地，夜來經雨綠苔生。[191]

楊億曾收了故友所送的鸚鵡，因其聰慧能言而得人喜愛，忽得疾病而死，
楊億將其埋在園中並作詩追悼。詩中言鸚鵡產地甚遠，「去國夢魂應繚
繞」說明鸚鵡思歸，但是即使做了漂亮的籠子，鸚鵡也沒有太大興趣，
反而日日想著故國，楊億認為這是鸚鵡患上疾病的原因之一，且也向鸚
鵡表達作為主人的思念之情。宋人雖將鸚鵡養在籠內，但其實內心是很
在意鸚鵡的思鄉之情，對於鸚鵡離開故土流露出不捨與同情，宋高宗飼
養鸚鵡時也有此類情節，《宋稗類鈔》：

> 高宗宮中養鸚鵡數百，高宗一日問之曰：「頗思鄉否？」鸚鵡曰：
> 「思鄉。」遂遣中使送歸隴山。後數年，有使臣過隴山鸚鵡問曰：
> 「上皇安否？」使臣曰：「上皇崩矣。」鸚鵡聞之，皆悲鳴不已。
> 使臣賦詩曰：「隴口山深草木黃，行人到此斷肝腸，耳邊不忍聽
> 鸚鵡，猶在枝頭說上皇。」[192]

記載高宗曾養數百隻鸚鵡，一天，高宗問鸚鵡是否思鄉，鸚鵡回答思鄉，
於是高宗就命人將鸚鵡送回隴山，幾年後使臣經過隴山，遇到鸚鵡問起
高宗，鸚鵡聽到高宗過世的消息都很悲傷，使臣也為此事賦詩。故事聽

---

[191] 《全宋詩》第 3 冊，頁 1325。

[192] （清）潘永因編，劉卓英點校《宋稗類鈔》〈鳥獸〉十九（北京：書目文獻出版社，1985
年 12 月），頁 770。

起來雖是荒誕不經，但其中流露著宋人與鸚鵡間的情感，宋人深知鸚鵡性聰慧，被迫離開隴西後一定會思念故土，認為將鸚鵡送回隴西後鸚鵡也一定不會忘記當時人給予的恩惠，這些情感交流可以看出宋人對於動物的關懷及愛護。范成大《桂海虞衡志》也曾言：

> 南方養鸚鵡者云：「此物出炎方，稍北中冷，則發瘴噤戰，如人患寒熱，以柑子飼之則愈，不然必死。」[193]

宋人飼養鸚鵡會因應其特性，並給予適當的照料，將鸚鵡帶離炎熱的南方也會研究如何才能給鸚鵡適當的生長環境。

　　曾經也有人送劉敞（1019—1068 年）一隻鸚鵡，劉敞也為此事賦詩，序言：「客有遺予注輦國鸚鵡，素服黃冠語音甚清慧，此國在海西距中州四十一萬里，舟行半道過西王母三年，乃遠番禺也。」，〈伏波　其一〉：

> 伏波志慷慨，南涉武溪深。銅柱功一跌，壺傾悲至今。吾聞威四海，亦有失前禽。試察兩階舞，應如丹浦心。[194]

〈伏波　其二〉：

> 四十萬里外，孤舟天與鄰。應誇王母使，更遇越裳人。素質宜姑射，黃冠即羽民。那將籠禽比，蕭灑絕埃塵。[195]

---

[193]　（宋）范成大，孔凡禮點校《桂海虞衡志》〈志禽〉收錄於《范成大筆記六種》（北京：中華書局，2002 年 9 月），頁 103。

[194]　（宋）劉敞《公是集》卷十九（臺北：臺灣商務印書館，1970 年），頁 6。

[195]　（宋）劉敞《公是集》卷十九，頁 6。

這隻鸚鵡來自注輦國（今印度、斯里蘭卡至馬來西亞、新加坡一帶），從劉敞的形容可知此為白鸚鵡，頭頂黃色，與一般丹喙翠衣的鸚鵡不同，劉敞說牠是王母使，素質宜姑射，《莊子》：「藐姑射之山，有神人居焉。」[196]以仙氣飄飄形容這隻鸚鵡，認為鸚鵡「那將籠禽比，蕭灑絕埃塵。」不是一般禽鳥可以比得上，有著與出淤泥而不染相同的高風亮節，也顯示劉敞認為鸚鵡氣宇不凡，養在籠內甚是可惜，對鸚鵡的離鄉感到同情。宋人對鸚鵡的憐憫常反映於文學作品中，王安石（1021－1086 年）〈見鸚鵡戲作〉：

> 雲木何時兩翅翻，玉籠金鎖祇煩冤。直須強學人間語，舉世無人解鳥言。[197]

看到鸚鵡就不免想到被關在籠中的牠何時能夠獲得自由，玉籠和金鎖雖是人類給予的高貴待遇，但對鸚鵡而言不過是煩悶與冤屈，鸚鵡為了滿足人類的需求必須勉強自己學人語，在王安石看來這不過就是鸚鵡對於自己本性的壓抑，其實鳥言才是鸚鵡最真實的本性，王安石因見鸚鵡而想到自己，對世上無人能理解自己發出「舉世皆濁我獨清」之感。徐積（1028－1103 年）也曾因友人的鸚鵡不見而作詩以贈，〈贈玉師失鸚鵡二首并序〉序言：

> 僧有玉師者，養能言鳥，一日食飽輒去，作失鸚鵡詞以遣之。[198]

---

[196] （晉）郭象註《莊子》莊子內篇逍遙遊第一，頁 22。

[197] （宋）王安石，李雁湖箋注，劉須溪評點《箋注王荊文公詩》卷四十四（臺北：廣文書局，1971 年），頁 1079-1080。

[198] 《全宋詩》第 11 冊，卷六四九，頁 7661。

說明寫作動機，是因為友人養的鸚鵡某天吃飽喝足後就飛走且不見蹤影，所以贈詩。其一：

> 淮邊羈思嶺頭雲，紺彩騰時電影奔。一日恰如時輩事，十年空負主人恩。良因外貌貪馴性，何況中心狎巧言。他日雕籠如再養，玉環金鑠鐵為門。[199]

以鸚鵡負主人恩來指責鸚鵡擅自離去，實際上是在諷刺飼養鸚鵡的人將鸚鵡關在籠中，表面上看似對鸚鵡很好，但是卻使鸚鵡不得自由。其〈贈玉師鸚鵡〉：

> 學得能言不自閒，彫籠何異網羅間。客來青鎖常遮面，人去長門深閉關。感物寸腸絲欲斷，離羣雙淚血猶殷。如何放我西歸去，骨肉相拋在隴山。[200]

認為鸚鵡因為能言被迫「骨肉相拋在隴山」，為其感到不捨，甚至表現出自己的憤恨，以鸚鵡喻人的身不由己。劉克莊（1187—1269 年）詞〈賀新郎〉：

> ……黃祖斗筲何足算，鸚鵡才高命天。與賀監、其歸同道。脫下錦袍與呆底，謫仙人、白佇烏紗帽。邀素月，入杯釅。[201]

---

[199] 《全宋詩》第 11 冊，卷六四九，頁 7661。

[200] 《全宋詩》第 11 冊，卷六四九，頁 7661。

[201] （宋）劉克莊《後村詞箋注》（箋注者不詳）卷二（臺北：大立出版社，1982 年 1 月），頁 129。

劉克莊說鸚鵡因為才高所以命夭，顯現他對鸚鵡因才志不凡而失去自由
的同情。

　　除了因為鸚鵡不自由而感到憤恨不平，鸚鵡在文學作品中還常表現
出宗教色彩，唐代宮中養的白鸚鵡就能夠背誦佛經，這隻白鸚鵡來自嶺
南，嶺南包含了今吳哥窟及馬來西亞，與注輦國可能相去不遠，《明皇
雜錄》：

> 開元中，嶺南獻白鸚鵡，養之宮中，歲久，頗聰慧，洞曉言詞。
> 上及貴妃皆呼雪衣女。性既馴擾，常縱其飲啄飛鳴，然亦不離屏
> 帷間。上令以近代詞臣詩篇授之，數遍便可諷誦。上每與貴妃及
> 諸王博戲，上稍不勝，左右呼雪衣娘，必飛入局中鼓舞，以亂其
> 行列，或啄嬪御及諸王手，使不能爭道。忽一日，飛上貴妃鏡臺，
> 語曰：「雪衣娘昨夜夢為鷙鳥所搏，將盡於此乎？」上使貴妃授
> 以《多心經》，記誦頗精熟，日夜不息，若懼禍難，有所禳者。
> 上與貴妃出於別殿，貴妃置雪衣娘於步輦竿上，與之同去。既至，
> 上命從官校獵於殿下，鸚鵡方戲於殿上，忽有鷹搏之而斃。上與
> 貴妃歎息久之，遂命瘞於苑中，為立塚，呼為鸚鵡塚。[202]

當時宮中飼養著白鸚鵡，聰慧且洞曉言詞，明皇及貴妃還為牠取了名字
叫作雪衣女，甚至教牠背誦《般若波羅蜜多心經》，白鸚鵡意外過世了
以後，貴妃便在苑中為牠立墳塚，可見對於鸚鵡的重視與疼愛，此故事
也被記於《太平廣記》中[203]，在宋代廣為傳誦，雪衣女在詩歌中也會用
以代表白鸚鵡，劉克莊（1187－1269 年）〈冬夜讀几案間雜書得六言二

---

[202] （唐）鄭處晦，田廷柱點校《明皇雜錄》（北京：中華書局，1997 年 12 月），頁 58。

[203] （宋）李昉《太平廣記》〈雪衣女〉卷四百六十，頁 3769-3770。

十首 其十六〉：

　　進來古丹攪喫，放下玉笛偷吹。先丁寧雪衣女，勿漏洩錦絣兒。[204]

詩中可見劉克莊呼白鸚鵡為雪衣女，他認為鸚鵡可以輕易學人說話，因此要先叮嚀鸚鵡不可洩漏。《明皇雜錄》提到鸚鵡能背誦《般若波羅蜜多心經》，與鸚鵡一直以來濃厚的佛教色彩有關。

　　鸚鵡因能言而被人視為聰明有智慧的動物，《夷堅志》中一則〈麻家鸚鵡〉：

　　荊南居客麻成忠，淳熙十五年四月，有外寺長老壽普來相見，良久，麻入書室取《圓覺經》，一鸚鵡在雕籠中，忽鳴曰：「告禪師，望慈悲救拔。」普曰：「爾有何事？」曰：「囚閉樊籠三年，無緣解脫。」普曰：「小畜，誰教爾能言！」鸚鵡頓悟，自後不復作聲，類為物所梗者。若是數月，麻嫌其不語，放使自如。徑走赴普老坐傍，啾唧致謝，普戒之曰：「宜高飛深林，免再墮羅網之厄。」又求指教，普令誦阿彌陀佛，少頃即去。經八年餘，慶元二年十一月，普遊行至桃源縣，為王家住庵，夢一小兒來謝，問為誰，曰：「昔是麻成忠鸚鵡，荷師方便，遂得為人，今在西巷蕭二家作男子矣！」曰：「以何為驗，我往視汝！」曰：「弟子左脇下尚有翅毫存。」明日，普訪蕭氏審訂，盡符其說。[205]

故事中鸚鵡期盼自由，所以向禪師求救，禪師的一句話便讓充滿智慧的

---

[204] （宋）劉克莊，辛更儒箋校《劉克莊集箋校》卷二四，頁 1343。

[205] （宋）洪邁《夷堅志》補卷第四〈麻家鸚鵡〉，頁 1579-1580。

鸚鵡頓悟，不再言語，因而被放出獲得自由，且不忘向禪師答謝，最終得到化為人的機會。人類眼中的鸚鵡不僅懂得報恩，同時也擁有超群的智商，才能因禪師的一句話而「頓悟」，鸚鵡因善言語而被關於籠中，因此對自由迫切的渴望，故事中也披露了人類的自私。

鸚鵡在人類眼中不僅會說話且能聽懂人語，在佛教故事中也會以鸚鵡通人言做為宣教的管道，《法苑珠林》中〈敬法篇〉便有記載：

> 賢愚經云。昔佛在世時。舍衛國中須達長者。信敬佛法為僧檀越。眾僧所須一切供給。須達家內有二鸚鵡。一名律提。二名賒律提。稟性點慧解人言語。見比丘來。先告家內令出迎逆。阿難後時到長者家。見鳥聰點為說四諦苦集滅道。門前有樹。二鳥聞法飛向樹上。歡喜誦持。夜在樹宿。野狸所食。緣此善根生四天王。盡彼天壽生忉利天。忉利壽盡生夜摩天。夜摩壽盡生兜率天。兜率壽盡生化樂天。化樂壽盡生於第六他化自在天。他化壽盡還生化樂。如是次第還復下至四天王天。四天壽盡還復上至他化自在天。如是上下經於七返生六欲天。自恣受樂。極天之壽而無中天。後時命終來生人中。出家修道得辟支佛。一名曇摩。二名修曇摩。[206]

以前舍衛國須達長者家中有兩隻鸚鵡，一隻名律提、一隻名賒律提，皆性點慧解人言語，阿難曾對牠們說四諦法，兩隻鸚鵡聽了就飛到樹上歡喜誦持，晚上在樹上睡覺被野狸所吃，但死後轉生為修道人，即曇摩與修曇摩兩位高僧。《夷堅志》中記載的鸚鵡也是因為禪師的幫助所以能夠轉生為人，這些記載都顯現了鸚鵡具有濃厚的佛教色彩，且在敦煌壁

---

[206] （唐）釋道世《法苑珠林》〈敬法篇第七‧聽法部第二〉（上海：上海古籍出版社，1991年8月），頁136。

畫中從北魏到西夏皆可看到鸚鵡壁畫[207]，據前人研究，宋代諸多宗教中，民間的佛教崇拜居於首位[208]，這些現象可能是受到宗教信仰的影響，先前提到的《明皇雜錄》中的白鸚鵡也學習背誦《般若波羅蜜多心經》，更緊密的連結可見《太平廣記》中記載一則〈鸚鵡救火〉：

> 有鸚鵡飛集他山，山中禽獸輒相貴重。鸚鵡自念，雖樂不可久也，便去。後數日，山中大火，鸚鵡遙見，便入水濡羽，飛而灑之。天神言：「汝雖有志。何足云也。」對曰：「雖知不能，然嘗僑居是山。禽獸行善。皆為兄弟，不忍見耳。」天神嘉感，即為滅火。出《異苑》[209]

故事中鸚鵡飛集他山，山中禽獸皆待其如貴客，離開數日後，山中發生火災，鸚鵡便以羽毛沾水，將水灑在山中，天神告訴鸚鵡這麼做是徒勞無功的，鸚鵡說雖知不能滅火，但也不能什麼都不做，天神深受感動於是為其滅火。故事中的鸚鵡不但機智，且懂得感念他人恩惠，事實上鸚鵡救火可見於《舊雜譬喻經》：

> 昔有鸚鵡，飛集他山中，山中百鳥畜獸，轉相重愛不相殘害。鸚鵡自念：「雖爾，不可久也，當歸耳。」便去。却後數月，大山失火四面皆然，鸚鵡遙見便入水，以羽翅取水飛上空中，以衣毛間水灑之，欲滅大火。如是往來。往來天神言：「咄鸚鵡！汝何

---

[207] 詳見敦煌研究院主編《敦煌石窟全集 19・動物畫卷》（臺北：臺灣商務印書館，1999 年 9 月）。

[208] 詳細論述可見朱瑞熙等著《遼宋西夏金社會生活史》第十四章（北京：中國社會科學出版社，1998 年 8 月）。

[209] （宋）李昉《太平廣記》卷四百六十，頁 3769。

以癡？千里之火寧為汝兩翅水滅乎？」鸚鵡曰：「我由知而不滅也，我曾客是山中，山中百鳥畜獸皆仁善，悉為兄弟，我不忍見之耳。」天神感其至意，則雨滅火也。[210]

且此故事與《太平廣記》中所載〈鸚鵡救火〉內容、情節、對話幾乎相同，可以說〈鸚鵡救火〉是從佛經故事傳承而來，詩歌中也不乏這類作品，張鎡〈書事〉：「猿猴漸解擎書策，鸚鵡新能喚佛名。」[211]、姜特立〈賦翠丈鸚鵡三首〉其三：「翠衿紅觜嬌脣舌，羽族於中最性靈。巧護狸狌莫驚嚇，好留相伴誦心經。」[212]鸚鵡有靈性，能喚佛名、能誦心經，這些都說明除了當時的小說、類書，佛教故事中的鸚鵡也影響了詩歌的內容。

特別的是，鸚鵡雖貴為異域珍禽，但家境不算優渥的方岳（1199－1262 年）也曾飼養別人所贈送的鸚鵡，其出仕前以農耕自給，雖學識淵博但門第不高，出仕後也曾三度罷黜，仕途坎坷、經濟不佳可以想見。方岳曾收到友人所贈鸚鵡，〈汪校正送鸚鵡〉：

山中寂寞無與語，隴客適從何許來。每慨俗人言少味，寧知凡物忌多才。關山坐隔月千里，湖海相忘酒一杯。畢竟與渠毛羽別，窺簷羣雀漫驚猜。[213]

在山中生活寂寞，所幸友人送來鸚鵡可以說話，但是由鸚鵡的身世又想

---

[210] （吳）康僧會譯，大正新修大藏經刊行會編《舊雜譬喻經》第 1 卷，收錄於《大正藏》第 04 冊 No.0206（東京：大藏出版株式會社，1988 年）

[211] 《全宋詩》第 50 冊，卷二六八二，頁 31542。

[212] 《全宋詩》第 38 冊，卷二一三四，頁 24095。

[213] 《全宋詩》第 61 冊，卷六一一，頁 38269。

到「寧知凡物忌多才」，不免感慨自己因學識淵博與直言不諱而有此遭
遇，對於鸚鵡能夠感同身受，發出自己的同情與憐憫。

　　老年時期、過得並不算富裕的的陸游（1125－1210 年）也曾飼養鸚
鵡：

> 暮秋風雨暗江津，不下書堂已過旬。鸚鵡籠寒晨自訴，狸奴氈暖
> 夜相親。典衣旋買修琴料，叩戶時聞請藥人。說與鄉鄰當賀我，
> 死前長作自由身。[214]

陸游 65 歲時遭罷官返回山陰，謫居長達 13 年，這些日子過著亦官亦隱
的生活。此年已 67 歲的陸游養了鸚鵡及貓來陪伴自己，但是由於生活處
境並不是太富裕，所以可見到「鸚鵡籠寒」並不像其他人用雕籠或金籠
豢養鸚鵡，陸游如實寫出自己給予鸚鵡的對待。陸游雖過得貧寒，但還
是非常喜歡動物的陪伴，飼養了異域珍禽，雖沒有太豪奢的待遇，卻也
是用心照料。其〈遣興〉有言：

> 壯年一箭落雙鵰，野餉如今擷藥苗。寒與梅花同不睡，悶尋鸚鵡
> 說無憀。[215]

回想年輕時的意氣風發，引起陸游對韶光易逝的感慨，也讓自己庸人自
擾而失眠，只好對家中鸚鵡說話排遣悲傷的情壞，和鸚鵡說話即陸游生
活的一部分，同樣的，聽陸游說話也是鸚鵡生活的日常。陸游與鸚鵡之
間親暱的情感，足見鸚鵡在陸游生命中扮演了重要的伴侶一角。除了和

---

[214]　（宋）陸游《劍南詩稿校注》〈戲詠閒適〉卷二十三，頁 1710-1711。

[215]　（宋）陸游《劍南詩稿校注》卷十六，頁 1250。

鸚鵡說話，宋人也會聽鸚鵡說話，姜特立〈賦鞏丈鸚鵡三首〉其一：

> 隴汗歸路渺漫漫，且向金籠刷羽翰。院靜日長頻送語，時時圖得
> 主翁看。[216]

因為鸚鵡愛說話，所以能夠輕易捉住主人的目光，鸚鵡「頻送語」所以
能「圖得主翁看」，說明了鸚鵡對人類的依賴與撒嬌，人也喜歡觀賞鸚
鵡、聽牠說話，這些情感流動都是雙向且深刻的。

宋徽宗〈杏花鸚鵡〉，臺北故宮博物院藏。

---

[216] 《全宋詩》第 38 冊，卷二一三四，頁 24095。

第五節　小結

　　宋詩中充滿了宋人的日常生活,當中可以看到他們與動物間的情感,如以往寫獵犬時,因為是工作上的需要,所以大多數都只描寫獵犬如何勇猛迅疾,以梅堯臣寫獵犬為例,他的〈犬〉詩中就可以看出犬對人的依賴,這隻狗喜歡和人一起出門,所以說牠「不獨朱門守」,人也給牠精緻的吃食,以慰勞牠的辛苦,這是人給狗的回饋,雖僅是寫犬捕獵一事,但不同於以往的是加入了更多人與動物間的情感交流。當時詩中描寫伴侶動物時多會加入這種人和動物間的關係,筆記小說中的記載,也顯示當時這些動物在人的生活中有著舉足輕重的地位,為伴侶動物立墳塚的記載屢見不鮮,詩歌中也多有悼念死去的動物之作,兩者參差對照便可發現當時人對伴侶動物有著真摯的情誼。

　　由當時市場上販賣著犬食、貓食、魚食,都可以看出他們對動物的照顧非常細膩,且狗有金色鈴鐺,貓睡織有花紋的毛毯,魚被養在玻璃瓶中受人時刻觀看,他們為這些伴侶動物取名,對牠們說話,把牠們當成可以傾訴的對象,都顯現了宋人不僅僅將牠們當作動物,而是將牠們看作生活中的伴侶,飼養著牠們就像育養著自己的孩子,但同是又可透過對牠們的觀看,發現牠們的天真與單純,改變自己內心的想法,洗滌自己的心靈,這反而不一定是養育孩子的過程中可以得到的,可見這些伴侶動物在宋人的生命中具有特別的意義。

　　楊億與劉敞皆收過人家送的鸚鵡,這是人與人之間情感的流動,這種情感流動同樣可見他們送貓及乞貓。且在鸚鵡死後為之賦詩,也顯現詩人心中的不捨,是人與鸚鵡間情感的流動,在這些情感流動中我們也可以看見他們雖將鸚鵡關在籠中,但實際上內心也能了解牠們離鄉遠去的悲傷。鸚鵡在方岳和陸游身邊,似乎不與身分地位相符合,雖還是以能言的才華見稱,且與佛教密切相關,但似乎變得不是太稀有珍貴,但

是由劉敞詩中所言推測，他所飼養的鸚鵡應是白鸚鵡，當時鸚鵡依然是
受人喜愛以及欣賞其才華的動物，但是白鸚鵡可能因為色白而因此更加
珍貴，關於白鸚鵡的珍稀將於下段討論，我們可以看到鸚鵡與當時人的
互動方式，即是說話與觀看，甚至認為牠能夠傾聽，即使只能關在籠中，
鸚鵡和人的距離卻是相當貼近的。

第四章　寓目遊心：宋代伴侶動物詩之觀看內涵

　　前一章寫出人與動物之間的陪伴、觀看、相處、日常，但詩作不僅僅表現出人與伴侶動物的關係，藉由動物表明情志也是伴侶動物詩常見的寫作手法，此為詠物作品中一項重要傳統，在此傳統之外，宋人展現出的還有他們敏銳的觀察，透過他們的眼睛看到動物的特質與內心，他們對於動物的體察入微，因而更能以動物的特性展現自己的思想與心性。伴侶動物詩的概念可說是由白居易建立基礎，中唐以後開始醞釀雛形，宋人承接這一個基礎後將其發揚。唐詩中寫了最多伴侶動物詩的便是白居易，除了先前寫到的狗之外，在白居易詩中最明顯的例子是白鶴，白氏將鶴當作伴侶動物並將他與鶴之間的互動與關係寫入詩中，一直到宋代時，書寫伴侶動物詩的風潮使得陪伴於身邊的伴侶動物多了許多被欣賞以及被寫入詩中的機會。雖然都稱作伴侶動物，但是動物的生理構造卻造成與人相處間有其分別，魚和鳥雖陪伴在人身邊，但由於離不開水或需要被關在籠中，所以和人的互動常常是透過觀看。狗和貓雖和人相處親暱，但這日常相處中除了陪伴，也包含了觀看，陪伴與觀看在人和動物的相處間不可二分，前一章雖有寫到陪伴與觀看，但多著墨在伴侶動物的陪伴與互動，本章欲就觀看為主，以白居易觀鶴、寫鶴、與鶴相處為一開端，白鶴恰好是以觀看為主的伴侶動物，又因其色白更增添了觀看的意義。

第一節　白鶴與樂天：宋前的觀看經驗

　　宋人喜歡寫自己養犬、貓、魚、鸚鵡的經驗，但又因為魚和鸚鵡的生理構造限制，使得多數時候他們筆下的魚和鸚鵡雖有陪伴作用，實際上觀看功能可能大於陪伴，這樣的動物陪伴與觀看在唐代也是有的，唐詩中雖較少伴侶動物的描述，但在本書第二章中可以看見白居易將鶴當作自己的伴侶動物，且鶴因毛色白，受到人們珍視，一直以來色白動物都有其特殊的文化象徵，所以特別容易被人們當作值得珍視的對象，白居易以珍貴的白鶴為伴侶動物，在唐代其實也不算常見，陳家煌在〈從鶴的物性看白居易詩中的鶴〉中說道：「**唐人詩文中雖然經常出現鶴，但真正有養鶴的文人，僅有白居易、裴度、薛能、皮日休，裴度、薛能詩文中鮮少提到養鶴行為⋯⋯。**」[1]白居易是唐代少數養鶴的人之一，也是真正將養鶴及和鶴相處的狀況寫入詩中的文人，白居易繼承了杜甫描寫日常生活中小事物的詩風[2]，將養鶴的這日常微小的事情寫進詩作中，一反過去詩人多將鶴用來託物言志的寫法，讓詩更加生活化，也可說是伴侶動物詩的初始概念，對日常生活題材的關注與描寫雖是由杜甫奠定，但伴侶動物這一對於日常的書寫在白居易詩中才較為普遍，且數量漸多。

　　白居易與鶴的相處猶如家人一般，而他也不只一次的將自己與鶴相處的情況寫入詩歌中，大和三年（829）白居易因病辭刑部侍郎，自長安回到洛陽後，直到辭世都再也沒有離開洛陽，前後共十八年，白居易所養的鶴也在此陪他度過年老時光，〈家園三首 其三〉中所言：

[1] 陳家煌〈從鶴的物性看白居易詩中的鶴〉收錄於《成大中文學報》第四十五期（2014年6月），頁95-138。
[2] 詳見呂正惠〈杜詩與日常生活〉收錄於《唐詩論文選集》，頁285-298。

　　鴛鴦怕捉竟難親，鸚鵡雖籠不著人。何似家禽雙白鶴，閑行一步
亦隨身。[3]

可知白居易養的白鶴已與他建立起互信與情感關係，在他眼中，白鶴與
其他禽鳥都不相同，不僅親人、戀人，還會陪他一同散步，其〈西風〉：

　　……淺渠銷慢水，疎竹漏斜暉。薄暮青苔巷，家僮引鶴歸。[4]

傍晚時家僮指引鶴回家，這裡也是鶴對人信賴的表現，將鶴放在外面但
鶴卻不會跑走，不僅認得白居易也認得家中侍僮。
　　白居易養鶴大約始於長慶二年（822）時任杭州刺史，白居易〈鶴〉：

　　人各有所好，物固無常宜。誰謂爾能舞，不如閑立時。[5]

經過對鶴的觀察，白居易認為鶴讓他喜歡的特色是閒適，很多人都喜歡
看鶴跳舞，但白居易卻愛看鶴站著不動的樣子，其〈病中對病鶴〉：

　　同病病夫憐病鶴，精神不損翅翎傷。未堪再舉摩霄漢，只合相隨
　　覓稻粱。但作悲吟和嘹唳，難將俗貌對昂藏。唯應一事宜為伴，
　　我髮君毛俱似霜。[6]

---

[3]　（唐）白居易，顧學頡點校《白居易集》卷二十九，頁 739。
[4]　（唐）白居易，顧學頡點校《白居易集》卷二十八，頁 637-638。
[5]　（唐）白居易，顧學頡點校《白居易集》卷二十，頁 164。
[6]　（唐）白居易，顧學頡點校《白居易集》卷二十，頁 436。

以病鶴的處境喻自己，「精神不損翅翎傷」白居易雖有著身體病痛，但於任上還是很盡心力，猶如白鶴被修其翅而失去自由，卻能保有其心性與精神，鶴覓稻粱也許讓白居易懷疑自己是否為了五斗米折腰，白居易的「悲吟」與鶴的「嘹唳」都是對於自己內心不安徬徨的宣洩，但白居易認為自己的俗比不上鶴的氣宇軒昂。詩中鶴的精神、鶴的氣宇軒昂、或是鶴的嘹唳都是白居易透過與鶴相處和觀察所發現的鶴的特性。從另一方面來看，「唯應一事宜為伴，我髮君毛俱似霜。」自己的頭髮與鶴的羽毛一樣白，正是在感嘆自己的衰老，並認為這是自己和鶴唯一的共通點，覺得自己和鶴應該互相為伴，雖是以鶴的特性自喻，但詩中透露著自己看鶴的眼光，想要以鶴為伴、為友，與在他老年時寫下「何似家禽雙白鶴，閑行一步亦隨身。」互相呼應，剛開始養鶴時就覺得可以成為同伴，經過漫長時光的相處，二十餘年後，也真的和鶴培養出感情，可以一起憂閒的散步。

曾經有一次白居易將兩隻鶴留在洛中，自己則出使長安，鶴見到劉禹錫時誤認劉禹錫為主人[7]，白居易為此曾寫〈有雙鶴留在洛中，忽見劉郎中，依然鳴顧，劉因為鶴歎二篇寄予，予以二絕句答之〉其一：

> 辭鄉遠隔華亭水，逐我來棲緱嶺雲。慚愧稻粱長不飽，未曾回眼向雞群。[8]

華亭是陸機的故鄉，也是鶴的產地，因此陸機死前才會說他想再聽見華

7　（唐）劉禹錫《劉禹錫詩編年校注》〈鶴歎 二首〉其一：「寂寞一雙鶴，主人在西京。故巢吳苑樹，深院洛陽城。徐引竹間步，遠含雲外情。誰憐好風月，鄰舍夜吹笙。」其二：「丹頂宜承日，霜翎不染泥。愛池能久立，看月未成棲。一院春草長，三山歸路迷。主人朝謁早，貪養汝南雞。」

8　（唐）白居易，顧學頡點校《白居易集》卷二十五，頁 567。

亭的鶴唳聲，以表達希望時光倒流的悔恨，白居易說他的鶴遠辭華亭，追逐他來到此地，可見白居易自認鶴與他情感深厚，否則便不會願意遠離故鄉跟著他來到這裡，且就算稻粱收成欠佳，他的鶴也不至於去吃雞群的飼料，可見白居易對其所飼養的鶴非常疼愛，準備了很多食物讓牠們不會餓肚子。其二：

> 荒草院中池水畔，銜恩不去又經春。見君驚喜雙回顧，應為吟聲似主人。[9]

白居易說他的鶴是感恩於他，所以不願意離去，並非自己強留下來，而見到劉禹錫很開心只是因為認錯主人，我們也可推知平常鶴見到白居易是很喜悅且會用鳴叫聲來迎接他，這種喜悅是由動物表現出來，再加上人的眼睛觀看，是透過動物與人的眼神交流與肢體語言理解到的喜悅，且因為劉禹錫的一番話使白居易作出反駁，更看出白居易對自己和鶴之間情感的捍衛。其〈代鶴〉：

> 我本海上鶴，偶逢江南客。感君一顧恩，同來洛陽陌。洛陽寡族類，皎皎唯兩翼。貌是天與高，色非日浴白。主人誠可戀，其奈軒庭窄？飲啄雜雞群，年深損標格。故鄉渺何處？雲水重重隔。誰念深籠中，七換摩天翮！[10]

白居易以鶴的角度看待鶴的生活，鶴是因為感念主人的恩情所以一起到了洛陽，此詩約作於大和七年（833），白居易大和五年至七年（830 至

9　（唐）白居易，顧學頡點校《白居易集》卷二十五，頁 567。

10　（唐）白居易，顧學頡點校《白居易集》卷二十九，頁 658。

833 年）為河南尹，所以此時應為河南尹卸任後閒居洛陽，在這裡鶴沒有同伴，和雞群一起飲食，但是因為「主人誠可戀」所以願意鶴忍受這些生活上的不便，此詩可說是白居易以鶴的角度看鶴的生活。

白居易透過自己和鶴的相處漸漸了解鶴的特性與性格，除了以鶴喻己之外，還試以鶴的眼光來想像鶴的生活，認為鶴願意留在他身邊是因為戀主，而自己很大程度也享受這種有鶴相伴的生活，在他的詩作中，我們可以看到他對鶴的觀察，鶴的嘹唳、鶴的閒立、鶴的情緒，乃至於不吃雞食……等等，這其中也包含了他與鶴之間情感的流動，無論是人對鶴的喜愛，抑或是鶴對人的依戀，這些情感都不斷在白居易的詩作中出現，將這種情感流動、觀看和生活寫入詩作中的方式也深深影響著宋人。

除了白鶴之外，幾乎所有色白之動物都顯示飼養人的富貴與品味，楊敏〈白色動物精靈崇拜——中國古代白色祥瑞動物論〉：「**地域群體中的每個成員都對白色的祥瑞動物產生了祈盼和親切的情感，從而形成了對白色動物精靈的崇拜。**」[11]可見白色動物在中國有著特殊的身分，因為其珍稀難得，而這些珍禽異獸的共通性除了難得之外便是被拘困，歐陽修雖未必飼養過白鶴，但是他曾養過白兔，他看見友人失鶴詩作便憶起自己養的白兔，白兔與白鶴的共通之點就是毛色白所以珍稀，〈思白兔雜言戲答公儀憶鶴之作〉：

> 君家白鶴白雪毛，我家白兔白玉毫。誰將贈兩翁，謂此二物皎潔
> 勝瓊瑤。已憐野性易馴擾，復愛仙格何孤高。玉兔四蹄不解舞，
> 不如雙鶴能清唳。低垂兩翅趁節拍，婆娑弄影誇嬌饒。兩翁念此

---

[11]　楊敏〈白色動物精靈崇拜——中國古代白色祥瑞動物論〉收錄於《民族文學研究》2003 年第 2 期，頁 25-31。

二物者，久不見之心甚勞。京師少年殊好尚，意氣橫出爭雄豪。清罇美酒不輒飲，千金爭買紅顏韶。莫令少年聞我語，笑我乖僻遭譏嘲。或被偷開兩家籠，縱此二物令逍遙。兔奔滄海卻入明月窟，鶴飛玉山千仞直上青松巢。索然兩衰翁，何以慰無憀。纖腰綠鬢既非老者事，玉山滄海一去何由招。[12]

白鶴與白兔外貌潔白脫俗堪比玉石，但是具有野性、仙性，也就是說不適合為人所飼養，而鶴又因會跳舞被人誇讚，白兔既不會叫也不會舞，但是也如鶴一般不俗，歐陽修認為無論是白鶴還是白兔都應得到逍遙自在，歸返仙境，這是他對於珍稀動物身世的同情。歐陽修的好友梅堯臣也依循著他以珍稀之物自比的手法，〈和永叔內翰思白兔答憶鶴雜言〉：

醉翁在東堂，為他栽桂樹。待將枝條與人折，憶著家中玉色兔。夜看明月海上來，光彩離離入庭戶。且問常娥一借觀，翁家雖有來無路。常娥對面幾萬里，不聲漸漸西南去。是時翁生懷抱惡，卻恨陸機先憶鶴。致令亦念眼迷離，不似傍池能飲啄。始憂兔饑僮失哺，又恐白毛塵土汙。仍不如鶴有淺泉，自在引吭時刷羽。花前舉翅鼓春風，只待公歸向朝暮。我聞二公趣向殊，一養月中物，一養華亭雛。一畏奔海窟，一畏巢松株。我雖老矣無物惑，欲去東家看舞姝。[13]

梅堯臣先寫出好友為此白兔費盡心思，準備好的飼養環境，但儘管如此卻還是時時提心吊膽，甚至擔心潔白的毛沾染俗塵，彷彿比白鶴更難以

[12]　（宋）歐陽修，李逸安點校《歐陽修全集》全集卷六，居士集卷六，頁 101-102。

[13]　（宋）梅堯臣，朱東潤注《梅堯臣集編年校注》卷二十七，頁 927。

飼養，最後安慰好友對白兔的思念，實際上除了肯定歐陽修的不凡外，也認為他應該既來之，則安之，不必自尋煩惱。

　　因為白鶴珍稀所以當時人會精心打造適合的飼養環境、給予精心準備的食物，宋代林洪〈相鶴訣〉中有言：

> 鶴不難相，人必清於鶴，而後可以相鶴矣。夫頂丹頸碧，毛羽瑩潔，頸纖而修，身聳而正，足膇而節高，頗類不食煙火，人乃可謂之鶴。望之，如雁鶩鵝鸛然，斯為下矣。養以屋必近水竹，給以料必備魚稻，蓄以籠飼以熟食，則塵濁而乏精采，豈鶴俗也，人俗之耳。欲教以舞，俟其餒而置食於闊遠處，拊掌誘之，則奮翼而唳若舞狀。……[14]

鶴頂丹頸碧且毛羽瑩潔，乃今日所言丹頂鶴，且鶴的飼養環境需有屋、有水、有竹，並以稻米和魚飼之，若是將鶴養在籠中，或是給予人吃的熟食，鶴便會沒有精神容易生病，鶴經過人的馴養還會跳舞或鳴叫，這些都是鶴的特質，鶴對生活環境如此挑剔，可見養鶴的人需要有一定的經濟基礎，無論是環境或是吃食，都需要有充分的物質條件來滿足鶴的需求。此外，「人必清於鶴，而後可以相鶴矣。」也揭示當時人和鶴之間的關係，人要「清」才能夠相鶴，也就是人要品性高潔、單純才能識鶴，若是鶴「塵濁而乏精采」那並不是鶴之過，是因為人「俗」，說明了當時人養鶴是欣賞牠的清新脫俗，《世說新語》亦有「支公好鶴」記載：

---

[14]　（宋）林洪〈相鶴訣〉收錄於《山家清事》據明正德顧元慶輯刊陽山顧氏文房本影印（板橋：藝文印書館，1966年），頁1。

支公好鶴，住剡東卬山，有人遺其雙鶴，少時翅長欲飛。支意惜
之，乃鎩其翮。鶴軒翥不復能起，乃反顧翅，垂頭，視之如有懊
喪意。林曰：既有凌霄之姿，何肯為人作耳目近玩？養令翮成，
置使飛去。[15]

支道林好鶴，有人曾贈鶴與他，怕牠飛走，就反覆修剪其羽，但不忍看
鶴沒有朝氣的模樣，最終放鶴而去，這是支道林由自己私心到超脫的過
程，且他認為「何肯為人作耳目近玩？」說明了養鶴最主要的目的是供
人賞玩，人類投入了大筆資金以供牠們生長，其目的是為了賞玩，這便
是多數珍禽異獸被人飼養的原因，不單單只是鶴，這些珍禽異獸雖有著
陪伴的功能，但透過人類的觀看與欣賞賦予了牠不同的生命意義，其外
貌、外型受人喜愛，所以人願意花費金錢與時間，甚至邀請友人一睹牠
們風采，也透過飼養珍禽異獸彰顯自己的不凡與富貴。

第二節　從白鶴到白兔：唐宋伴侶動物詩之承轉

就如白居易飼養白鶴並以珍貴的白鶴喻己，或透過書寫敘述與鶴的
生活，歐陽修也曾飼養色白珍貴的白鸚鵡以及白兔，並透過飼養的過程
認識這些動物的需求、個性，且歐陽修也常以這些動物表達自己才高無
法脫離樊籠之感。

歐陽修嘉祐四年時曾作〈答聖俞白鸚鵡雜言〉：

憶昨滁山之人贈我玉兔子，粵明年春玉兔死。日陽晝出月夜明，
世言兔子望月生。謂此瑩然而白者，譬夫水之為雪而為冰，皆得

15　（南朝宋）劉義慶《世說新語校箋》上卷・語言第二（北京：中華書局，2006），頁118。

一陰凝結之純精。常恨處非大荒窮北極寒之曠野，養違其性天厥
齡。豈知火維地荒絕，漲海連天沸天熱。黃冠黑距人語言，有鳥
玉衣尤皎潔。乃知物生天地中，萬殊難以一理通。海中洲島窮人
跡，來市廣州才八國。其間注輦來最稀，此鳥何年隨海舶？誰能
遍歷海上峰，萬怪千奇安可極。兔生明月月在天，玉兔不能久人
間。況爾來從炎瘴地，豈識中州霜雪寒。渴雖有飲饑有啄，羈縶
終知非爾樂。天高海闊路茫茫，嗟爾身微羽毛弱。爾能識路知所
歸，吾欲開籠縱爾飛。俾爾歸詫宛陵詩，此老詩名聞四夷。[16]

白鸚鵡不同於一般鸚鵡，從注輦國（今印度、斯里蘭卡至馬來西亞、新
加坡一帶）遠道而來，因此更被視為珍稀之品，詩人以珍禽喻己，歐陽
修因為梅堯臣寫〈白鸚鵡〉想到自己已逝去的白兔，兩者皆因珍稀而被
困在人類身邊，關於白兔的稀有珍貴以及白兔詩的內涵將在下段討論。
歐陽修也提到白鸚鵡雖然飲食無缺，但他心裡深知這種生活並非鸚鵡的
期望，來自炎熱之地，卻要被迫適應北方霜雪，最後說「爾能識路知所
歸，吾欲開籠縱爾飛。」以鸚鵡比喻自己有志不得伸的無奈，歐陽修在
寫動物詩時常使用此種創作手法。梅堯臣〈和劉原甫白鸚鵡〉：

能言異國鳥，來與舶帆飄。嘗過西王母，曾殊北海鰌。雪衣應不
妒，隴客幸相饒。因憶禰處士，舊洲蘭蕙凋。[17]

白鸚鵡不僅是因為來自異國，更是因為和西王母有所連結所以更顯珍貴，
讓梅堯臣想到了當年文不加點的禰衡，這些都說明了為什麼白鸚鵡有著

---

[16] （宋）歐陽修，李逸安點校《歐陽修全集》卷八，居士集卷八，頁124。
[17] （宋）梅堯臣，朱東潤注《梅堯臣集編年校注》卷二十九，頁1116。

如此特殊的地位，與神話故事有所關聯而使地位提升，這點在白兔身上也可見得。

　　白兔之所以能為珍禽異獸而受人珍愛，是由於色白之動物在中國傳統中的地位，東晉葛洪的《抱朴子》：「虎及鹿兔，皆壽千歲，壽滿五百歲者，其毛色白。」[18]可以知道白兔為長壽的象徵外，在《藝文類聚》中「《石勒傳》曰：『莊平民師懼，上黑兔，令曰：按記應白兔為瑞，此黑兔曰祥。』」[19]此一記載顯示白兔曰瑞，是祥瑞之一。據梁朝人孫柔之的《瑞應圖記》：「王者敬事者老，則白兔見」[20]王者的恩澤出現，白兔才會出現，可見白兔彌足珍貴。《淵鑑類函》：「又赤兔上瑞，白兔中瑞，外國圖曰：『西王母圖前有玉山白兔。』」[21]白兔除了是祥瑞外，還會跟著西王母圖一起出現，和白鸚鵡一樣有著和遠古神話的連結與想像，這也使牠們的地位更加不凡。《淵鑑類函》：「謝承《漢書》曰：『方儲字聖明，幼喪父，事母孝，母死乃負土成墳，種奇樹十株，鸞鳥棲集其上，白兔游其下。』」[22]從此一記載可知，在孝順之人出現時，白兔也會出現，許多好事發生都會跟白兔有所關聯。《南史‧列傳》：

> ……太子初在孕，后嘗歸寧，遇家奉祠，爾日陰晦失曉，舉家狼狽共營祭食。后助炒胡麻，始復內薪，未及索火，火便自然。宋泰豫元年殂，歸葬宣帝墓側，則泰安陵也。門生王清與墓工始下

---

[18]　（東晉）葛洪《抱朴子‧對俗篇》（臺北：臺灣中華出版社，1980 年 1 月），頁 11。

[19]　（唐）歐陽詢，汪紹楹校《藝文類聚》卷九十九（上海：上海古籍出版，1965 年 11 月），頁 1716。

[20]　（梁）孫柔之《瑞應圖記》（板橋：藝文印書館，1970 年），頁 31-32。

[21]　（清）張英、王世楨等《淵鑑類函‧獸部三》卷四百三十一（臺北：新興書局，1982 年），頁 1。

[22]　（清）張英、王世楨等《淵鑑類函‧獸部三》卷四百三十一，頁 1。

錘，有白兔跳起，尋之不得。及墳成，兔還栖其上。昇明二年，
贈竟陵公國夫人。三年，贈齊國妃印綬。齊建元元年，尊諡昭皇
后。二年。贈后父壽之金紫光祿大夫，母桓氏上虞都鄉君。[23]

而此一史料中，我們可以看到白兔出現後會帶來好運；換言之，在古人
的心裡，白兔也是一種吉兆，古人將白兔視為一種形象正面的動物。在
《晉書‧列傳》中記載

> ……是時白狼、白兔、白雀、白雉、白鳩皆棲其園囿，其羣下以
> 為白祥金精所誕，皆應時邕而至，又有神光、甘露、連理、嘉禾……
> 眾瑞，請史官記其事，玄盛從之。……[24]

古人認為白色是對應著西方之色，而西方是五行中金對應的方位，所以
白子會被視為金精所誕，可以推敲出古人何以認為白子是吉祥之徵兆或
是高貴的象徵，色白之動物在當時人眼裡本身就具有其特殊性質，且從
自古以來的上白兔表[25]可以知道，白兔常是上呈給皇帝的動物，可見其珍
貴的程度與崇高的地位，無論是白兔或白鸚鵡，絕大多數色白之動物都
是稀奇珍貴的。歐陽修此時期認為自己有志不得伸，據包弼德：

> 歐陽修強調，唐代和前代一樣，尋求疆土的擴張、武力和巨大的
> 財富，但是歷史表明這些實用的目標最終會把追求它的國家引向

---

[23]　（唐）李延壽《南史‧列傳一》（臺北：臺灣商務印書館，2010 年 9 月），頁 12。

[24]　（唐）房玄齡等《晉書》卷六十七列傳第五十七（臺北：臺灣中華書局，1971 年），頁 564。

[25]　《文苑英華》的分類中，蔣防〈白兔賦〉被分為「符瑞」，而北周庾信〈齊王進白兔表〉、作者不詳的〈為太原李說尚書進白兔表〉則為「進祥瑞」。

毀滅。歐陽修毫不懷疑透過政府的制度來做事的必要，但他的確
看到人們需要一些歷史知識以外的東西。他們一定要能夠超越人
的利益，所見要超越政府的制度利益。[26]

歐陽修認為人們需要歷史知識以外的東西，超乎政府所想像、目前當局
沒有給予人們，歐陽修為了人民福祉向上諫言。而一直以來，歐陽修的
剛直敢言，使自己樹立不少敵人，政敵錢明逸等在慶曆五年以「張甥案」
誣告歐陽修，此事對歐陽修有著很深的影響，即便後來查無此事，眾人
的議論早已在歐陽修心中刻劃出不可抹滅的傷疤。因此，歐陽修以竄入
凡間的月中白兔或是被關進金籠中的白鸚鵡比擬自己的現況，表面上過
著豪奢的生活，但是只有自己知道，心所嚮往的並不是困在人間、失去
自由及野性的這種生活。此次浩大唱和盛宴，參加者皆是為觀兔而來，
觀賞這隻被放在籠中的兔子，在此時兔子除了有本身的文化意象和歷史
象喻之外，對於詩人們來說觀賞之外更是交際應酬的場合，王安石就藉
白兔被關在籠中抒發自己不得自由的心志，且這個不得自由還是由此次
唱和的邀集人歐陽修所引起，觀看一隻白兔，每個人皆以不同角度觀之，
白兔也指涉了這些賓客的情誼，甚至有了政治上的意義。

　　歐陽修所養的白兔與鸚鵡一樣因色白而成為珍異之物，據《宋會要》：
「宋太祖建隆二年，隴州防禦使楊勳獻黃鸚鵡，知鄆州姚光輔獻白兔及
馴象。」[27]白兔為獻給皇上之物，歐陽修以這樣的珍禽異獸表其心志，他
以白兔為喻，抒發官場上的感慨。歐陽修之所以得到此白兔是由於滁州
人所贈，慶曆五年時（1045），歐陽修遭誣陷貶知滁州，於滁州任官四

26　（美）包弼德《斯文：唐宋思想的轉型》（江蘇：江蘇人民出版社，2001 年 1 月），頁
　　198-199。

27　（清）徐松：《續修四庫全書・宋會要・瑞異一》卷 15397（上海：上海古籍出版，1995
　　年），頁 138。

年內，仁民愛物，受人民愛戴。由當時期的作品〈醉翁亭記〉中便可知曉：

> 至於負者歌于途，行者休於樹，前者呼，後者應，傴僂提攜，往
> 來而不絕者，滁人遊也。臨溪而漁，溪深而魚肥；釀泉為酒，泉
> 香而酒冽，山肴野蔌，雜然而前陳者，太守宴也。[28]

文中記歐陽修與滁州人宴遊，宴飲佳餚皆山中就地取材，可見他並非奢侈享樂地方官。而與民一同飲酒遊樂，可知滁州政治清明、人民生活安定富足。至和二年（1055），時歐陽修在汴京任翰林學士，即便六年過去了，滁州人還是沒有忘記歐陽修，他們於豐山抓到一隻白兔，而後不辭辛勞送給遠在千里之外的他，歐陽修對白兔非常喜愛，視之為寶便作此詩：

> 天冥冥，雲濛濛，白兔搗藥嫦娥宮。玉關金鎖夜不閉，竄入滁山
> 千萬重。滁泉清甘瀉大壑，滁草軟翠搖輕風。渴飲泉，困棲草，
> 滁人遇之豐山道。羅網百計偶得之，千里持為翰林寶。翰林酬酢
> 委白璧，珠箔花籠玉為食。朝隨孔翠伴，暮綴鸞鳳翼。主人邀客
> 醉籠下，京洛風埃不沾席。群詩名貌極豪縱，爾兔有意果誰識？
> 天資潔白為己累，物性拘囚盡無益。上林榮落幾時休，回首峰巒
> 斷消息。[29]

歐陽修以兔喻其志，因受人拘囚失去原本應有的寬闊山林，對自己與白

28　（宋）歐陽修，李逸安點校《歐陽修全集》卷五十七，居士外集卷七，頁 576-577。

29　（宋）歐陽修，李逸安點校《歐陽修全集》卷五十四，居士外集卷四，頁 766。

兔的際遇如此相像有所感慨，詩中可見歐陽修將這隻白兔視為在嫦娥身邊的仙物，來自滁州的白兔使歐陽修想起了滁州那段自由自在的日子、他心中所嚮往那般富有野性的生活；如今，他和兔子一樣，受人拘囚、失去原本應有的寬闊山林，對自己與白兔的際遇如此相像有所感慨，「珠箔花籠玉為食」也說明了白兔和之前提到的白鶴一樣，居住環境和飲食皆有人精心照料，「京洛風埃不沾席」白兔也是超脫不俗，品性高潔，且歐陽修因自己有幸得到這隻白兔，他想要與眾人分享這份喜悅，便邀集賓客前來觀兔，有了一次盛大的〈白兔〉詩唱和盛宴。

此次〈白兔〉詩盛宴邀集詩人有梅堯臣、蘇洵、王安石、韓維、劉敞、劉放，以下分述他們的詩作。梅堯臣〈永叔白兔〉：

> 可笑常娥不了事，走却玉兔來人間。分寸不落獵犬口，滁州野叟獲以還。霜毛豐茸目睛殷，紅條金練相係擐。馳獻舊守作異玩，況乃已在蓬萊山。月中辛勤莫擣藥，桂旁杵臼今應閑。我欲拔毛為白筆，研朱寫詩破公顏。[30]

依循著歐陽修〈白兔〉中的詩思，加入了嫦娥[31]、玉兔、月中擣藥與桂樹等的神話元素。詩中認為白兔的毛可以拿來做筆，而並不認為白兔有何特別之處。「研朱寫詩破公顏。」只希望歐陽修看了此詩作後能夠開心。而梅堯臣的第二首和作，提及嫦娥來入夢：

> 我昨既賦白兔詩，笑他常娥誠自癡。正值十月十五夜，月開冰團

---

[30] （宋）梅堯臣，朱東潤注《梅堯臣集編年校注》卷二十六，頁 896。

[31] 梅氏詩中作「常娥」，為保留原意維持「常娥」寫法。為行文流暢，除梅詩之外則使用現代常用「嫦娥」寫法。

上東籬。畢星在傍如張羅，固謂走失應無疑。不意常娥早覺怒，使令烏鵲繞樹枝。啁噪言語誰可辨，徘徊赴寢褰寒帷。又將清光射我腹，但覺軫粟生枯皮。乃夢女子下天來，五色雲擁端容儀。雕瓊刻肪肌骨秀，聲音柔響揚雙眉。以理責我我為聽，何擬玉兔為凡卑。百獸皆有偶然白，神靈獨冒由所推。裴生亦有如此作，專意見責心未夷。遂云裴生少年爾，謔弄溫軟在酒卮。爾身屈強一片鐵，安得妄許成怪奇。翰林主人亦不愛爾說，爾猶自惜知不知。叩頭再謝沈已去，起看月向西南垂。[32]

詩中將嫦娥描寫得栩栩如生，在他和嫦娥的對話中也是富有理性的，說自己將玉兔描寫得很平凡並非全然是因為自己沒有想像力，而是因為自己已不再年少，不允許自己「妄許成怪奇」。梅堯臣在其第三首和詩〈重賦白兔〉中稱讚歐陽修有如韓愈：

毛氏穎出中山中，衣白兔褐求文公。文公嘗為穎作傳，使穎名字存無窮。徧走五嶽都不逢，乃至瑯琊聞醉翁。醉翁傳是昌黎之後身，文章節行一以同。滁人喜其就籠紲，遂與提攜來自東。見公於鉅嶮之峰，正草命令辭如虹。筆禿願脫冠以從，赤身謝德歸蒿蓬。[33]

據原題下注：「永叔云：諸君所作皆以常娥、月宮為說，頗願吾兄以他意別作一篇，庶幾高出群類，然非老筆不可。」看得出歐陽修對梅堯臣的文采很有信心，也願意鼓勵梅堯臣，因對他有所敬重而以「吾兄」稱

---

[32] （宋）梅堯臣著，朱東潤注《梅堯臣集編年校注》〈戲作常娥責〉卷二十六，頁 898。

[33] （宋）梅堯臣著，朱東潤注《梅堯臣集編年校注》〈重賦白兔〉卷二十六，頁 900。

之。梅堯臣在此詩中引韓愈的〈毛穎傳〉，〈毛穎傳〉是一篇諷刺文章，

> ……太史公曰：毛氏有兩族：其一姬姓，文王之子封於毛，所謂
> 魯、衛、毛、聃者也，戰國時有毛公、毛遂。獨中山之族，不知
> 其本所出，子孫最為蕃昌。《春秋》之成，見絕於孔子，而非其
> 罪。及蒙將軍拔中山之豪，始皇封諸管城，世遂有名，而姬姓之
> 毛無聞。穎始以俘見，卒見任使，秦之滅諸侯，穎與有功，常賞
> 酬勞，以老見疏，秦真少恩哉！[34]

寫出毛氏的源流及興衰，有功於秦國，卻因為年老而被秦國疏遠，批評
秦的寡恩。由此看出，此詩確實達到歐陽修的要求，不再使用玉兔、月
宮傳說。而「徧走五嶽都不逢，乃至瑯琊聞醉翁。」應當是說梅堯臣受
歐陽修提拔，表達自己對歐陽修的感謝之情。第二首和作〈戲作常娥責〉：
「爾身屈強一片鐵，安得妄許成怪奇。翰林主人亦不愛爾說，爾猶自惜
知不知。叩頭再謝沆已去，起看月向西南垂。」此詩最後同〈重賦白兔〉
結語，有向歐陽修致謝之意思。

蘇洵〈歐陽永叔白兔〉，詩中有蟾蜍、搗藥的神話寓意，還可以看
出此詩中的白兔另有影射，而非單單是指白兔：

> 飛鷹搏平原，禽獸亂衰草。蒼茫就擒執，顛倒莫能保。白兔不忍
> 殺，嘆息愛其老。獨生遂長拘，野性始驚矯。貴人識筠籠，馴擾
> 漸可抱。誰知山林寬，穴處頗自好。高颺動槁葉，群竄跡如掃。
> 異質不自藏，照野明暠暠。獵夫指之笑，自匿苦不早。何當騎蟾

---

[34] （唐）韓愈著，馬其昶校注《韓昌黎文集校注》〈毛穎傳〉（上海：上海古籍出版社，
1998 年 3 月），頁 566-569。

蜍，靈杵手自搗。[35]

詩中的白兔雖得飛鷹的憐憫而逃過一劫，卻因不藏匿而遭到獵人的長拘，逐漸喪失野性，而卻還是嚮往自由自在的月宮生活，「何當騎蟾蜍，靈杵手自搗。」據曾棗莊、金成禮注：「喻歐陽修身著冠冕，然志在山林。」此為蘇洵對好友現況的描述。蘇洵明白歐陽修的野性，「誰知山林寬，穴處頗自好。」肯定歐陽修志在山林的心性，表達對好友的支持。

王安石的和詩為〈信都公家白兔〉，慶曆四年十一月時，歐陽修受封信都縣開國子，王安石因以稱之。此詩中寫到了白兔原本於月宮中的安逸生活，卻因到了滁州而有所改變：

水精為宮玉為田，姮娥縞衣洗朱鉛。宮中老兔非日浴，天使潔白宜嬋娟。揚須弭足桂樹間，桂花如霜亂後前。赤鴉相望窺不得，空疑兩瞳射日丹。東西跳樑自長久，天畢橫施亦何有。憑光下視置網繁，衣褐紛紛漫回首。去年驚墮滁山雲，出入虛莽猶無群。奇毛難藏果亦得，千里今以窮歸君。空衢險幽不可返，食君庭除嗟亦窘。今序得為此兔謀，豐草長林且遊衍。[36]

詩中的白兔落入人間到了滁州後，因其毛色特別，受到眾人注目。「憑光下視置網繁，衣褐紛紛漫回首。」人間兔網重重，遂落入凡人手中，輾轉到了歐陽修的手上，雖被歐陽修餵養卻也不快樂，「今序得為此兔謀，豐草長林且遊衍。」最後王安石提醒歐陽修要為此兔著想，該還給

---

[35]　（宋）蘇洵著，曾棗莊、金成禮箋注《嘉祐集箋注》〈歐陽永叔白兔〉卷十六（上海：上海古籍出版社，1993 年 3 月），頁 447。

[36]　（宋）王安石著，李雁湖箋注，劉須溪評點《箋注王荊文公詩》〈信都公家白兔〉，卷十四（臺北：廣文書局，1990 年 3 月），頁 414、415。

白兔應有的自由。歐陽修一直想要舉薦王安石任職更高的官位，而王安石在仕途上欲憑靠自己的力量闖蕩，對歐陽修的舉薦都予以拒絕。至和元年，在歐陽修的勸說下勉為其難接受了群牧判官一職，致使王安石在與歐陽修的往來中更想與之保持距離，以避免流言閒語，這首詩中的白兔顯然是王安石用來自比，認為自己的處境與此時眼前所見的白兔相同，無疑是被迫接受自己不需要的好意。

　　韓維〈賦永叔家白兔〉一詩中，有著跟蘇洵及王安石不一樣的看法：

> 　　天公團白雪，戲作毛物形。太陰來照之，精魄孕厥靈。走弄朝日光，艷然丹兩睛。不知質毛異，乃下遊林坰。一為世俗怪，置網遂見縈。我常論天理，於物初無營。妍者偶自得，醜者果誰令。豺狼穴高山，吞噬飫羶腥。蒼鷹搏不得，逸虎常安行。是為獸之細，田畯甘所寧。糧粒不飽腹，連群落燀烹。幸而獲珍貴，愁苦終其生。糾紛禍福餘，未易以跡明。將由物自為，或繫時所丁。恨無南華辯，文字波濤傾。兩置豺與兔，浩然至理真。[37]

　　「太陰來照之」太陰為月亮，「妍者偶自得，醜者果誰令。」白兔難得，而野兔唾手可得且不值得珍惜。「粒不飽腹，連群落燀烹。幸而獲珍貴，愁苦終其生。」不小心落入兔網而失去自由，但因為毛色白，象徵著珍貴而免於成為桌上佳餚，但是被豢養著終其一生不自由。為白兔無害卻憂患一生打抱不平，無論是在野外亦或是被人寵愛都是愁苦的，用白兔的一生比喻人生的悲苦，並不是像蘇洵或王安石那樣，認為獲得自由就能夠超脫或是得到快樂。

　　劉敞〈題永叔白兔同貢甫作〉：

---

[37]　《全宋詩》第 8 冊，卷 422，頁 5161。

> 梁王兔園三百里，不聞有與雪霜比，今公畜此安取之，瑩若寒玉
> 無磷緇，春秋書瑞不常有，歷年曠世曾一偶，寧知彼非太陰魂，
> 鳳凰麒麟亦郊藪，周南之人公腹心，張置肅肅橫中林，獻全不損
> 一毫末，顧直肯計千鈞金，雕龍密檻回君寵，初不驚人有時拱，
> 由來文采絕世必見羈，豈能隨眾碌碌自放原野為。[38]

梁王有個廣闊的兔園，據謝惠連〈雪賦〉：「歲將暮，時既昏。寒風積，
愁雲繁。梁王不悅，游於兔園。」[39]，且此兔園之大卻沒有像霜雪一樣白
的兔子，可見白兔的稀有，詩中提到「太陰魂」，為歷代以來眾人對於
月中兔的認識，宋陸佃《埤雅》中引用《陶氏書》：「兔舐雄毫而孕，
五月而吐子，里俗又謂視顧兔而感氣，故卜秋月之明暗，以之兔之多寡
也。」[40]《埤雅》中也有言：「兔口有缺，兔而生子故謂之兔。兔，吐也。
舊說兔者，明月之精，視月而孕，故《楚辭》曰：『顧兔在腹。』言：
顧兔居月之腹，而天下之兔望焉。」[41]兔子不僅是月陰之精，還認為雄兔
居月中，而雌兔望月便可懷孕生子。結語中提到「由來文采絕世必見羈，
豈能隨眾碌碌自放原野為。」無疑是在對歐陽修〈白兔〉：「天資潔白
為己累，物性拘囚盡無益。」作一勸說，此詩中白兔指的是歐陽修。文
采絕世必會有懂得欣賞之人，而非盡無益。

　　劉攽的〈古詩詠永叔家白兔〉：

> 飛若白鷺，眾不足珍。走若白馬，近而易馴。古來希世，絕遠始

---

[38] （宋）劉敞《公是集》卷十七（臺北：臺灣商務印書館，1970 年），頁 6。

[39] （梁）蕭統《文選》卷十三（板橋：藝文印書館，1974 年 5 月），頁 198。

[40] （宋）陸佃《埤雅》〈釋獸‧兔〉（板橋：藝文印書館，1967 年）卷三，頁 3。

[41] （宋）陸佃《埤雅》〈釋獸‧兔〉，卷三，頁 3。

　　為寶，白玉之白無緇磷。乃知白兔與玉比，道與之貌天與神。瑩
　　然月魄照霜雪，紅眼顧眄珠璘瑞。山農提攜越千里，主人得之誇
　　眾賓。網羅脫死鷹犬避，一以潔素能超群。清將愴神龜，大野傷
　　麒麟。刳腸折族不免患，智若三穴方全身，主人好奇意不倦，有
　　來往往蒙金銀。老翁守株更有待，勿使物珍遺今晨。[42]

白鷺雖是色白，但由於數量眾多便不足珍惜，白色的馬因為近人且易馴
也不足珍，但是白兔卻是罕見的稀世珍寶，所以主人得到以後才會對眾
賓客誇耀，詩中的「老翁」指的是歐陽修，提醒歐陽修勿讓白兔脫逃，
喻珍惜眼前所有，「網羅脫死鷹犬避，一以潔素能超群。」認為歐陽修
氣宇超群，劉放對他表達支持且甚是肯定。

　　兔因色白而珍貴，自古便是祥瑞之徵，於詩人筆下，化身為官者的
象徵；雖因毛色潔白而受矚目，但仕途遭遇卻未必為自己心所嚮往。歐
陽修的〈白兔〉以玉兔離開月宮到凡間為發想，因此，唱和此詩之人多
以此為其詩根據，用「落入世俗」比喻自己或是歐陽修，藉此抒發懷想。
梅堯臣的唱和詩中稱頌歐陽修的文采並表達對歐陽修的感謝之情，雖不
離月宮、嫦娥傳說，但有其新意。蘇洵的詩作著眼於「野」一字，對歐
陽修的野性予以肯定。王安石以白兔自比，勸歐陽修還給白兔應有的自
由而非讓其受到拘束。韓維用白兔比喻人悲苦的一生，無所適從，無論
在哪裡都不快樂。劉敞給予歐陽修支持與肯定，力勉歐陽修等待懂得欣
賞他的人。劉放認為歐陽修該緊抓住手中珍貴之物，不輕言放棄。這隻
被歐陽修飼養著的白兔成為了眾人聚集、唱和的原因，大家看著白兔、
欣賞白兔，喝酒、寫詩，此時兔子也成了眾人聯繫情感的要角之一，以
白兔為喻，為此次宴客的主人翁表達支持或給予肯定，同時也成了抒發

---

[42] 《全宋詩》第十一冊，頁 7158-7159。

己志的媒介，王安石更是賦予了白兔政治意涵，期望歐陽修不要再為他舉薦，這些象喻都是由此次盛大的唱和與觀看而起，他們藉由觀看而給予白兔許多新的意義。

第三節　睹物觸情：由觀看至喻己

即便不是像白鸚鵡或白兔那樣珍稀的動物，歐陽修也可以用來喻己志，例如：〈畫眉鳥〉：

> 百囀千聲隨意移，山花紅紫樹高低。始知鎖向金籠聽，不及林間自在啼。[43]

和〈白兔〉詩中的白兔、〈答聖俞白鸚鵡雜言〉中的白鸚鵡一樣，畫眉鳥過著備受禮遇的生活，白兔是「天資潔白為己累」，白鸚鵡是「黃冠黑距人語言，有鳥玉衣尤皎潔。」，畫眉鳥則是「百囀千聲隨意移」，同樣都因為自己天生被賦予的外表、能力受到世人的寵愛，「始知鎖向金籠聽」詩中提到關著畫眉鳥的為一金籠，與白兔詩中「珠箔花籠玉為食」以珠箔花籠飼養著白兔，能夠看出歐陽修對待這些動物的用心，但是無論是白兔、白鸚鵡或畫眉鳥，都更嚮往著自由自在的生活，歐陽修在〈答聖俞白鸚鵡雜言〉便說「況爾來從炎瘴地，豈識中州霜雪寒。渴雖有飲饑有啄，羈絏終知非爾樂。天高海闊路茫茫，嗟爾身微羽毛弱。爾能識路知所歸，吾欲開籠縱爾飛。」願意還給白鸚鵡應有的自由，因此可視畫眉鳥、白兔和白鸚鵡為歐陽修在詩文中的化身，對於現況的不滿「不及林間自在啼」，對於自己「物性拘囚盡無益」的感慨，最後便

---

[43]　（宋）歐陽修，李逸安點校《歐陽修全集》卷十一，居士集卷十一，頁 184。

期望有朝一日能夠得到「開籠縱爾飛」的對待。

歐陽修（1007-1072 年）曾作〈養魚記〉記述在園林窪池中養魚的經驗：

> 折簷之前有隙地，方四五丈，直對非非堂。修竹環繞蔭映，未嘗植物。因洿以為池，不方不圓，任其地形；不甃不築，全其自然。縱錙以浚之，汲井以盈之。湛乎汪洋，晶乎清明。微風而波，無波而平。若星若月，精彩下入。予偃息其上，潛形於毫芒；循漪沿岸，渺然有江湖千里之想。斯足以舒憂隘而娛窮獨也。乃求漁者之罟，市數十魚，童子養之乎其中。童子以為斗斛之水不能廣其容，蓋活其小者而棄其大者。怪而問之，且以是對。嗟呼！其童子無乃囂昏而無識矣乎！予觀巨魚枯涸在旁，不得其所，而群小魚遊戲淺狹之間，有若自足焉，感之而作養魚記。[44]

歐陽修以積水窪地為池，種竹將其環繞，並不特別裝飾，只取水將其填滿，池子位於書齋正前方，可見到星月倒映池上，在池邊散步總能讓歐陽修忘懷憂慮。某天買魚回來，並請童子養在池中，不料童子認為水池太小無法容納大魚，只養小魚且將大魚棄置在池邊任其乾涸而死，池中小魚嬉戲優游，池邊大魚痛苦掙扎，因而讓歐陽修感嘆而做此文，雖是記述養魚之經驗，但實際上以大魚之不得其所，吐露自己有志不得伸之無奈，詩中的大魚即為歐陽修，以魚喻其志，大魚之不得其所，猶如歐陽修始終不在自己想望的位置，或是向上諫言卻要擔心小人的讒言，感嘆世上能理解他的人不多，黃庭堅（1045-1105 年）也曾寫過：

---

[44] （宋）歐陽修著，李逸安點校，《歐陽修全集》，卷六十四，居世外集卷十四，頁 937。

> 爭名朝市魚千里，觀道詩書豹一班。末俗風波尤浩渺，古人廉陛
> 要躋攀。螳螂怒臂當車轍，鸚鵡能言著鏁關。顧我安知賢者事，
> 松風永日下簾間。[45]

官場上他們就像池中之魚，看似忙碌的追逐，而最終不過是又回到原點，
如《莊子》〈則陽〉篇中所說：「安危相易，禍福相生，緩急相摩，聚
散以成。……窮則反，終則始。」[46]終而復始，而他的現況如螳臂當車[47]，
迫於無奈而強當其任，也像鸚鵡因其珍貴而被飼養，卻只能被鎖在籠中
不得自由。其〈追和東坡題李亮功歸來圖〉：

> 今人常恨古人少，今得見之誰謂無？欲學淵明歸作賦，先煩摩詰
> 畫成圖。小池已築魚千里，隙地仍栽芋百區。朝市山林俱有累，
> 不居京洛不江湖。[48]

魚在池中每天奮力往前游，看似一直在往前進，實際上雖在池中游了千
里，卻始終停在原點，如此周而復始的生活，既辛勞又無回饋，使他們
面對官場縱使有種種無力卻又無法從中脫身，欣羨陶淵明歸居田園而作
賦，也羨慕王維隱居輞川而畫有〈輞川圖〉，道出黃庭堅隱居之志，只
可惜無論隱於朝市或山林皆為世俗所累，不居京洛不江湖是覺得無處可
居，志無所伸因而寓己志於魚，看似養魚、觀魚為樂的牠們，此時其實

---

[45] （宋）黃庭堅，劉琳、李勇先、王蓉貴校點《黃庭堅全集》外卷集第十八，頁 1293。

[46] （晉）郭象註《莊子》莊子雜篇則陽第二十五（臺北：藝文印書館，1983 年 6 月），頁
480-481。

[47] （晉）郭象註《莊子》內篇人間世第四「汝不知夫螳螂乎？怒其臂以當車轍，不知其不勝
任也，是其才之美者也。戒之，慎之！」，頁 97。

[48] （宋）黃庭堅，（宋）任淵、史容、史季溫注，黃寶華點校《山谷詩集注》卷十七〈追和
東坡題李亮功歸來圖〉，頁 418。

也從魚的日常看見自己的生活。

　　魚其實和白鶴、白鸚鵡、白兔等一樣屬於較不能被人馴化的動物，有時可與人相處甚密，但有些卻避人唯恐不及，蘇軾（1037—1101 年）〈魚〉：

　　　　湖上移魚子，初生不畏人。自從識鈎餌，欲見更無因。[49]

與人相處久了以後魚反而變得不親近人，蘇軾以魚的特性說明每個人原都應該是毫無心機，因為後天經驗而造成人的性情改變，如同見識過鈎餌之魚，再不願意出現在人類面前，不直接說人性，而以魚之特性喻人性。蘇軾曾說：「孟子之於性，蓋見其繼者而已。夫善，性之效也。孟子不及見性，而見夫性之效，因以所見者為性。性之於善，猶火之能熟物也，吾未嘗見火，而指天下之熟物以為火，可乎？」[50]意即性不可以善惡二分，效，見也。孟子以可見者為性，便作出「善」的標準判斷，就如不可以熟物為火，是本質之誤，其《論語說》中有言：「性可亂也，而不可滅。可滅，非性也。人之叛其性，至於桀、紂、盜跖至矣。……性其不可以善惡命之，故孔子之言，曰『性相近也，習相遠也』而已。」[51]對於人性的展現，蘇軾認為孔子所言較孟子合理，但並不完全否定孟子的性善說，蘇軾的人性論雖歧於孟子，卻是一種修正說，仍承認善是本質傾向。以魚喻人之本性與後天養成的性格，鎔鑄其思想於詩中。

　　秦觀（1049—1100 年）〈病犬〉詩云：

[49]　（宋）蘇軾，（清）王文誥、馮應榴輯注《蘇軾詩集——附篇目索引》卷三，頁 136。

[50]　（宋）蘇軾，《東坡易傳》卷七（上海：上海古籍出版社，1990 年 3 月），頁 125。

[51]　（宋）邵博，劉德權、李劍雄點校《邵氏聞見後錄》卷十二（北京：中華書局，1983 年 8 月），頁 91。

犬以守御用，老憊將何為。跟蹌劣於行，纍然抱渴饑。主人恩義
易，勿為升斗資。黽勉不肯去，猶若戀藩籬。屠膾意得逞，烹庖
在須斯。糟糠固非意，豚矢同一時。念昔初得寵，青緒纏球絲。
飼養候饑飽，動止常相隨。胡云不終始，委逐在衰遲。犬死不足
道，固為主人悲。[52]

全詩皆在寫犬從一開始得寵，到後來又老又病被主人棄之不顧，甚至被
轉賣給屠販烹庖，雖深知主人恩義已無，但還是不肯離去，最後以犬死
不足道，固為主人悲作結，暗示自己憂國憂君卻不憂己得心志，全詩充
滿孤臣的一片赤誠，以病犬喻其志，作於元符元年與元符二年的詩作，
可看出此時不受朝廷重用的秦觀還是期待有朝一日能夠返京，以此類詩
作表其忠貞為國的志向。

張耒（1054—1114 年）〈東齋雜詠七首〉其三〈盆池〉：

點點青萍秋後衰，溶溶晴日見魚兒。水邊窺影何方客？自照行吟
憔悴姿。[53]

先描寫秋後青萍衰老，再描寫溫暖陽光下的游魚，藉魚之視角問池邊窺
看的是何人，再回到自己視角，原來是自己看見水中倒影憔悴的樣貌，
雖是寫魚但實際上感嘆時光流逝、人已衰老。同為張耒〈東齋雜詠七首〉

---

[52] （宋）秦觀，周義敢、程自信、周雷編注《秦觀集編年校注》卷十三（北京：人民文學出
版社，2001 年 7 月），頁 291-292。

[53] （宋）張耒著，李逸安、孫通海、傅信點校《張耒集》，卷三十一〈東齋雜詠七首〉之三
〈盆池〉，頁 540。

之一的〈菊〉：「老去愛花心轉薄，一盃蔬飯足浮生」[54]、〈東齋雜詠七首〉中的〈老槐〉：「雪霜未死閱年華，危葉蕭蕭戰古槎。」[55]幾首詩都說明張耒感到年華已逝，藉菊花來闡明自己隨者年紀增長心已淡泊、走向平靜，藉老槐喻自己歷經霜雪，已如樹枝上僅存的葉子隨時可能凋零。

艾性夫（生卒年不詳）的〈貓犬歎〉就曾說過：

> 飯貓奉魚肉，憐惜同寢處。飼犬雜糠粃，呵斥出庭戶。犬行常低循，貓坐輒箕踞。愛憎了不同，拘肆固其所。虛堂夜搜攪，忽報犬得鼠。問貓爾何之，翻甕竊醢脯。犬雖出位終愛主，貓兮素餐烏用汝。[56]

寫出貓與犬所受之不公平的待遇，為犬悲嘆，實為抒發己志，點出犬的愛主，以犬喻己，寫出自己的不得志並為自己抱屈。

朱熹（1130－1200 年）〈方池〉：

> 武夷之境多神儒，我亦駐此臨風軒。方池清夜墮碧玉，重簾白日垂洞門。暗泉湧地紫波動，微雨在藻金魚翻。倚檻照影清見底，拄杖卓石尋無源。洗頭玉女去不返，遺此丈八芙蓉盤。溪船明月泛九曲，出入紫微聽潺湲。便欲此地覓真隱，何必商山求綺園。[57]

54　（宋）張耒著，李逸安、孫通海、傅信點校《張耒集》，卷三十一〈東齋雜詠七首〉之二〈菊〉，頁 540。

55　（宋）張耒著，李逸安、孫通海、傅信點校《張耒集》，卷三十一〈東齋雜詠七首〉之四〈老槐〉，頁 540。

56　《全宋詩》第 70 冊，卷三六九九，頁 44385。

57　《全宋詩》第 44 冊，卷二三九三，頁 27665。

詩中引用杜甫作望岳之詩句：「西嶽崚嶒竦處尊，諸峯羅立如兒孫。安
得仙人九節杖，拄到玉女洗頭盆。車箱入谷無歸路，箭栝通天有一門。
稍待西風涼冷後，高尋白帝問真源。」[58]此為杜甫遭貶華州所寫，以華山
之高、自己不得九節杖而無法攀爬，如同欲報效國家，國家卻不需要他，
最後以華山喻白帝之居，高聳而遙遠，以此詩表達自己的失意。華山為
後世多人的隱居之地，字字句句皆可見朱熹嚮往隱居生活，清可見底的
池子讓朱熹佇足停留，欣賞金魚優游自在之貌，武夷、洗頭玉女、商山
等皆是朱熹以各種仙境的象徵表達心中之志，同樣為朱熹藉由魚來表達
自己心之所向的詩──〈次彭應之魚樂亭韻〉：「亭前活水破輕冰，漸
見遊儵傍石稜。老子自知魚樂處，不須莊惠與同登。」[59]生活中的「樂」
唯有自己能夠明白，如同魚之樂毋須他人理解，朱熹嚮往歸隱生活，對
他來說才是「樂」之所在，不需要其他人認同。

　　詩人也藉魚表達自己悶悶不樂得心情，葉茵（1199─？年）〈晚春〉
詩：

　　　　遊事一番了，愁多鎖晝長。因思來歲賞，未必少年狂。野鳥學蠻
　　　　語，岸花浮楚香。魚應知我者，圉圉到池塘。[60]

圉圉，被困而不得舒展之貌。以遊樂之事的結束開篇，道盡熱鬧過後的
愁思，此時作者觀魚，不免將自己的情感投射到魚的身上，致使此時的
池中魚已不再是樂的代稱，反而是不得舒展深陷圉圉的象徵，此即王國
維《人間詞話》中所言之「有我之境」，王國維說：「有我之境，以我

---

[58] （唐）杜甫，（清）仇兆鰲注《杜詩詳注》〈望岳〉，頁 485。

[59] 《全宋詩》第 44 冊，卷二三八八，頁 27574。

[60] 《全宋詩》第 61 冊，卷三一八六，頁 38222。

觀物，故物皆著我之色彩。無我之境，以物觀物，故不知何者為我，何者為物。」[61]以憂愁我觀魚，故魚也是憂愁的，蘇珊玉解釋王國維境界說時認為：「有我的表現，為情感的自我意識鮮明；無我的表現，為理智的自我意識強。故前者性情搖蕩，奇而深刻，後者情景調和，語淺雋永。」[62]因為詩中情感自我意識鮮明，使得詩作充滿憂愁之感，作者以充滿愁思的心緒觀魚，透過作者的眼睛看到的魚是憂愁的，此即作者寓情於詩的表現手法。

連文鳳（1240－？年）〈吠犬〉詩云：

> 爪牙淬霜戟，眼睛耀銅鈴。輕猨更健捷，羣獸此最靈。吠堯非無知，怪不類桀形。一片愛主心，庸作警世銘。哀哉乞憐者，搖尾偷餘齡。[63]

連文鳳在宋亡後隱居不仕，生活清貧，詩作常反映出遺民的心聲，此詩便是一例，開篇先寫狗的優點及特性，健捷有靈性又愛主，最後寫狗搖尾偷餘齡，以此詩抒發黍離之悲，怨而不怒，宋朝雖亡但他仍不忘舊國。

當時人藉由對伴侶動物的深入觀看，發現了這些動物特質，除了延續前人所寫動物的特質之外，也有自己的獨創。魚每天在水裡游，但卻從來沒有真正前進過，黃庭堅便以魚的這種特性形容自己，或如蘇軾以魚說明人性格的後天養成，以及艾性夫以貓犬的懶散和勤勞對比，都說明他們看到的伴侶動物跟前人相較是別有一番看法，但其中也有傳承自

---

[61]　王國維著，彭玉平撰《人間詞話疏證》（北京：中華書局，2011 年 4 月），頁 188。

[62]　蘇珊玉〈王國維「境界說」的詩情與審美人生〉收錄於《第六屆中國詩學會議論文集》（臺北：萬卷樓圖書股份有限公司，1980 年 12 月），頁 318-319。

[63]　《全宋詩》第 69 冊，卷三六二○，頁 43346。

前人之處，犬的忠心戀主早在東漢時期曹植的詩歌便可見[64]，到了宋代詩歌中依然以犬喻自己的忠心侍主。

第四節　伴侶動物詩之餘韻

一、犬：歲久識主情

　　大抵說來，唐代寫狗多是寫狗的意象，以狗為喻，或是見到某物想到有關狗的傳說，如：枸杞。真正寫狗的生活情狀的詩作較少，狗與人相處的細節也不多見，雖也有寫自家的狗但數量又更稀少，多見於杜甫及白居易，呂正惠認為日常生活的詩歌是杜甫開拓出來的，他也說過：「杜甫的動物世界，就正如他的植物世界一般，既是平凡的，也是生動的。」[65]杜甫是唐代詩人中善於描寫日常生活的，有別於其他多數唐代詩人，所以可以見到他詩中描寫狗的舉動。白居易與杜甫同樣善於以生活入詩，所以讀者可以在他們的詩中看到較多關於動物的描寫。其他寫到狗的樣貌多是拜訪友人家看到友人養的狗，或是走在山間小路聽見狗叫聲，但此類詩作數量也不多，到了元明時期，狗詩的內容有了諸多改變。

　　元明時狗詩中常見詩人描寫狗的一舉一動，元代貢性之（生卒年不詳）〈題犬〉：

　　　　深宮飽食恣猙獰，臥毯眠氈慣不驚。卻被捲簾人放出，宜男花下吠新晴。[66]

---

[64]　（東漢）曹植〈上責躬應詔詩表〉：「踊躍之懷，瞻望反側，不勝犬馬戀主之情。」

[65]　呂正惠〈杜詩與日常生活〉收錄於《唐詩論文選集》（臺北：長安出版社，1985 年 4 月），頁 293。

[66]　（元）貢性之《南湖集》卷下（臺北：臺灣商務印書館，1977 年），頁 8。

寫生活在深宮中的犬，生活無憂且放縱，睡覺時躺在毛毯上，放出後在宜男花下吠叫，此詩以狗為主題且描寫狗的生活、舉動。宜男花即萱草，當時有懷孕婦人佩萱草即可生男一說[67]，所以萱草又稱宜男。南宋毛益也曾畫〈萱草遊狗圖〉，今收藏於日本大和文華館，圖中描繪的是一隻狗母與四隻小狗玩耍的模樣，搭配萱草有生男之意，推測此幅圖可能有著瓜瓞綿綿、子孫滿堂的吉祥意味。

描寫田園風光也可見到詩人寫狗的姿態，劉嵩（1321－1381 年）〈石塘山家〉：

隴麥高低逕路斜，小池楊柳帶人家。東菑午餉柴門靜，一犬籬根臥落花。[68]

此詩描寫山中景致，田高高低低，路彎彎斜斜，家屋旁有池有柳，近午時分很安靜，有一隻狗在籬笆下的落花中午睡，詩人以一句話說明犬在籬笆下的落花中睡覺，讓讀者很有即視感，且臥落花也為詩增添幾許浪漫。其〈暮歸二首 其一〉：

馴犬聞我歸，起迎出前階。饑貓如嬌兒，奮躍入我懷。閒居感物理，豈以形自乖。攘攘殊趨者，孰云真我儕。[69]

詩中狗、貓不僅僅為一小配角，狗起身迎接、貓更是奮力躍入詩人懷中，與貓狗相處何其親暱，詩人也將此生活中的日常寫入文學作品。家中貓

---

[67]　（清）汪灝等人《佩文齋索引本廣群芳譜》卷四十五，萱花條，引《風土記》：「懷妊婦人佩其花，則生男，故名宜男。」（臺北：新文豐出版公司，1980 年），頁 2649。

[68]　（明）劉嵩《槎翁詩集》卷八（臺北：臺灣商務印書館，1983 年），頁 17。

[69]　（明）劉嵩《槎翁詩集》卷二，頁 79-80。

狗見主人歸來開心迎接的樣貌，以馴字點出家中狗性格溫和，並寫出狗及貓以不同方式相迎，最後以貓狗一片赤誠之心想到人心的深不可測因而感嘆。其〈秋意〉：

> 簾外纖塵寂不驚，滿庭秋意坐來清。閒門白日無人過，犬吠階前落葉聲。[70]

前兩句寫室外秋意濃厚，接著寫門下無人來訪，連狗都只能在臺階上與落葉嬉戲，寫出閒來無事時家中狗的生活。其〈夜坐〉：

> 閉門鼓初斷，振鐸兵已邐。風高羣鳥號，月黑一犬臥。命鐏乍舒懷，抽牘更娛坐。稍稍空葉飛，庭虛覺霜墮。[71]

寫夜晚時兵卒已巡邐完畢，自己一個人喝酒看書，外面群鳥鳴號，還有一隻狗正在睡覺，庭院安靜得好像可以聽見霜落的聲音，詩人以一犬與群鳥對比顯現當時一個人夜坐的孤單。高啟（1336－1373 年）〈郊墅雜賦十六首 其五〉：

> 移家到渚濱，沙鳥便相親。地僻偏容懶，村荒卻稱貧。犬隨春饁女，雞喚曉耕人。願得無愁事，閒眠老此身。[72]

描寫地處偏遠的田園風光，「犬隨春饁女，雞喚曉耕人。」饁女，即送

---

70 （明）劉嵩《槎翁詩集》卷八，頁 72。

71 （明）劉嵩《槎翁詩集》卷二，頁 79。

72 （明）高啟（清）金檀輯注，徐澄宇、沈北宗校點《高青丘集》卷十三（上海：上海古籍出版社，2013 年 4 月），頁 524。

飯給在田裡工作之人的女子，狗便跟著這名女子一起送飯，是田野中的日常光景，也顯現狗討人喜歡的貼心。

　　劉嵩（1321─1381 年）〈和溪道中〉：

> 深深黃竹兩三家，丘隴高低徑路斜。犬吠柴門楓葉下，一籬寒日蔓絲瓜。[73]

寫偏遠地方人家稀稀落落只有兩三家，深秋楓葉下有犬正在吠叫，犬吠與柴門的意象一起出現在詩中，其〈夜驚〉：

> 雞喧犬嗥牛夜鳴，空村月落旅魂驚。何人敲竹爭防虎，坐聽山風過五更。[74]

雞、犬與牛皆是田園中處處可見的動物，在深夜且人煙稀少的村中，忽聞這些動物一起鳴叫，讓旅人覺得心驚因此失眠，也可看出狗在夜晚對於身邊風吹草動的警覺性。王伯稠（生卒年不詳）〈秋日過子問郊居六首 其一〉：

> 葉舠百轉入幽溪，灌木蒼藤夾岸迷。一縷炊煙小犬吠，柴門忽出竹叢西。[75]

前兩句寫葉落溪中與夾岸多樹使人迷途，後兩句寫看到炊煙與聽見犬吠

---

[73]　（明）劉嵩《槎翁詩集》卷八，頁 22。

[74]　（明）劉嵩《槎翁詩集》卷八，頁 21。

[75]　（明）王伯稠《王世周集》卷十六，收錄於《四庫禁燬書叢刊》據明萬曆刻本，集部 139（北京：北京出版社，2000 年），頁 139-147。

就忽然找到友人家，寫出一般農家養狗的普遍性，聽見吠聲便知道人家就在不遠處。劉璉（1347—1379 年）〈舟中漫興六首 其三〉：

> 漠漠平林漫漫沙，數聲雞犬有人家。停舟最愛山頭月，照見寒梅一樹花。[76]

寫舟中所見之景，月照寒梅是詩人最喜歡停泊觀看的景色，而夜晚在舟中只要聽見雞犬聲便知有人家，一方面是雞犬夜警，另一方面是養犬普遍。

除田園風光之外，也有寫狗生活較豪奢的詩作，童軒（1425—1498 年）〈和劉工部欽謨無題四首 其四〉：

> 簾外東風扇曉寒，碧桃香老共誰看。金鈴犬臥紅綿毯，翠羽鸚啼白玉闌。花暗小機塵舊錦，草深回磴罷鳴鸞。晝長寂寞無人問，自起閑敲響玉盤。[77]

先寫窗外風景與寒冷之貌，接著寫室內的犬及鸚鵡，正享受著溫暖與無憂的生活，犬有金鈴與紅色的暖毯，可見得到人類的許多關愛，且與鸚鵡共同住在屋內更顯生活優渥，最後寫詩人內心感到寂寞。翠羽鸚一詞來自於唐代羅隱〈鸚鵡〉中說鸚鵡被關在籠中而翠羽殘，詩寫向鸚鵡勸戒，實以自況[78]。張寧（生卒年不詳）〈畫犬〉：

---

[76]　（明）劉璉《自怡集》（臺北：臺灣商務印書館，1970 年），頁 21。

[77]　（明）童軒《清風亭稿》卷六（臺北：臺灣商務印書館，1970 年），頁 6。

[78]　（唐）羅隱《甲乙集十卷》收錄於《四部叢刊初編集部》卷二〈鸚鵡〉：「莫恨雕籠翠羽殘，江南地暖隴西寒。勸君不用分明語，語得分明出轉難。」（臺北：臺灣商務印書館，1983 年），頁 16。

　　　金鈴不動夜沈沈，足下生氂氄亦深。庭院風閒簾幌靜，戲隨蝴蝶
　　吠花陰。[79]

畫中的狗也掛著金色鈴鐺，腳掌毛長色深，在閒靜的庭院中與蝴蝶和花
相伴。史謹（生卒年不詳）〈題花下乳犬圖〉：

　　　一犬吠，一犬默，項帶金鈴背花立。宋猇韓盧世難得，二犬英姿
　　亦無匹。他年見汝獵平原，狡兔妖狐定無跡。[80]

寫畫中二犬一動一靜，一樣有項圈與金色鈴鐺，且詩人認為畫中犬長大
後會是戰功赫赫的獵犬，詩人細寫犬身上的配備與顏色，身戴金鈴且背
上有花紋。史謹另有一首寫獵犬疾馳樣貌的詩作〈觀出獵〉：「……良
犬爭馳疾於電，狡兔鳴呼命如線。蒼鷹脫鞲雲際來，擊落鴛鵝翅爲
劍。……。」[81]獵犬疾如電，狡猾的兔子也無處可躲，詩人將獵犬意氣風
發的模樣寫得徹底，對於出獵的景象孰悉且善於描寫，看到《花下乳犬
圖》中戴著金色鈴鐺且尚年幼的小狗，便聯想到未來牠們馳騁獵場的樣
貌，可見詩人喜好觀獵或很重視打獵這件事，對於打獵有著濃厚的興趣。
「韓盧」出自《戰國策》，韓盧為戰國時矯健擅獵的黑毛獵犬。
　　明代也可見到其他關於獵犬的詩作，劉嵩（1321－1381 年）〈秋日
燕城雜賦五首　其五〉：

　　　官馬清晨去打圍，馬前鷹犬去如飛。平原日落煙塵起，野兔山鷄

79　（明）張寧《方洲集》卷十（臺北：臺灣商務印書館，1972 年），頁 20。

80　（明）史謹《獨醉亭集》卷上（臺北：臺灣商務印書館，1970 年），頁 15。

81　（明）史謹《獨醉亭集》卷上，頁 9。

倒載歸。[82]

清晨打獵的情景，獵犬跑如飛，直至日落才收工滿載而歸，其〈獵犬篇〉：

> 晨起同出獵，跳梁相叫嘷。歲久識主情，指顧能周遭。山石穿我
> 蹄，荊棘胃我毛。為主逐肥鮮，不辭奔走勞。窮深扶幽險，狂狡
> 焉得逃。呕血不顧餘，一飽隨所遭。主人獲雋歸，意氣方盛豪。
> 褭然妥其尾，偃臥牆東蒿。[83]

獵犬清晨便與主人出獵，詩人說獵犬歲久識主情，憑藉長年以來與主人
建立的默契，工作時不需言語，看見主人的動作便知道接下來應該做什
麼，即使環境惡劣使獵犬負傷，依然不辭奔走勞，因此主人回家後依然
意氣盛豪，但獵犬顯得非常疲累，倚著牆角休息，可見當時人對獵犬依
賴，且人與犬在工作上已培養出良好的默契。

元明時也常以陸機家犬黃耳送信的典故入詩，耶律楚材（1190—1244
年）〈思親有感二首 其一〉：

> 遊子棲遲久不歸，積年溫清闊慈闈。囊中昆仲親書帖，篋內萱堂
> 手製衣。黃犬不來愁耿耿，白雲空望思依依。欲憑鱗羽傳安信，
> 綠水西流雁北飛。[84]

詩人抒發自己思親之情，看著家書與母親縫製的衣物，想著還未見到遞

---

[82] （明）劉嵩《槎翁詩集》卷八，頁70。

[83] （明）劉嵩《槎翁詩集》卷二，頁15。

[84] （元）耶律楚材《湛然居士文集》卷二（北京：中華書局，1985年），頁20。

送家書的黃犬，心中不免憂愁與相思。其〈連國華餞予出天山因用韻〉：

> 十年不得舞衣班，一憶江南膽欲寒。黃犬候來秋自老，白雲望斷
> 信何難。軍中得句常橫槊，客裏傷心每據鞍。游子未歸情幾許，
> 天山風雪正漫漫。[85]

寫自己游子未歸的思鄉之情，雖然在軍中所賦詩作皆意氣風發，實際上
心裡卻很悲傷，每天盼著黃犬帶著家中書信到來，但不知不覺中時光已
逝。唐之淳（1350—1401 年）〈舟中四詠 其四 黃犬〉：

> 花畔偷眠日，蘆邊慣吠星。寄書多不達，煩爾到華亭。[86]

寫黃犬的日常生活，白天在花叢旁睡覺，晚上在蘆葦邊吠叫，後兩句以
陸機家犬黃耳的故事，說自己想請狗為他寄信。

　　元明詩人也寫犬迎客或識人的情景，元代釋大訢（生卒年不詳）〈楊
執中幼與予同舍，自予去鄉里一別四十五年矣，乍見俱不相識，承惠詩
二首次韻謝之 其二〉：

> 青衿巷南北，雞犬識比鄰。驟面初疑夢，論交晚覺親。文章元有
> 命，耕釣豈無人。老矣非吾願，滄洲合問津。[87]

詩寫與多年不見的童年玩伴相見，兩人初不相識，交談後覺得兩人氣味

85　（元）耶律楚材《湛然居士文集》卷四，頁 49。

86　（明）唐之淳《唐愚士詩》卷一（臺北：臺灣商務印書館，1970 年），頁 25。

87　（元）釋大訢《蒲室集》收錄於（清）顧嗣立編《元詩選》壬集（臺北：世界書局，1982
　　年 4 月），頁 9。

相投，想到年少時住在附近，是當時家中雞犬也可辨識的鄰居，多年後相見就想到以前雞犬識比鄰的情景。明高啟（1336—1373年）〈題李迪畫犬〉：

> 護兒偏吠客，花下臥晴莎。莫出東原獵，春來乳兔多。[88]

題的是宋代畫家李迪所繪之圖，天氣晴朗時犬在花下睡臥，詩人所寫「護兒偏吠客」可知他認為犬有具有保護的作用，而此句來自蘇軾詩〈山村二首 其二〉：「牧去牛將犢，人來犬護兒。」[89]犬能護兒之事從宋代進入文學作品後，影響了明代的作品。王廷陳（1493—1550年）〈春日山居即事〉：

> 草動三江色，林占萬壑晴。籬邊春水至，簷際暖雲生。溪犬迎船吠，鄰雞上樹鳴。鹿門何必去，此地可躬耕。[90]

詩人寫眼前所見山光水色，春天到了、天氣暖了，雞在樹上鳴，溪邊的狗看見船靠岸就以叫聲歡迎，詩人喜歡這裡的生活，認為不必隱居待在此處便可以耕種且風景宜人。

　　元明時除了與唐代一樣常以犬吠聲為詩句，也寫犬臥、甚至犬眠毯上，我們都知道狗一天會花上許多時間在睡眠，基本上寫犬眠也代表了寫狗的日常生活，但唐人卻鮮少寫出狗的此般樣貌，多只寫狗迎接人開心的樣子，或是耳聽見狗吠聲。而元明人除了狗的生活外也多以「馴」

---

[88] （明）高啟，（清）金壇輯注，徐澄宇、沈北宗校點《高青丘集》卷十六，頁689。

[89] （宋）蘇軾，（清）王文誥、馮應榴輯注《蘇軾詩集——附篇目索引》蘇軾集補增，輯佚詩二十九首（臺北：學海出版社，1983年1月），頁2786-2787。

[90] （清）朱彝尊編《明詩綜》卷三十六（北京：中華書局，2007年7月），頁1777-1778。

形容狗的性格，寫獵犬時除了寫出狗在場上的英姿外，也寫狗與人之間的默契，唐代時寫犬，但較少寫犬的生活、樣貌或與人相處的情況。可見在宋代伴侶動物詩的創新與轉變下，元明詩作受到很多影響。

二、貓：貍奴之繼承

唐代關於貓的作品數量很少，他們雖養貓捕鼠，但卻不將此事放入文學作品，與貓的生活或關於貓的描寫也不多見，到了宋代大量出現，元明時期就不若宋代那樣數量龐大。

元明人愛畫貓寫貓，金元好問（1190－1257 年）〈醉貓圖二首　何尊師畫宣和內府物〉：

> 窟邊癡坐費工夫，側輾橫眠卻自如。料得仙師曾細看，牡丹花下日斜初。
> 飲罷雞蘇樂有餘，花陰真是小華胥。但教殺鼠如山了，四腳撩天卻任渠。[91]

何尊師為宋代畫家，元好問詩寫出貓自得其樂與獨來獨往的特性，且牡丹或其他花叢皆是貓所喜愛的地方，捕鼠之功更是不可不提，詩中更是寫出貓食有魚且臥有墊的生活，說貓受到到恩惠深重，其中也引用了「天子大蜡八，……迎貓，為其食田鼠也，迎虎，為其食田豕也，迎而祭之也。」迎貓祭之的典故，說明貓善於捕鼠，牡丹花下正是宋代時貓常與牡丹共幅的寫照，宋人曾以科學的眼光看貓，可見這種對貓的細膩觀察

---

[91] （金）元好問，（清）施國祈箋注《元遺山詩箋注》卷十三（臺北：臺灣中華書局，據蔣刻原印本校刊，1983 年），頁 9。

也被應用在明詩中，《夢溪筆談》曾說道：

> 歐陽公嘗得一古畫牡丹叢，其下有一貓，未知其精粗。丞相正肅
> 吳公與歐公姻家，一見曰：「此正午牡丹也。何以明之？其花披
> 哆而色燥，此日中時花也；貓眼黑睛如線，此正午貓眼也。有帶
> 露花，則房斂而色澤。貓眼早暮則睛圓，日漸中狹長，正午則如
> 一線耳。」此亦善求古人心意也。[92]

一幅與牡丹共幅的貓畫，宋人以其敏銳的觀察，看見貓的眼睛呈現出的
狀態，這也說明了宋畫善寫真的特點。張以寧（1301－1370 年）〈題畫
貓〉：

> 繡茵睡起飽溪鮮，半卧閑庭日靜前。憶在牡丹花下見，雙睛一線
> 午晴天。[93]

寫貓從繡有花紋的墊褥上起床，睡飽了就吃魚，吃飽了就安靜的躺在庭
院中，貓的日常與悠閒在詩中一覽無遺，詩人想起牡丹花下的一隻貓，
時正中午，貓的瞳孔呈一條線，這是一則歐陽修曾得牡丹花下貓的古畫，
經人說明後才知此時正值中午。劉基（1311－1375 年）〈題畫貓〉：

> 碧眼烏圓食有魚，仰看蝴蝶坐階除。春風漾漾吹花影，一任東郊
> 鼠化駕。[94]

---

[92] （宋）沈括《夢溪筆談》卷十七（臺北：世界書局，1989 年 4 月），頁 541。

[93] （明）張以寧《翠屏集》卷二（臺北：臺灣商務印書館，1970 年），頁 61。

[94] （明）劉基，林家驪點校《劉伯溫集》卷二十四（杭州：浙江古籍出版社，2011 年 5 月），
頁 604。

寫出貓的樣貌是碧眼烏圓，喜歡吃魚，喜歡自顧自的在階上看蝴蝶，喜歡睡在花叢下，這樣慵懶的貓還能使鼠害遠離，詩從貓的外貌，寫到貓的特性、貓的喜好。

（元）趙雍〈子母貓〉，臺北故宮博物院藏。

　　而關於貓的舉動或生活描寫，明代也常可以見到，劉嵩（1321—1381年）〈獨歸〉：

　　　　吏散獨歸遲，西庭欲暮時。貓戲風捲葉，雞坐雨橫枝。白雪誰能和，清觴謾自持。故園秋色早，回首意兼悲。[95]

詩人寫自己一人獨自晚歸的眼前即景，風吹將落葉捲起，此時有貓正在對著這被捲起的落葉嬉戲，充分寫出貓具有高度好奇心的個性，對於貓而言，風捲葉似乎為不常見、不尋常的事物，好奇心驅使下便前往觀看、玩弄，這個秋風颯颯的黃昏也使詩人想到時光的流逝而悲嘆。倪岳（1444—1501年）〈四時貓四首 其一〉：

　　　　玉雪娟娟好羽衣，小山花竹正晴暉。翻盆倒甕無心問，閒看東風蛺蝶飛。[96]

以雪形容此貓外貌，可推測作者寫的是隻白貓，貓將盆甕翻倒後自顧自的一如以往沐浴陽光、吹風、看蝶，〈其二〉：

　　　　養得狸奴解策勳，可憐小雀已離羣。生平威力纔如此，莫遣君家鼠輩聞。[97]

寫貓善捕雀捕鼠，只要老鼠聽見其聲便消失無蹤，〈其三〉：

---

[95]　（明）劉嵩《槎翁詩集》卷四，頁 17。

[96]　（明）倪岳《青谿漫稿》卷九（臺北：臺灣商務印書館，1970 年），頁 13。

[97]　（明）倪岳《青谿漫稿》卷九，頁 13。

步出花陰野雀高，驚心短翼免相遭。主人莫更穿魚待，田叟迎貓已自勞。[98]

貓從花叢中走出，當時貓喜歡待在花叢下，且不等主人餵食，自己就已經飽餐一頓，〈其四〉：

猙猛狸奴乳虎同，菊邊高臥飽霜風。養威好作他時用，一舉須令鼠穴空。[99]

言明貓就是小老虎，雖然沒事都在睡覺，但醒來時卻是威風凜凜，讓老鼠無所遁逃，這四首詩作寫出貓的個性、性情與專長，對貓的舉動有深刻體會。

　　從宋代開始，我們就經常在詩歌中看到貓怠忽職守，代表當時貓就算不捕鼠、不做事，也可以得到人類的疼愛，這一點在明詩中也可以見到，龔詡（1381－1469 年）〈飢鼠行〉：

燈火乍熄初入更，飢鼠出穴啾啾鳴。囓書翻盆復倒甕，使我頻驚不成夢。狸奴徒爾誇衛蟬，但知飽食終夜眠。痴兒計拙真可笑，布被蒙頭學貓叫。[100]

詩中的貓不管老鼠如何煩擾，只管自己睡覺，所以兒子便學貓叫想趕走老鼠「痴兒計拙真可笑，布被蒙頭學貓叫。」，此詩句來自梅堯臣〈同

---

[98]　（明）倪岳《青谿漫稿》卷九，頁 13。

[99]　（明）倪岳《青谿漫稿》卷九，頁 13。

[100]　（明）龔詡《野古集》卷上（臺北：臺灣商務印書館，1970 年），頁 5-6。

謝師厚宿脀氏書齋聞鼠甚患之〉：

> 燈青人已眠，饑鼠稍出穴。掀翻盤盂響，驚聒夢寐輟。唯愁几硯
> 撲，又恐架書齧。癡兒效貓鳴，此計誠已拙。[101]

可見明詩句中的貓形象受宋代影響甚深，就連家中小兒的拙計也被明代
人模仿。宋代有許多乞貓之作，在明代也可見到以乞貓為名的作品，文
徵明（1470—1559 年）〈乞貓〉：

> 珍重從君乞小狸，女郎先已辦氍毹。自緣夜榻思高枕，端要山齋
> 護舊書。遣聘自將鹽裹箬，策勳莫道食無魚。花陰滿地春堪戲，
> 正是蠶眠二月餘。[102]

慎重準備向人要貓一事，首先得備好毛毯、鹽巴和魚，貓來到家中是為
了保護家中書不受鼠害，來到家中時正是春暖花開的二月，地上落花可
任貓嬉戲，氍毹、護書、裹鹽、花陰皆是宋代貓詩中常用的字詞，可見
此詩受到宋代貓詩強烈的影響。相較於唐代，元明時文學作品中的貓數
量變多，且對於貓的描寫較為深刻，常寫貓的性格或貓的喜好，但同樣
不常見到寫自己與貓相處的情景，寫家中貓多是寫貓捉鼠有功，或是在
花下休息、嬉戲。

---

[101] （宋）梅堯臣，朱東潤注《梅堯臣集編年校注》卷十四（上海：上海古籍出版社，2006 年
11 月），頁 259。

[102] （明）文徵明，周道振輯校《文徵明集》卷八（上海：上海古籍出版社，1987 年），頁
166。

明宣宗〈花下貍奴圖〉，臺北故宮博物院藏。

三、魚：吞墨應識字

　　唐代寫魚多是寫魚戲或魚樂，寫魚戲時的水面動態，或寫看見魚，
便想到自己心裡所樂之處，自己心靈的超脫，宋代除了描寫魚戲、魚樂，
也寫魚與人的互動相處，元明人寫魚繼承了某些宋代時寫魚的特色。

　　元明時人寫觀魚的經驗，丁鶴年（1335—1424 年）〈水光山色齋〉：

　　　新構茅齋絕世紛，水光山色喜平分。四窗涼湧玻瓈月，一榻晴封
　　　紫翠雲。鳥度畫屏迷遠黛，魚吹清鏡動圓紋。往來半是漁樵侶，
　　　閒話興亡坐夕曛。[103]

寫自己新買的齋舍，水光山色風景宜人，池水如鏡，風吹魚遊時產生圈
圈波紋，且齋舍位於郊外，因此往來多是漁夫或樵夫，地點與風景都讓
詩人覺得閒靜。

　　當時人也寫魚的生活，倪瓚（1301—1374 年）〈東林隱所寄陸徵士〉：

　　　寢扉桃李晝陰陰，耕鑿居人有遠心。一夜池塘春草綠，孤村風雨
　　　落花深。不嗔野老群爭席，時有遊魚出聽琴。白髮多情陸徵士，
　　　松間石上續幽吟。[104]

寫隱居之所的幽靜，彈琴時更有魚在旁欣賞，當時人以此為和魚的互動
或陪伴，劉嵩（1321—1381 年）〈坐子啓竹林〉：

---

[103]　（明）丁鶴年《丁鶴年集》卷四（板橋：藝文印書館，1966 年），頁 14。
[104]　（明）倪瓚《清閟閣集》卷五（杭州：西泠印社出版社，2010 年 12 月），頁 129。

愛爾幽棲處，門前青竹林。石牀三伏冷，池水一春深。野鳥來窺
戶，溪魚出聽琴。無因謝羈束，攜酒日相尋。[105]

人覺得野鳥窺戶，且溪魚出來聽琴，是無拘無束生活的象徵，同時也將
魚出水面以更浪漫的筆法寫成是為了聽琴聲。汪廣洋（？－1379 年）〈歷
下亭臨眺〉：

海子山頭歷下亭，舊時臺榭倚空青。濟南山水多佳麗，工部文章
最典型。繞徑落花風瑟瑟，隔牕啼鳥樹冥冥。素琴擬待橫秋月，
看取游魚夜出聽。[106]

同樣認為魚聽到聲音便會浮出水面，游魚夜出聽是因為聽到琴聲，詩人
筆下的魚是能夠受到音樂薰陶的。
　　唐代不曾出現的魚吞月或魚吞墨在宋代時出現，明詩中也有其繼承，
王世貞〈追補姚元白市隱園十八詠 洗硯機〉：

右軍洗硯池，池水猶未黑。借問何以然，為有魚吞墨。[107]

將硯拿到池中洗，卻不見池水變黑，由魚池中有養魚，詩人便說是因為
魚會吞墨，所以池水不會變黑，程敏政（1445－1499 年）〈庚戌正月廿
二日偶至率溪書院有作與族姪文杰曾杰〉：

---

[105] （明）劉崧《槎翁詩集》卷四，頁 95。

[106] （明）汪廣洋《鳳池吟稿》卷八（臺北：商務印書館，1972 年），頁 7。

[107] （明）王世貞《弇州山人續稿》卷二十一（臺北：文海出版社，1970 年），頁 1357。

一堂開近水雲磯，四面波光翠作圍。吞墨巨魚應識字，入簾幽鳥
亦忘機。飲便酒色溥清露，坐愛書聲送落暉。聞說芙蕖花更好，
秋來相約製荷衣。[108]

寫到魚吞墨以外，甚至認為魚吞墨後可以識字，與受絲竹陶冶的魚同樣
富有詩人賦予的文藝氣息。

　　魚樂、魚戲之描寫到了明代也不曾減少，龔詡（1381－1469 年）〈題
西疇草堂〉：

閒人無俗事，幽境有清娛。樂與禽魚共，情隨草木俱。琴樽花外
席，茶筍竹間廚。世路輕肥客，相逢莫問渠。[109]

閒人、幽境，說明了詩人此時的閒適，樂與禽魚共，也說明了魚鳥相忘
機，與人同樂的景象。王世貞〈乍雨〉：

細雨留高樹，輕寒過小池。劇憐初夏節，卻似晚秋時。披荇魚知
樂，憑軒鳥暗窺。蕭疎故園思，徐步欲何之。[110]

魚和鳥使人忘懷煩憂，這是對詩人心靈的洗滌，方孝孺（1357－1402 年）
〈題萬間室〉：

一室纔函丈，何緣號萬間。靜中存太極，圖裏看人寰。舒卷心無

---

[108] （明）程敏政《篁墩文集》卷八十四（上海：上海古籍出版社，1991 年 12 月），頁 16-
　　　17。
[109] （明）龔詡《野古集》卷中，頁 14。
[110] （明）王世貞《弇州山人續稿》卷二十一，頁 1357。

外，經綸意自閑。誰能同此樂，魚鳥亦歡顏。[111]

一樣是以魚樂來突顯自己此時的閒適，魚鳥相忘機的典故也一再被使用，其〈次鄭好義見貽韻　其一〉：

鄭子好古學，天機靜而深。沖然舞雩詠，中有咸韶音。茅舍帶流水，琴書閟清陰。遊魚戲晴波，好鳥鳴遠林。那得一咲樂，洗此千古心。[112]

念書、彈琴伴隨著魚戲及鳥鳴，充滿著隱逸的象徵，也表達詩人內心的澄靜，程敏政（1445—1499 年）〈渡淮次濠梁〉、〈秋日雜興二十首　其十四〉：

萬里無風起片雲，中流一綠浩沄沄。源從桐栢山中瀉，路自濠梁驛下分。賈客帆檣依岸宿，皇陵鐘磬隔城聞。逢人欲問觀魚樂，莊子臺前又夕曛。[113]

預買一葉舟，擊節相洄沿。靜窺魚鳥樂，庶以窮吾年。[114]

無論是從莊子開始的魚樂，或是列子的魚鳥相忘機，一直以來都帶給人心靈的平和與寧靜，甚至相忘於世俗，可說是大自然帶給人的莫大影響。

---

[111] （明）方孝孺，徐光大點校《方孝孺集》卷二十四（杭州：浙江古籍出版社，2013 年 10 月），頁 938。

[112] （明）方孝孺，徐光大點校《方孝孺集》卷二十三，頁 888。

[113] （明）程敏政《篁墩文集》卷六十七，頁 16。

[114] （明）程敏政《篁墩文集》卷八十七，頁 15。

四、鸚鵡：能言是禍媒

　　元明時期，鸚鵡常以自身聰慧卻因此不得自由的角色出現在詩中，也有詩人以楊貴妃養白鸚鵡的故事入詩，元陳深（1260－1344 年）〈內人臂白鸚鵡圖〉：

> 華清宮中歌既醉，南海奇禽遠爭致。玉環最愛雪衣孃，當時曾得龍顏媚。璸房雕檻春日長，繡襼嬌兒在傍戲。君王憐汝解言語，懷恩不說宮中秘。臨風鷙鳥何軒軒，嘆惜純良遭猛鷙。苕翁寫出當時事，側立紅衫內人臂。江花滿地不忍看，空拂畫圖憐俊慧。[115]

詩人見到白鸚鵡的畫作便想到當年養在深宮中的雪衣孃，寫出雪衣孃的身世與身平，為其感到憐憫。

　　元朱希晦（約？－1370 年）〈所思 其一〉：

> 鸚鵡本聰慧，不與凡鳥同。因以巧言語，何由脫樊籠。[116]

雖與凡鳥相異，但卻也因此成為籠鳥，無法逃離樊籠。明方孝孺（1357－1402 年）〈鸚鵡〉：

> 幽禽兀自囀佳音，玉立雕籠萬里心。只為從前解言語，半生不得在山林。[117]

---

[115] （元）陳深《寧極齋稿》收錄於（清）顧立嗣編《元詩選》（臺北：世界出版社，1982 年），頁 1。

[116] （元）朱希晦《雪松巢集》卷三（臺北：臺灣商務印書館，1970 年），頁 3。

[117] （明）方孝孺，徐光大點校〈方孝孺集〉卷二十四，頁 971。

因為能言所以被捕捉，雖有雕籠（待遇不凡）卻被迫離鄉萬里，且半生都不得自由。明龔詡（1381－1469 年）〈鸚鵡〉：

> 身繫雕籠翠羽摧，故山千里夢中迴。如何性識誇靈慧，不悟能言是禍媒。[118]

以旁觀者身分看鸚鵡遭困樊籠且翠羽摧，也能理解唯有在夢中才能回到千里以外的家鄉，但不免感嘆鸚鵡雖然靈慧，卻為何不能醒悟能言其實才是一切災禍的源頭，表面上是在對鸚鵡說話，其實是在勸誡自己或旁人不要身陷囹圄而不自知。李東陽（1447－1516 年）〈悼鸚鵡一首柬閣允德吉士〉：

> 翠籠高絓層軒舉，中有珍禽解人語。顧影頻迴席上燈，梳翎卻避簷前雨。左旋右轉百態足，忽見昂藏為傴僂。聲名價重出比鄰，婉孌情多向兒女。耳娛目翫能幾時，珠沈綵碎隨塵泥。玉環不繫芳魂住，繡闥猶疑曉夢遲。應憐握粟不自飽，吻渴腸空誰得知。虛令賓客生顧盼。頓覺楹障無光輝，憶昔攜來隴山客。萬壑千巖幾朝夕，都將嫵色慰多愁。轉使歡聲成太息，因思異物難豢養。頗似奇才遭挫抑，君不見鹽車千里駒，長飢至死無人惜。[119]

首先描寫鸚鵡能解語的特性，關在翠籠中而籠在屋簷下，詩人會欣賞鸚鵡的千姿百態，所以當鸚鵡過世後詩人為其感到不捨，最後說鸚鵡是異

---

[118]　（明）龔詡《野古集》卷下，頁 12。

[119]　（明）李東陽《懷麓堂稿》（明正德徽州刊本）卷九（臺北：臺灣學生書局，1975 年 5 月），頁 379-380。

物所以難豢養，「頗似奇才遭挫抑」因奇而遭人捕捉，喻有志難伸。何
景明（1483—1521 年）〈孤雁篇〉有語：

> 孤鴈北來來幾時，窮冬無侶鳴聲悲。雲長路渺去安極，日暮天寒
> 飛更遲。洞庭瀟湘落秋水，苦竹黃蘆一千里。清怨時從鳴笛生，
> 斷行暮逐哀箏起。塵沙關塞愁轉蓬，隨風且落江湖中。微軀幸免
> 庖人俎，短翮長辭獵士弓。君不見隴山鸚鵡解人語，一生自恨黃
> 金籠。[120]

延續王安石〈明妃曲〉句式，並替鸚鵡遭遇抱屈，王安石曾以漢武帝與
陳阿嬌的故事形容自身遭遇，〈明妃曲 其一〉：「君不見咫尺長門閉阿
嬌，人生失意無南北。」遠道而來卻受人限制的鸚鵡，也常被詩人用來
形容思鄉之情，明李夢陽（1472—1529 年）〈鸚鵡〉：

> 鸚鵡吾鄉物，何時來此方。綠衣經雪短，紅觜歷年長。學語疑矜
> 媚，垂頭知自傷。他年吾倘遂，歸爾隴山陽。[121]

李夢陽為陝西慶陽人（今甘肅），甘肅包含了舊時的隴西，因此李夢陽
才說鸚鵡來自同鄉，長途跋涉的鸚鵡經雪憔悴，實為詩人自擬，還說若
是有機會回到故鄉，便會將鸚鵡放回隴山上回歸自由，詩雖歌詠鸚鵡實
際上是抒發詩人離鄉卻不遇之感，據吉川幸次郎所言，李夢陽的政治實
踐常是直言犯上，義無反顧的[122]，因此可以想像詩人處在他鄉的不遇。

---

[120] （明）何景明《大復集》卷十一（臺北：臺灣商務印書館，1970 年），頁 12-13。

[121] （明）李夢陽《空同集》卷二十八（臺北：臺灣商務印書館，1970 年），頁 4-5。

[122] （日）吉川幸次郎，劉向人譯《中國詩史》（臺北：明文書局，1983 年 4 月），頁 463。

在宋代時，我們就可以看到鸚鵡一直有著濃厚的宗教色彩，這點在明代人寫鸚鵡時也可以見得，王世貞〈詠無住觀中物四首　其一〉〈白鸚鵡〉：

> 仙音隱隱似雲和，雪色衣裳推素娥。生長白蓮花瓣內，那能不遣誦彌陀。[123]

既是仙又是隱，還生長在白蓮花內，蓮花出淤泥而不染，代表佛教當中的「清淨心」，也代表著佛教經典《法華經》[124]，且佛祖坐蓮花代表著花開見佛性，王世貞以此為喻，並說鸚鵡能誦經，實是將鸚鵡宣教的意義發揮到最大。

第五節　小結

從過去文學作品多以動物為象徵，過渡到宋代伴侶動物詩的出現，以白居易的鶴詩為一個雛形，白居易看重白鶴並將其當作伴侶，這也是因為白鶴之「清」給人深刻的印象，因此他們普遍喜歡養鶴、觀鶴。北宋歐陽修得到一隻白兔，白兔之色白也使得歐陽修邀集賓客前來觀看並和詩，形成一次盛大的白兔詩唱和，由歐陽修形容白兔「京洛風埃不沾席」便可清楚看到白兔的「清」也不亞於白鶴，而此次盛大的白兔詩唱和對後世影響深遠，直至南宋末江湖詩派林希逸仍有《戲效梅宛陵賦歐公白兔》之和作。同樣的，此色白之珍貴與清高也可見於他們對待白鸚鵡，在歐陽修詩中以白兔和白鸚鵡為發想，見到白鸚鵡便想到死去的白

---

[123] （明）王世貞《弇州山人續稿》卷二十四，頁 1508。

[124] 《法華經》即《妙法蓮華經》，以蓮花喻妙法。

兔，因此詩中言「吾欲開籠縱爾飛」，認為這種色白而受人觀看的動物是滿足人對清的想望，既是以一種將動物視為伴侶的角度去對待，就不能不去理解牠們真正的需要，應該給牠們應有的生活，從這點而言，我們可以更明白宋人對待伴侶動物的仁慈與平等。

在這些伴侶動物詩中，我們依然可以看見宋人承襲過去以動物為喻的例子，但是寫他們與動物的情感交流及互動的詩作增加許多，且以動物為喻的方式也有所創新，如黃庭堅詩中的魚千里，或蘇軾詩中的魚初生不畏人，雖是以動物為喻，但也顯現他們觀看到的動物特質與從前不同。而伴侶動物詩的影響也延續到明代，明代伴侶動物詩的創作多承繼宋詩內容，不僅人與動物間情感流動多被寫入詩中，甚至詩作中的用詞遣字也直接自宋詩中移植，更顯現宋代伴侶動物詩對後世之影響悠遠。

第五章　結論

　　人類文明的起源與動物息息相關，在神話中，動物作為一個人類從蠻荒時代到已知用火的關鍵樞紐，顯現了當時動物在原始人類社會的強大力量。文明開化了以後，這股力量在人類生活中未曾消失，動物扮演著祭祀神靈、祈求生活安頓、人與神之間溝通的要角，而這種角色漸漸被動物型的物品、或是人所扮演的動物「尸」所取代，動物從祭祀、犧牲的角色逐漸進入人類生活。漢代及魏晉的文學作品中，都可見到人們已飼養著非以食用為目的的動物，唐代時飼養動物的風氣逐漸見於文學作品中，只是將動物與人之間相處的情況、人與動物間的感情寫入文學作品的並不多見，多是依循著詩歌中以物為喻的傳統，抒發自己的感情，到了盛唐之後，杜甫與白居易才開始寫到自己與家中所養動物的相處情況，只是此類詩作不多，但白居易對伴侶動物的描述可視為伴侶動物詩書寫的一個開端。

　　宋代開始，伴侶動物在人類生活中扮演著重要的角色，不僅僅是為了人類工作為目的，我們甚至可以在宋詩中看見這些伴侶動物就算終日無所事事，也依然能夠擁有人類的疼愛，但更多時候這些動物都是工作與陪伴兼具，牠們還是為飼主看家禦敵、捉鼠護書，同時與飼主朝夕相處，建立起如家人般的情感。人對動物信任的基礎，建立於牠們工作時表現出來的靈性與聰穎，因為有了這樣的基礎，人們便放心讓牠們在家中無拘無束，任由牠們工作或是休息，必要的時候也交付予重要的任務，像是人來犬護兒，這不僅僅在詩作中出現，也被人以故事的方式記錄下來，不只是說明人對狗的信任，更印證了伴侶動物與人間的關係猶如家

人。當時筆記小說中記載許多動物報恩、報仇的故事，除了是體現中國傳統中的「報」意識外，也說明了動物的力量，不僅是帶人類脫離茹毛飲血的時代，或是作為與神溝通的媒介，牠們更是有靈魂、有想法、有感情的生物，如此有靈性的牠們也被宋人以詩作記載下來，牠們懂人心、識人情，絕非僅僅是荒誕不經的鄉野傳說。人透過和伴侶動物的長期相處，讓人更能夠理解牠們的靈魂、想法或特質，而這些特質便被放大為具有神異性質的故事，詩作中的伴侶動物雖少了神異性質，但不變的是牠們懂得人情、能完成人交付的任務，這些都是伴侶動物在人的日常生活中所表現出最真實的一面。

宋代重文輕武，文人在社會上享有不凡的地位，他們享受日常生活，品味所有日常生活中的微小事物，並刻畫這些小事，反映了他們對生活的關注。雖是以詞聞名的朝代，但詩作的取材上相當廣泛，所以被他們所飼養、並喜愛著的伴侶動物就成了他們寫詩時的重要題材，他們對於生活的熱愛與享受，造就他們對這些動物的細膩關注，再將他們所觀看到關於伴侶動物的小事寫入詩中，不僅是題材的創新，更顯現了他們不同於以往的生活情調，透過對動物的觀看也能使他們改變心境，展現他們悠閒自得的生活情趣，表現出屬於當時文人的生活與心態。

就宋人對動物的情感層面來說，他們觀看動物的眼光異於以往，是以一種富有生命關懷的思想用心對待這些伴侶動物，並且將牠們視為與人平等的對象，所以無論在詩中或是在生活中，他們都能夠將這動物視為家人一般的存在，而不是僅屬於自己的附屬品，他們想方設法想要給這些動物更無拘無束的環境，即使迫於現實而非得限制動物的自由，他們就竭盡所能善待這些動物，對這些動物顯露出自己的關愛與理解，並將這種如同於家人的情感毫不掩飾寫入文學作品中，因此創造出一種宋代獨有的伴侶動物詩書寫，這種書寫方式跳脫過去僅以動物為象徵的手法，證明了宋詩生活化與日常化的特色，這一特色也深深影響著後世，

宋以後，詩歌作品中對動物的敘述不再只是停留於將動物視為物的觀看方式，而是如同宋人以關懷和理解的方式去看待牠們。

就題材來說，宋代筆記小說記錄了宋人與動物的日常生活相處，而這些相處在詩中有些成了典故，有些成了詩中得以印證的事實，小說中的街談巷語被靈活運用在詩歌中，體現了宋詩化俗為雅的特色，他們能將這些不引人注意的題材精心處理，深入刻劃與描繪，展現他們不同的視野，形成別有意趣的詩作，宋詩人在創作上求新求變，他們在小細節上的創發，造就了有別於唐代的詩風，再次顯現他們對日常生活的細心觀照。

從中唐白居易開始與將伴侶動物的互動寫入詩作後，宋人接續此一書寫的開創並推展，宋代伴侶動物大量被寫入詩作中，對牠們的描寫愈來愈細緻且深入。宋人將飼養動物的日常當做詩歌主題，從這一個主題中我們可以看到他們以一種把伴侶動物當成家中一員的眼光來對待，他們和伴侶動物有互動、有感情、有信任，而他們也把這些情感的流動體現在文學作品中，所以脫離了過去僅以動物為象徵的詩歌傳統，更使這些動物在文學作品中多了許多不同的面貌，牠們不再只是替人工作，也不再只是生活中的妝點。在必要時，牠們甚至可以是聯繫友誼的要角，透過以這些動物為主角的贈送、唱和，一來一往間也使人的感情更加親密，他們在觀看這些伴侶動物時候，也會得到心靈上的滿足與超脫，甚至改變他們的想法，從汲汲營營歸復心靈的澄澈，這些都是伴侶動物在他們人生歷程中的重大意義。由於宋詩的日常性與生活性，加上他們對於動物的愛護與尊重，使得動物的地位與以前不同，即使不再有功用也可以被視為家人，也可以享受寵愛，且這些細微小事都會被宋人當作詩歌題材寫入詩作中，當作今人了解當時伴侶動物在宋人生活中意義的依據。

明代人雖好復古，但在詩作內容的選擇及用字上，常可以見到繼承

宋代伴侶動物詩作中的寫作手法，〈乞貓〉、〈洗硯魚吞墨〉都是明顯的例子，明代有關貓的詩作中也常以宋人貓詩中的詩詞為句，皆可說明深受宋詩的影響。宋以前貓幾乎不入詩作，宋代不僅有許多貓詩，詩作中更顯貓與人的親密，常可見到日日相伴，貓也享有極為呵護備至的生活，工作性質大大降低，甚至與飼主有著如家人一般的情感，至明代時也以貓撲入主人懷中描寫這些動物的可親可愛，宋人與貓生活貼近，藉由對貓的觀看發現貓喜歡捕蝶，便以貓蝶入詩、入畫，演變到後來貓蝶便有耄耋之意。宋人觀看池中的魚，看見了「魚吞墨」與「魚吞月」，宋以前的魚能吞之物以魚鉤、魚餌為多，透過宋人的觀察與想像，池中魚有了與過去大不相同的形象，此一宋前未見之寫法也被明代人寫於詩歌當中，是以為宋詩之繼承。

　　宋代為伴侶動物詩開創與發展的重要時期，因無太多前人研究，因此還有許多值得深入挖掘的議題，由於考慮本文整體的架構與篇幅，並礙於筆者才疏學淺，而無法一一列入討論，本文僅以宋人大量飼養的犬、貓、魚、鸚鵡為例，但其實宋人飼養的伴侶動物種類繁多，且在往後的詩作發展中有深入的開展與演變，伴侶動物詩的形成、立基到演變是值得多方探討的，期望未來能有更全面的研究。

參考書目

傳統文獻

史料筆記

（晉）干寶《搜神記・搜神後記》（臺北：木鐸出版社，1985 年 7 月）

（東晉）葛洪《抱朴子》（臺北：臺灣中華出版社，1980 年 1 月）

（南朝宋）劉義慶《世說新語校箋》（北京：中華書局，2006）

（南朝宋）劉義慶等著《幽明錄》（臺北：藝文印書館印行，1967 年）

（南朝梁）任昉《述異記》（臺北：藝文印書館，1966 年）

（南朝梁）孫柔之《瑞應圖記》（臺北：藝文出版社，1970 年）

（唐）段成式，方南生點校《酉陽雜俎》（北京：中華書局，1981 年 12
月）

（唐）鄭處晦，田廷柱點校《明皇雜錄》（北京：中華書局，1997 年 12
月）

（唐）李延壽《南史》（臺北：臺灣商務印書館，2010 年 9 月）

（五代）杜光庭《錄異記》（臺北：藝文印書館，1966 年）

（宋）徐鉉《稽神錄》（上海：上海書店，1990 年 9 月）

（宋）作者不詳《宣和畫譜》（臺北：藝文印書館，1965 年）

（宋）樂史《太平寰宇記》（北京：中華書局，2007 年 11 月）

（宋）潛說友《咸淳臨安志》收錄於《欽定四庫全書》（臺北：成文書
局，1970 年）

（宋）李昉《太平廣記》（北京：中華書局，1961 年 9 月）

（宋）洪邁，何卓點校《夷堅志》（北京：中華書局，1981 年 10 月）

（宋）沈括《夢溪筆談》（臺北：世界書局，1989 年 4 月）

（宋）司馬光《涑水記聞‧附補遺》（臺北：臺灣商務印書館，1966 年 6 月）

（宋）蘇軾，王松齡點校《東坡志林》（北京：中華書局，1981 年 9 月）

（宋）邵博，劉德權、李劍雄點校《邵氏聞見後錄》（北京：中華書局，1983 年 8 月）

（宋）林洪〈相鶴訣〉收錄於《山家清事》據明正德顧元慶輯刊陽山顧氏文房本影印（板橋：藝文印書館，1966 年）

（宋）孟元老《東京夢華錄》（臺灣：臺灣商務印書館，1971 年）

（宋）吳自牧《夢粱錄》收錄於《中國近代小說史料續編（三十五）》（臺北：廣文書局，1987 年）

（宋）王闢之，呂友仁點校《澠水燕談錄》（北京：中華書局，1981 年 3 月）

（宋）倪思，上海師範大學古籍整理研究所編《經鉏堂雜誌》收錄於《全宋筆記 第六編 四》（鄭州：大象出版社，2013 年 3 月）

（宋）羅大經《鶴林玉露》（北京：中華書局，1983 年 8 月）

（宋）洪邁，孔凡禮點校《容齋隨筆》（北京：中華書局，2005 年 11 月）

（宋）范成大，孔凡禮點校《桂海虞衡志》收錄於《范成大筆記六種》（北京：中華書局，2002 年 9 月）

（宋）范成大，孔凡禮點校《吳船錄》收錄於《范成大筆記六種》（北京：中華書局，2002 年 9 月）

（宋）岳珂，吳企明點校《桯史》（北京：中華書局，1981 年 12 月）

（宋）陸游《老學庵筆記》（北京：中華書局，1979 年 11 月）

（宋）周密《武林舊事》（臺北：藝文印書館，1966 年）

（宋）周密，吳企明點校《癸辛雜事》（北京：中華書局，1988 年 1 月）

（宋）周去非《嶺外代答》收錄於《全宋筆記》第六編三（鄭州：大象出版社，2012 年 1 月）

（宋）車若水《腳氣集》（板橋：藝文印書館，1966 年）

（明）王嗣奭撰《杜臆》（臺北：臺灣中華書局，1986 年 11 月）

（明）黃一正輯《事物紺珠》收錄於《四庫全書存目叢書・子部》（廣東：齊魯書社，據北京大學圖書館藏明萬曆吳勉學刻本，1995 年 9 月）

（明）李時珍《本草綱目》（臺北：新文豐出版社，1987 年 1 月）

（清）潘永因編，劉卓英點校《宋稗類鈔》（北京：書目文獻出版社，1985 年 12 月）

（清）徐珂《清稗類鈔》（臺北：臺灣商務印書館，1966 年 5 月）

（日）瀧川龜太郎《史記會注考證》（臺北：萬卷樓圖書股份有限公司，1993 年 8 月）。

史傳

（唐）劉昫等《舊唐書》（臺北：臺灣商務印書館，1937 年 1 月）

（唐）李延壽《北史》（臺北：臺灣商務印書館，1937 年 1 月）

（唐）房玄齡等撰《晉書》（北京：中華書局，1974 年 11 月）

（唐）李肇《國史補》（上海：上海古籍出版社，1957 年 4 月）

（五代）劉昫等人撰《舊唐書》（臺北：臺灣商務印書館，1937 年 1 月）

（宋）歐陽修、宋祁《新唐書》（臺北：臺灣商務印書館，1970 年 1 月）

（宋）陸游《南唐書》收錄於《陸放翁全集》（北京：中國書店，1986 年 6 月）

（元）脫脫《宋史》（北京：中華書局，1974 年）

（清）徐松《續修四庫全書・宋會要》（上海：上海古籍出版，1995 年）

類書詩話

（晉）郭璞注，（宋）邢昺疏《爾雅注疏》（臺北：臺灣中華書局，1968年）

（宋）羅願《爾雅翼》（板橋：藝文印書館，1965年）

（唐）歐陽詢，汪紹楹校《藝文類聚》（上海：上海古籍出版，1965年11月）

（宋）陸佃《埤雅》（臺北：藝文印書館，1966年）

（宋）阮閱編，周本淳校點《詩話總龜》（北京：人民文學出版社，1987年8月）

（宋）張戒《歲寒堂詩話》（北京：中華書局，1985年）

（宋）李昉等《太平御覽》（臺北：臺灣商務印書館，1967年11月）

（明）王志堅《表異錄》（臺北：新文豐出版社，1984年6月）

（清）吳其濬《植物名實圖考》收錄於《四庫全書存目叢書・子部》（廣東：齊魯書社，據明萬曆刻本影印）

（清）黃漢《貓苑》收錄於《四庫未收書輯刊・拾輯・十二冊》（北京：北京出版社，據清咸豐二年甕雲草堂刻本，2000年）

（清）王士禛，張世林點校《分甘餘話》（北京：中華書局，1989年2月）

（清）何文煥輯《歷代詩話》（臺北：漢京文化事業有限公司，1983年1月）

（清）汪灝等人《佩文齋索引本廣群芳譜》（臺北：新文豐出版公司，1980年）

（清）馬瑞辰撰，陳金生點校《毛詩傳箋通釋》（北京：中華書局，1989年）

（清）張英、王世楨等《淵鑑類函》（臺北：新興書局，1982年）

王國維著，彭玉平撰《人間詞話疏證》（北京：中華書局，2011 年 4 月）

詩文集

（晉）陶淵明，袁行霈撰《陶淵明集箋注》（北京：中華書局，2003 年
4 月）

（唐）劉禹錫，高志忠校注《劉禹錫詩編年校注》（哈爾濱：黑龍江人
民出版社，2005 年 1 月）

（唐）韓愈，屈守元、常思春主編《韓愈全集校注》（成都：四川大學
出版社，1996 年）

（唐）白居易，顧學頡點校《白居易集》（北京：中華書局，1999 年 11
月）

（唐）杜甫著，（清）仇兆鰲注《杜詩詳注》（臺北：里仁書局，1980
年 7 月）

（唐）劉長卿，儲仲君撰《劉長卿詩編年箋注》（北京：中華書局，1996
年 7 月）

（唐）王維，（清）趙殿成箋注《王摩詰全集箋注》（臺北：世界書局，
1996 年 6 月）

（唐）柳宗元，尹占華、韓文奇校注《柳宗元集校注》（北京：中華書
局，2013 年 10 月）

（唐）元稹，楊軍箋注《元稹集編年箋注（詩歌卷）》（西安：三秦出
版社，2002 年 6 月）

（唐）羅隱《甲乙集十卷》收錄於《四部叢刊初編集部》（臺北：臺灣
商務印書館，1983 年）

（唐）李商隱著，（清）馮浩箋注《玉谿生詩集箋注》（上海：上海古
籍出版社，1998 年 2 月）

（唐）寒山，項楚著《寒山詩注‧附拾得詩注》（北京：中華書局，2000年 3 月）

（唐）盧照鄰，祝尚書箋注《盧照鄰集箋注》（上海：上海古籍出版社，1994 年 12 月）

（唐）盧綸，劉初棠校注《盧綸詩集校注》（上海：上海古籍出版社，1989 年 9 月）

（五代）韋莊，聶安福箋注《韋莊集箋注》（上海：上海古籍出版社，2002 年 4 月）

（宋）洪興祖《楚辭補注》（北京：中華書局，1983 年 3 月）

（宋）郭茂倩編《樂府詩集》（北京：中華書局，1979 年 11 月）

（宋）蘇洵，曾棗莊、金成禮箋注《嘉祐集箋注》（上海：上海古籍出版社，1993 年 3 月）

（宋）蘇軾，（清）王文誥、馮應榴輯注《蘇軾詩集——附篇目索引》（臺北：學海出版社，1983 年 1 月）

（宋）蘇軾，薛瑞生箋證《東坡詞編年箋證》卷一（西安：三秦出版社，1998 年 9 月）

（宋）楊憶《武夷新集》收錄於《四庫全書珍本別輯》（臺北：臺灣商務印書館，1970 年）

（宋）梅堯臣，朱東潤注《梅堯臣集編年校注》（上海：上海古籍出版社，2006 年 11 月）

（宋）歐陽修著，李逸安點校《歐陽修全集》（北京：中華書局，2001年 3 月）

（宋）王安石，李雁湖箋注，劉須溪評點《箋注王荊文公詩》（臺北：廣文書局，1971 年）

（宋）黃庭堅，劉琳、李勇先、王蓉貴校點《黃庭堅全集》（成都：四川大學出版社，2001 年 5 月）

（宋）曾幾《茶山集》據清乾隆敕刊聚珍版叢書本（臺北：藝文印書館，1966 年）

（宋）柳永，賴橋本校注《柳永詞校注》（臺北：黎明文化事業股份有限公司，1995 年 4 月）

（宋）劉一止《苕溪集》收錄於《景印文淵閣四庫全書》（臺北：臺灣商務印書館，1970 年）

（宋）林逋《和靖詩集》（臺北：臺灣中華書局，1981 年 9 月）

（宋）蔡襄《蔡襄全集》（福建：福建人民出版社，1999 年 7 月）

（宋）張耒，李逸安、孫通海、傅信點校《張耒集》（北京：中華書局，2005 年 5 月）

（宋）劉弇《龍雲集》收錄於《景印文淵閣四庫全書》（臺北：臺灣商務印書館，1983 年）

（宋）陸游，錢仲聯校注《劍南詩稿校注》（上海：上海古籍出版社，2005 年 4 月）

（宋）陳與義，夏敬觀選注《陳與義詩》（臺北：臺灣商務印書館，1975 年 10 月）

（宋）范成大，富壽蓀標校《范石湖集》（上海：上海古籍出版社，2006 年 4 月 ）。

（宋）戴復古，金芝山校點《戴復古詩集》（浙江：浙江古籍出版社，1992 年 8 月）

（宋）秦觀，周義敢、程自信、周雷編注《秦觀集編年校注》（北京：人民文學出版社，2001 年 7 月）

（宋）樓鑰，顧大朋點校《樓鑰集》（浙江：浙江古籍出版社，2010 年 12 月）

（宋）劉克莊，辛更儒箋校《劉克莊集箋校》（北京：中華書局，2011 年 11 月）

（宋）劉克莊，（箋注者不詳）《後村詞箋注》（臺北：大立出版社，1982 年 1 月）

（宋）楊萬里，辛更儒箋校《楊萬里集箋校》（北京：中華書局，2007 年 9 月）。

（宋）鄭清之《安晚堂集》收錄於《欽定四庫全書》（臺北：臺灣商務印書館，1970 年）

（宋）周紫芝《太倉稊米集》收錄於《四庫全書珍本別輯》（臺北：臺灣商務印書館，1970 年）

（宋）胡仲弓《葦航漫遊稿》收錄於《四庫全書珍本別輯》（臺北：臺灣商務印書館，1970 年）

（金）元好問，（清）施國祈箋注《元遺山詩箋注》（臺北：臺灣中華書局，據蔣刻原印本校刊，1983 年）

（元）貢性之《南湖集》收錄於《四庫全書珍本別輯》（臺北：臺灣商務印書館，1977 年）

（元）耶律楚材《湛然居士文集》（北京：中華書局，1985 年）

（元）朱希晦《雪松巢集》收錄於雪松巢集（臺北：臺灣商務印書館，1970 年）

（元）釋大訢《蒲室集》收錄於（清）顧嗣立編《元詩選》壬集（臺北：世界書局，1982 年 4 月）

（明）唐之淳《唐愚士詩》收錄於《景印文淵閣四庫全書》（臺北：臺灣商務印書館，1970 年）

（明）劉基，林家驪點校《劉伯溫集》（杭州：浙江古籍出版社，2011 年 5 月）

（明）劉崧《槎翁詩集》收錄於《景印文淵閣四庫全書》（臺北：臺灣商務印書館，1983 年）

（明）高啟（清）金檀輯注，徐澄宇、沈北宗校點《高青丘集》（上海：

上海古籍出版社，2013 年 4 月）

（明）汪廣洋《鳳池吟稿》收錄於《景印文淵閣四庫全書》（臺北：臺灣商務印書館，1972 年）

（明）方孝孺，徐光大點校《方孝孺集》（杭州：浙江古籍出版社，2013 年 10 月）

（明）王伯稠《王世周集》收錄於《四庫禁燬書叢刊》據明萬曆刻本，集部 139（北京：北京出版社，2000 年）

（明）程敏政《篁墩文集》（上海：上海古籍出版社，1991 年 12 月）

（明）文徵明，周道振輯校《文徵明集》（上海：上海古籍出版社，1987 年）

（明）李夢陽《空同集》收錄於《景印文淵閣四庫全書》（臺北：臺灣商務印書館，1970 年）

（明）童軒《清風亭稿》收錄於《景印文淵閣四庫全書》（臺北：臺灣商務印書館，1970 年）

（明）張寧《方洲集》收錄於《景印文淵閣四庫全書》（臺北：臺灣商務印書館，1972 年）

（明）史謹《獨醉亭集》收錄於《景印文淵閣四庫全書》據故宮博物院藏文淵閣本（臺北：臺灣商務印書館，1970 年）

（明）張以寧《翠屏集》收錄於《欽定四庫全書》據故宮博物院藏文淵閣本（臺北：臺灣商務印書館，1970 年）

（明）倪岳《青谿漫稿》收錄於《四庫全書珍本別輯》（臺北：臺灣商務印書館，1970 年）

（明）丁鶴年《丁鶴年集》（琳瑯影元刻足本）（板橋：藝文印書館，1966 年）

（明）倪瓚《清悶閣集》（杭州：西泠印社出版社，2010 年 12 月）

（明）何景明《大復集》收錄於《景印文淵閣四庫全書》（臺北：臺灣

商務印書館，1970 年）

其他

（漢）毛亨，陳新雄注《毛詩》（高雄：學海出版社。2001 年 5 月）

（漢）毛亨，屈萬里著《詩經詮釋》（臺北：聯經出版社，1983 年 2 月）

作者不詳，黃懷信、張懋鎔、田旭東撰《逸周書彙校集注》（上海：上海古籍出版社，1995 年 12 月）

作者不詳，呂友仁譯注《周禮譯注》（鄭州：中州古籍出版社，2004 年 10 月）

作者不詳，陳澔注《禮記集說》（上海：上海古籍出版社，1987 年 3 月）

（春秋）呂不韋，尹仲容《呂氏春秋校釋》（臺北：國立編譯館中華叢書編審委員會，1958 年 7 月）

（戰國）屈原、宋玉等，蔣天樞註《楚辭校釋》（上海：上海古籍出版社，1989 年 11 月）

（戰國）列禦寇《列子》（上海：上海古籍出版社，1989 年 3 月）

（戰國）孟軻《孟子》收錄於（宋）朱熹撰《四書章句集註》（山東：山東友誼書社，1989 年 7 月）

（漢）王弼註《老子註》〈五章〉（臺北：藝文印書館，1975 年 9 月）

（漢）東方朔，傅春明輯注《東方朔作品輯注》（山東：齊魯書社，1987 年 8 月）

（漢）劉向《戰國策》（臺北：里仁書局，1910 年 9 月）

（漢）劉向，（漢）高誘注《戰國策》（臺灣：商務印書館，1934 年 3 月）

（漢）許慎撰，（宋）徐鉉校定《說文解字・附檢字》（北京：中華書

局，1963 年 12 月）

（漢）許慎撰，（清）段玉裁注《新添古音說文解字注》（臺北：洪葉文化事業有限公司，2009 年 3 月）

（漢）鄭玄注，（唐）孔穎達疏《禮記注疏及補正》（臺北：世界書局，1978 年 2 月）

（晉）郭象註《莊子》（臺北：藝文印書館，1983 年 6 月）

（南朝梁）顧野王《玉篇》（臺北：臺灣中華書局，1982 年 10 月）

（梁）蕭統《文選》（板橋：藝文印書館，1974 年 5 月）

（南朝）劉勰，王更生注譯《文心雕龍讀本》（臺北：文史哲出版社，2004 年 10 月）

（唐）釋道世《法苑珠林》（上海：上海古籍出版社，1991 年 8 月）

（宋）釋道原《景德傳燈錄》收錄於《四部叢刊三編・子部》（上海：上海書店，1936 年）

（宋）陳彭年等修《廣韻》（臺北：臺灣中華書局，1970 年 7 月）

（宋）丁度等撰《集韻》（臺北：臺灣中華書局，1980 年 8 月）

（清）孫希旦，沈嘯寰、王星賢點校《禮記集解》（臺北：文史哲出版社，1990 年 8 月）

毛子水註譯《論語》（臺北：臺灣商務印書館，1977 年 6 月）

吳興、王莼父箋注《古詩源箋注》（臺北：華正書局有限公司，1984 年 9 月）

韓格平、沈薇薇等編《全魏晉賦校注》（長春：吉林文史出版社，2008 年 12 月）

中華書局編輯部點校《全唐詩》（北京：中華書局，1999 年 1 月）

北京大學古文獻研究所編《全宋詩（第 1—72 冊）》（北京：北京大學出版社，1998 年 12 月）

唐圭璋編《全宋詞》（北京：中華書局 1998 年 11 月）

近人論著（按姓氏筆畫排序）

專書

中國社會科學院考古研究所編著《新中國的考古發現與研究》（北京：文物出版社，1984 年 5 月）

伊永文《行走在宋代的城市：宋代城市風情圖記》（北京：中華書局，2005 年 1 月）

朱瑞熙等著《遼宋西夏金社會生活史》（北京：中國社會科學出版社，1998 年 8 月）

吳詩池、邱志強《文物民俗學》（黑龍江：黑龍江人民出版社，2003 年 10 月）

李立《文化整合與先秦自然神話演變》（雲南：雲南人民出版社，2002 年 1 月）

金學智《中國園林美學》（江蘇：江蘇文藝出版社，1990 年 3 月）

林淑貞《中國詠物詩「託物言志」析論》（臺北：萬卷樓圖書有限公司，2002 年 4 月）

林惠祥《文化人類學》（臺北：臺灣商務印書館，1993 年 4 月）

姚瀛艇等《宋代文化史》（臺北：聯經出版事業公司，1999 年 9 月）

徐吉軍、方建新、方健、呂鳳棠《中國風俗通史・宋代卷》（上海：上海文藝出版社，2001 年 11 月）

陳寅恪著，陳美延、陳流求編《陳寅恪詩集・附唐篔詩存》（北京：清華大學出版社，1993 年 4 月）。

黃美鈴《歐、蘇、梅與宋詩的形成》（臺北：文津出版社，1998 年 5 月）

許身玉《古畫・臨摹・實技 人物篇 簪花仕女圖》（瀋陽：遼寧美術出版社，2000 年 6 月）

陳偉《包山楚簡初探》（武漢：武漢大學出版社，1996 年 8 月）

敦煌研究院主編《敦煌石窟全集 19・動物畫卷》（臺北：臺灣商務印書館，1999 年 9 月）

《清明上河圖》收錄於《故宮叢刊甲種之六・清明上河圖》（國立故宮博物院故宮叢刊編輯委員會，1977 年 7 月）

（英）德斯蒙德・莫里斯（Desmond Morris）《貓咪學問大——人類最想問的 80 個喵什麼》（臺北：商周出版，2011 年 6 月）

（英）胡司德（Roel Sterckx）著，藍旭譯《古代中國的動物與靈異》（南京：江蘇人民出版社，2016 年 3 月）

（英）弗雷澤（J. G. Frazer），汪培基譯《金枝：巫術與宗教之研究》（臺北：桂冠圖書股份有限公司，1996 年 11 月）

（英）弗雷澤（J. G. Frazer），夏希原譯《火起源的神話》（北京：北京大學出版社，2013 年 6 月）

（美）潔西卡・皮爾斯（Jessica Pierce），祁毓里、李宜懃譯《學會愛你的寵物伴侶》（臺北：商周出版，2016 年 12 月）

（美）包弼德《斯文：唐宋思想的轉型》（江蘇：江蘇人民出版社，2001 年 1 月）

（德）戴特勒夫・布魯姆（Detlef Bluhm），張志成譯《貓的足跡——貓如何走入人類的歷史？》（臺北：遠足文化事業股份有限公司，2006 年 4 月）

CAT NEWS 編輯部編著、林政毅醫師編審《貓咪飼養百科》（臺北：數位人資訊股份有限公司，2006 年 10 月）

布倫尼斯（Lesley Bremness），傅燕鳳等譯《世界藥用植物圖鑑》（臺北：貓頭鷹出版，2008 年 3 月）

（日）池上正太，王書銘譯《埃及神明事典》（臺北：城邦文化事業股份有限公司，2008 年 7 月）

（日）吉川幸次郎，鄭清茂譯《宋詩概說》（臺北：聯經出版事業股份有限公司，2012 年 11 月）

（日）吉川幸次郎，劉向人譯《中國詩史》（臺北：明文書局，1983 年 4 月）

（日）加藤繁，吳傑譯《中國經濟史考證》（臺北：稻鄉出版社，1991 年 2 月）

學位論文

李英華《黃庭堅詠物詩研究》（高雄師範大學國文學系碩士論文，2002 年）

葉庭嘉《十五到十八世紀中國貓圖像研究》（臺灣：中央大學藝術學研究所碩士論文，2014 年 6 月）

蔡弘道《宋人休閒生活中的動物遊賞》（臺灣：東吳大學歷史系碩士班論文，2015 年 7 月）

陳怡菁《臺灣伴侶動物保護政策執行之研究》（東華大學公共行政學系碩士學位論文，2016 年 7 月）

務孟蘭《伴侶動物與中年在職人員主觀幸福感之研究》（樹德科技大學經營管理研究所碩士學位論文，2015 年 6 月）

期刊論文

楊姮稜、黃慧璧、梁碩麟、陳光陽、賴秀穗〈台北地區畜主與獸醫師及畜主與寵物間關係之研究：以國立台灣大學農學院附設家畜醫院為例〉收錄於《中華民國獸醫學會雜誌》21 卷 5 期（1995 年 10 月）

楊敏〈白色動物精靈崇拜──中國古代白色祥瑞動物論〉收錄於《民族

文學研究》第 2 期（2003 年）

韓學宏〈唐詩中的珍禽書寫〉《長庚人文社會學報》第七卷，第一期（2014 年 4 月）

劉敦愿〈漢畫像石上的「飲食男女」——平陰孟莊漢墓石柱祭祀歌舞圖像分析〉收錄於《故宮文物月刊 141》（臺北：國立故宮博物院，1994 年 12 月）

（荷）伊維德（Wilt L. Idema）著，郭劼譯〈中國特色的動物史詩〉收錄於《中正漢學研究》第二期（2014 年 12 月）

專書論文

呂正惠〈杜詩與日常生活〉《唐詩論文選集》（臺北：長安出版社，1985 年 4 月）

蘇珊玉〈王國維「境界說」的詩情與審美人生〉收錄於《第六屆中國詩學會議論文集》（臺北：萬卷樓圖書股份有限公司，1980 年 12 月）

網路資料

臺北故宮博物院藏 唐刁光胤〈灌木游蜂山貓出谷〉，檢索日期 2017 年 7 月 21 日下午 10：32
http://painting.npm.gov.tw/Painting_Page.aspx?dep=P&PaintingId=3790

臺北故宮博物院藏 五代胡瓌〈回獵圖〉，檢索日期 2017 年 7 月 21 日下午 10：34
http://painting.npm.gov.tw/Painting_Page.aspx?dep=P&PaintingId=14648

臺北故宮博物院藏 宋徽宗〈鷹犬圖〉，檢索日期 2017 年 7 月 21 日下午 10：35
http://painting.npm.gov.tw/Painting_Page.aspx?dep=P&PaintingId=19317

臺北故宮博物院藏 作者不詳〈無款貍奴〉，檢索日期 2017 年 7 月 21
日下午 10：37
http://painting.npm.gov.tw/Painting_Page.aspx?dep=P&PaintingId=14557

臺北故宮博物院藏 宋易元吉〈猴貓圖〉，檢索日期 2017 年 7 月 21 日
下午 10：38
http://painting.npm.gov.tw/Painting_Page.aspx?dep=P&PaintingId=15552

臺北故宮博物院藏 五代南唐周文矩〈仕女圖〉，檢索日期 2017 年 7 月
21 日下午 10：40
http://painting.npm.gov.tw/Painting_Page.aspx?dep=P&PaintingId=18

臺北故宮博物院藏 宋李迪〈貍奴小影〉，檢索日期 2017 年 7 月 21 日
下午 10：41
http://painting.npm.gov.tw/Painting_Page.aspx?dep=P&PaintingId=14510

臺北故宮博物院藏 作者不詳〈宋人戲貓圖〉，檢索日期 2017 年 7 月
21 日下午 10：41
http://painting.npm.gov.tw/Painting_Page.aspx?dep=P&PaintingId=1361

臺北故宮博物院藏 作者不詳〈宋人富貴花貍〉，檢索日期 2017 年 7 月
21 日下午 10：43
http://painting.npm.gov.tw/Painting_Page.aspx?dep=P&PaintingId=1472

臺北故宮博物院藏 作者不詳〈宋人冬日嬰戲圖〉，檢索日期 2017 年 7
月 21 日下午 10：45
http://painting.npm.gov.tw/Painting_Page.aspx?dep=P&PaintingId=14386

臺北故宮博物院藏 宋劉寀〈春溪魚藻〉，檢索日期 2017 年 7 月 21 日
下午 10：46
http://painting.npm.gov.tw/Painting_Page.aspx?dep=P&PaintingId=14699

臺北故宮博物院藏 宋蘇漢臣〈嬰戲圖〉，檢索日期 2017 年 7 月 21 日
下午 10：46
http://painting.npm.gov.tw/Painting_Page.aspx?dep=P&PaintingId=14330

臺北故宮博物院藏 宋徽宗〈杏花鸚鵡〉，檢索日期 2017 年 7 月 21 日
下午 10：48
http://painting.npm.gov.tw/Painting_Page.aspx?dep=P&PaintingId=5135

臺北故宮博物院藏　元趙雍〈子母貓〉，檢索日期 2017 年 7 月 21 日下午 10：49
http://painting.npm.gov.tw/Painting_Page.aspx?dep=P&PaintingId=19380

臺北故宮博物院藏　明宣宗〈花下狸奴圖〉，檢索日期 2017 年 7 月 21 日下午 10：50
http://painting.npm.gov.tw/Painting_Page.aspx?dep=P&PaintingId=3220

國家圖書館出版品預行編目(CIP) 資料

陪伴與觀看：宋詩中的伴侶動物書寫/ 游佳霖
　著. -- 初版. -- 臺北市：元華文創股份有限公
　司, 2023.08
　面；　公分

　ISBN 978-957-711-325-2 (平裝)

1.CST: 宋詩 2.CST: 詩評
820.9105　　　　　　　　　　　　112011577

陪伴與觀看 ： 宋詩中的伴侶動物書寫

游佳霖　著

發 行 人：賴洋助
出 版 者：元華文創股份有限公司
聯絡地址：100 臺北市中正區重慶南路二段 51 號 5 樓
公司地址：新竹縣竹北市台元一街 8 號 5 樓之 7
電　　話：(02) 2351-1607　　傳　　真：(02) 2351-1549
網　　址：www.eculture.com.tw
E-mail：service@eculture.com.tw
主　　編：李欣芳
責任編輯：立欣、陳亭瑜
行銷業務：林宜葶
出版年月：2023 年 08 月 初版
定　　價：新臺幣 390 元

ISBN：978-957-711-325-2 (平裝)

總經銷：聯合發行股份有限公司
地 址：231 新北市新店區寶橋路 235 巷 6 弄 6 號 4F
電 話：(02)2917-8022　　　　傳 真：(02)2915-6275